客居深山

傅菲——著

广西师范大学出版社
GUANGXI NORMAL UNIVERSITY PRESS

·桂林·

客居深山

KEJU SHENSHAN

图书在版编目（CIP）数据

客居深山 / 傅菲著. -- 桂林 : 广西师范大学出版社，2024.6

ISBN 978-7-5598-6940-1

I. ①客… II. ①傅… III. ①散文集—中国—当代 IV. ①I267

中国国家版本馆 CIP 数据核字（2024）第 094804 号

广西师范大学出版社出版发行

（广西桂林市五里店路 9 号　邮政编码：541004
网址：http://www.bbtpress.com）

出版人：黄轩庄

全国新华书店经销

广西广大印务有限责任公司印刷

（桂林市临桂区秧塘工业园西城大道北侧广西师范大学出版社集团有限公司创意产业园内　邮政编码：541199）

开本：787 mm × 1 092 mm　1/32

印张：13.5　　字数：205 千

2024 年 6 月第 1 版　　2024 年 6 月第 1 次印刷

印数：0 001~5 000 册　　定价：65.00 元

序

返回乡村与自然的诗意栖居

汪树东

傅菲自称为南方乡村研究者和自然伦理探究者，他的散文几乎都围绕着以故乡郑坊盆地为中心的赣东北乡村和大自然展开。他耐心地打捞着乡村人物的温情与善良，细致地品味着故物即将消散的洁净光辉，踏勘山水，撷取花草树木的灵性，致敬鸟兽的美丽、高贵与尊严，并以古朴诗意、简洁明确的语言建构起了一个生动丰盈的乡村世界、自然世界，足以让饱受城市化、机械化摧残的现代人获得一种难能可贵的文学慰藉。

先说傅菲对乡村的书写。众所周知，现代化就是高歌猛进的城市化，当越来越多的人身不由己地涌入城市，在享受了城市的便捷、高效、舒适后，又必然会面临城市生活的负面压迫，例如人与人之间的高度陌生化带来的疏离感，过度功利化带来的异化感，交通资讯过度发达带来的漂浮感，以及随快节奏的生活而来的压迫感，因而焦虑、忧郁、厌倦乃至绝望，几乎成了城市人无法避免的心理暗影。因此，对乡村、对故乡的怀念，几乎会在每一个城市人的心里油然而生，城市化凯旋之时即为乡愁席卷大地之日。刘亮程于上个世纪末推出的散文集《一个人的村庄》奏响了文学乡愁的庞大序曲，因此一时乡村散文风起云涌。傅菲对赣东北故乡的深情书写就是这股潮流中的一个醒目存在。《河边生起炊烟》《故物永生》《草木：古老的民谣》《元灯长歌》《风过溪野》等散文集写的都是傅菲的乡愁，也是每个城市人的乡愁。在故乡的故物、草木、人物的面影上，傅菲辨识着精神原乡的最后一缕光芒，并为其即将消逝而哀伤。傅菲写乡村的那些散文中，真正令人感动的也是这种故乡情结中温润的哀伤。

再说傅菲对自然的书写。现代化是城市化，也是远离大自然的过程。越来越多的人寄居城市，过着不辨冬夏、不识黍麦、远离大自然的生活，患上了严重的“自然冷漠症”，甚至无法对自然事物产生美感。而大自然毕竟又是人的生命根源和生命家园，是人最伟大的生命导师，人终究是必须回到大自然中去的，必须落叶归根的。人也只有在大自然中才能真正地领悟生命的真谛。因此，现代城市人最终又会向往大自然，渴望大自然，甚至想着融入大自然。最不济，城市人也要在家中养几棵盆栽植物，养一只宠物，或者在墙上挂上一幅风景画。稍好的，就在节假日涌入名山大川的风景名胜区，接受大自然的“耳提面命”。更高的，则或择一僻静处，修建别墅，回归自然，或远赴万里之外的荒野，接受大自然的身心洗涤。这也是当代生态文学大潮涌动的根本原因之一。创作生态散文的傅菲也是这一生态文学大潮中的弄潮儿。散文集《深山已晚》是傅菲客居福建浦城荣华山后的产物，集中书写了他返回自然的诗意感受。他以《深山已晚》向美国作家梭罗、约翰·巴勒斯等遥致敬意，展现了当代生态散文的瑰丽风姿。他的《鸟的盟约》更是对约翰·巴勒斯的致敬，填补了国内生态散文的相关空白。至于他的《灵兽之语》对猴子、狗、麂子、花面狸、水牛、花栗鼠等动物的深情书写，极好地呈现了动物的内在灵性，在当今时代重申了人与动物和谐相处的生态伦理的重要性。可以说，通过这些生态散文，傅菲为每一个现代人指明一条回归自然的通幽曲径。路尽头，天人和谐，天人共生，万物各安其命而欣欣向荣，人再次于大自然中寻找到一种诗意栖居的家园感。

无论是书写乡村还是书写大自然，傅菲都是这个时代的逆行者，是这个时代的孤勇者。他洞察到这个时代的致命欠缺，不愿意沦陷于时代的暗影，主动从时代的旋涡中全身而退，去寻觅疗愈这个时代隐疾的文学良药。

对于这样的作家，笔者是深怀敬意的。

2021年8月，傅菲又到江西德兴市大茅山北麓的笔架山下客居。客居两年多后，他又给读者奉献出了这部散文集《客居深山》。这部散文集和《深山已晚》一样，聚焦于当今乡村和大自然，写的都是乡村中的平常人和平常事、大自然中的平常生命和平常景观。例如《蟋蟀入我床下》写乡间的蟋蟀，《明月比邻》写月亮，《神灯》写萤火虫，《失散的鱼会重逢》写鱼群，《鳑鲏》写一种特殊的小鱼，《鸟群》写鸟群，《林深时见鹿》写黄麂。从这些自然题材的散文中，我们可以看到自然万物依然生机盎然，熠熠生辉，大自然的磅礴生命力无视现代人的侵扰和伤害，依然催生一切，支配一切。《鸟打坞》写最终死于鸟打坞山湾的圆水师傅，《艰深的哲学》写筑路工地上身处泥淖、面目干净的一对工人夫妇，《山中盆地》写四处云游的曾经是照相师傅的阿文，《胖妈早餐店》写卖早餐的女人和她开车的丈夫，《结霜的人》写养鸡鸭的农村人老张，《镜子中的人》写被农村高额彩礼弄得烦恼不堪的理发师丁丁呛，等等。这些写农村人物的散文为我们呈现出一幅幅真实的当今乡村图景，年轻人四处游走，无心学习和劳动，能够劳动的只有那些中老年人，他们为了子孙后代在勉力支撑，勤扒苦做，惶惶不安。《圆篓记》写作者用的一个竹篓，《破缸记》写作者用吊酒师傅扔掉的破缸做灶炉，《入冬》写冬天的木炭，《孤独的面条》写吃挂面，《醅春酒》写乡村吊酒，《乡戏》写乡村的赣剧班，《新麦记》写新收的麦子，等等，这些描绘乡村故物和生活的散文，为读者呈现了乡村生活的地方特色，趣味盎然，令人手不释卷。

阅读这些散文，笔者最感兴趣的，其实已经不是傅菲到底在散文中写了什么样的题材，抒发了什么样的情感，而是傅菲那独特的生活态度、审美态度。傅菲有意从城市生活的旋涡中撤离出来，让自己的生活在乡村和大自然中慢下来，然后以一种悠然自得的闲人姿态四处漫游，体贴万物，游目骋怀，与物为春。对于傅菲而言，似乎没有什么不可以进入散文书写范围的。很平常的生活一经傅菲叙述，就生动起来，诱人起来，散发出人性的温暖和光亮；很平常的事物一经傅菲描绘，就明媚起来，鲜活起来，闪烁出银器般的光泽。散文是傅菲对生活的品味和咂摸，是傅菲人生艺术化的一种表现途径。

傅菲在《破缸记》中曾写道：

> 人需要情趣才可以保持内心的湿润，就不会活得干燥，否则，在人世间走几十年，哪有毅力走下去呢？走着走着，就枯萎了。葵花一样，开花的时候那么灿烂，结籽之后就败了，风一吹就倒下去。我是一个追问生命意义的人，也是一个追问生活意义的人。我卑微，生活意义大于生命意义。人到了什么都不追问的时候，就安详了。安详，就是所有的获得和失去。
>
> 我越来越沉迷于日常生活，遵照内心的想法，平静地度过每一天、度过每一年，善待身边的人，也善待身边的物。他们和它们，构建了我的真实世界。我是

他们和它们的总和，也是其中之一。活得既沮丧，又欣悦。

这一段话可以视为傅菲如今心态的最佳写照，他是注重情趣的人，是沉迷于日常生活的人，也是能够从日常生活中发现诗意的人。这和周作人在《北京的茶食》中说的一段话构成一种文学史上的呼应："我们于日用必需的东西以外，必须还有一点无用的游戏与享乐，生活才觉得有意思。我们看夕阳，看秋河，看花，听雨，闻香，喝不求解渴的酒，吃不求饱的点心，都是生活上必要的——虽然是无用的装点，而且是愈精炼愈好。"无论是傅菲的"情趣"，还是周作人的"意思"，其实都是一种审美化生活的诗意，都是超越于干燥粗鄙的功利生活之上的一种精神创造，都是生活节奏慢下来之后的一种悠然会心。

王夫之在《俟解》中曾说：

能兴即谓之豪杰。兴者，性之生乎气者也。拖沓委顺当世之然而然，不然而不然，终日劳而不能度越于禄位田宅妻子之中，数米计薪，日以挫其志气，仰视天而不知其高，俯视地而不知其厚，虽觉如梦，虽视如盲，虽勤动其四体而心不灵，惟不兴故也。圣人以诗教以荡涤其浊心，震其暮气，纳之于豪杰而后期之以圣贤，此救人道于乱世之大权也。

我们平常人过的多是数米计薪的生活，因此志气汩没，灵性不彰，醒时如梦，视而不见。而傅菲却以一篇篇散文对他所遇的事物做出诗意的打量和抚摸，再次激发了我们对身边的乡村和自然的兴趣，荡涤着我们的浊心与暮气，拯救了我们的人道与灵性。

在《孤独的面条》中，傅菲说：

不知道以后的世界会怎么变。我不关心。也无力关心。我对这个世界，所需不多。我吃最少最简单的食物，以原本的面目，过原本的生活。仅此而已。也丰富无比。

好一个“以原本的面目，过原本的生活”！这就是返回乡村和自然的诗意栖居生活！这是对当今时代隐疾的别一种疗愈！

是为序。

汪树东(1974—)，江西上饶人，文学博士，现为武汉大学文学院教授，博士生导师，主要从事20世纪中外文学研究、生态文学研究。已经出版学术专著《中国现代文学中的自然精神研究》《生态意识与中国当代文学》《超越的追寻：中国现代文学的价值分析》《黑土文学的人性风姿》《中国现代文学中的反现代性研究》和《天人合一与当代生态文学》。

目录

第一辑｜堂前鸣月

第二辑｜田家澡雪

第三辑｜时序画像

第四辑｜ 林深见鹿

第一辑

堂前鸣月

望一眼明月，天边就在眼前。
跑进心里的明月，开出白莲花。

蟋蟀入我床下

蟋蟀鸣叫，夏夜凉了下来，大地上的溽热在消隐，枳椇原本软塌塌的树叶竖直了起来。其实，蟋蟀在白天也鸣叫，兮兮兮，清亮悠远，但鸣声被黄莺、强脚树莺、画眉、鹊鸲等鸟类的啼叫淹没了。在鸟鸣的间隙，蟋蟀声被风送了过来。

在林边常居，蛾蝶和甲虫从窗缝神不知鬼不觉地飞进来。有一种甲虫，翅膀深棕色，头青棕色，触角深黑，尾端浅棕黄，飞起来吱吱叫，在墙角盘旋，在桌下盘旋。我辨认不出这是什么甲虫，凌晨时，它便死了，散发出一种植物腐烂的腐臭气息。我捡起甲虫，装在玻璃瓶，摆在窗台晒，晒一日，甲虫干瘪如茧。一个星期，可以捡一瓶甲虫。蛾扑在门框顶上的玻璃窗，噗噗噗，撞着玻璃。第二天早上开门,见几十只蛾散落在台阶上。蟋蟀也来到我居室。

夜静了,在冰箱下、在书柜背后、在床下,蟋蟀发出了兮兮兮的鸣声。蟋蟀的翅膀有锉状的短刺,相互摩擦,振翅,发出一种和悦、甜美的声音。兮兮兮,兮兮兮。我安坐下来,静静地聆听。我交出耳朵,彻底安静了下来。假如我愿意,可以一直聆听到窗外发白。天白了,蟋蟀的鸣叫声歇下去了,蝉吱吱吱吱,叫了起来。

我是一个对声音比较敏感的人,对溪声、鸟声、风声、雨声、虫声入迷。闲余之时,我去荒僻冥寂的野外,在溪流边驻足,在林中流连。我是可以在溪边坐一个下午的人,凝视水波。流水声从琴弦上迸发出来似的,激越、清澈,淘洗着我的心肺。流水声是不可模拟的,简单往复,节奏始终也不变,入耳之后,又是千变万化,似群马奔腾,似崖崩石裂,似珠落玉盘,似瓦檐更漏。蟋蟀声也是这样的,兮兮兮,一个单音节,圆圆润润,一直滑下去。作为自然之声,每一个听力正常的人,都非常熟悉蟋蟀的鸣叫。

夜深休憩了,蟋蟀还在叫。朋友与我通电话,问我:你在哪里啊?怎么有那么浓烈的蟋蟀声?朋友似乎觉得我不是生活在凡尘,也是在荒山野谷。我说我居室里就几只蟋蟀，与我做伴呢。朋友说，那吵死了，怎么入睡呀。我哈哈笑，很替朋友惋惜，说：美妙无穷。

有一次，我好奇心突发，移开冰箱，挪开书柜，四处找蟋蟀。蟋蟀是穴居昆虫，隐藏在地洞，幽灵一样“昼伏夜行”。我要把这个“幽灵”找出来，让它现出真身。我移动木柜，蟋蟀就不叫了。它敏锐地感觉到木柜的震动。我找遍木柜角角落落，也没看到蟋蟀。我已浑身汗湿，坐在桌前喝茶。我刚落座，蟋蟀又在书柜背后叫了。兮兮兮。

与蟋蟀久居，但从没见过蟋蟀出来觅食。蟋蟀是杂食性昆虫，吃草叶、水果和作物。厨房有面条、大米、藜麦、绿豆、姜、蒜，我没见过它“窃食”。居室铺地板砖，墙面也是新粉刷的，找不出洞穴，蟋蟀不可能在这里繁殖。那么它是从哪里来的呢？我百思不得其解。我楼上与楼下的楼层，均无蟋蟀鸣叫。

楼上的住户很羡慕地对我说：你宿舍里的蟋蟀能跑到我宿舍来就好了。

我说：不分你我，夜夜笙歌。

蟋蟀在10月孵卵，翌年4—5月孵化为若虫。若虫群居，数天后发育为成虫，属于不完全变态昆虫。成虫离群索居，各自掘土为生。蟋蟀喜阴湿，在草叶下、砖块石块下栖息。在乡间生活过的人，都有捕蟋蟀的经历。

多数乡人并不灭杀蟋蟀，把蟋蟀视为友善的邻居。入屋的动物，他们杀老鼠、蜘蛛、蟑螂、百足虫、苍蝇、蚊子，却不会杀蜥蜴（尤其是壁虎）、蜈蚣、蚂蚁，更不会杀蛇、黄鼠狼、黄麂了。蛇是先祖派来的使者，来家里报他乡之信。黄鼠狼会复仇。黄麂是福寿之鹿。夕阳已沉，暮辉澄明，远山如黛。乌鹊在梧桐树上呀呀呀叫。孩童握一个小网兜，抱一个竹罐去田畴。田畴平坦，一直向东向南斜伸，稻苗油青，河汊交错。在田沟水沟，扒开草丛，便可以找到蟋蟀，用网兜扑上来，塞入圆墩墩的竹罐。竹罐是孩童的"魔术瓶"，可以装萤火虫，可以装蟋蟀，可以装柳蝉。孩童用自行车链条换麻骨糖吃，用塑料鞋换甜糕吃，但不会用玻璃罐去换任何东西。装一只或几只蟋蟀，孩童抱着玻璃罐回家，摆在卧室的木桌上。孩童在昏暗的灯下写作业，蟋蟀在玻璃罐里抖着触须，兮兮兮地叫。

这是一个神秘的世界，也是一个令人好奇的世界。孩童作业没做完，便扔下了笔，对着玻璃罐发呆，摇一摇玻璃罐。蟋蟀的叫声多动人，兮兮兮，如水浪在不知疲倦地翻卷过来。蓝星在窗外爆裂，无声无息。月光朗照着田畴，无数的蟋蟀在吟唱。牧歌和童谣，被蟋蟀吹奏。略大一点的孩童，以蟋蟀作饵料，鱼钩穿在蟋蟀的尾部，抛在河面，蟋蟀踩着水跑，跑出一条波纹一样的水线。翘嘴鲌或鲤鱼翻上来，吞下蟋蟀，钩住了。一只蟋蟀要了一条鱼命。

在孩童时，我用铁盒放在书包里养蚕，用鸡笼养过草鸮。我没养过蟋蟀。我有一个约半亩大的院子，有两棵并生的枣树、一棵红肉瓤柚子树、一棵白肉瓤柚子树，还有一棵树冠遮盖了半边瓦屋的桃树。枣树下，是一处乱石堆。落枣烂在石缝，枣叶烂在石缝。石堆之下，有很多蟋蟀。夏秋之夜，它们夜夜兮兮叫。一张竹床安放在院子中央，祖母摇着蒲扇，给我讲老放排工。

那个老放排工从浙江温州逃难来，逃难千里，疲倦了。他在村里安顿了下来，做了放排工。他从上游放木排下来，放到信州去卖。他身手好，无论多凶险的急流险滩，他的木排也不会散架。放了十三年的木排，他病倒了。他临死，对我祖父说：你把我葬在河对岸的高山上，那样，我就可以看见我的家乡。

我睡在竹床上，听着听着，就入睡了。夏风凉爽，冰碴一样的星辰在跃动。木槿花兀自开着。牵牛爬在木垛上。蟋蟀一直在角落里吟鸣。忘忧,单纯。入睡了,忘记了令我害怕的长舌鬼。据说鬼的脸,一会儿绿一会儿蓝,舌头伸出来,比手巾还长。

一直以来,我以为祖母讲述老排工,是讲离乡。到了我去往外地生活以后,我才明白,那是对命运的一种确认。谁会想到自己会逃离出生之地,死在一个不可确定的地方呢?每一个人都有可能下落不明。唯有蟋蟀的长鸣,与孩童时无异。

我现在就听着这样的牧歌和童谣。像是在听《越人歌》。也像是在听"今我来思,雨雪霏霏"。夜越深,曲调也越轻灵。人在这样的情境下,会退回,退回到一个自然的状态下。人的自然性越充分,内心越放空,人也越舒展。在生活的樊笼里,住得越久,越渴望恢复自然性。或许,有时人所渴求的,不需要灯红酒绿或鼓瑟吹笙,而仅仅是屋角的一只蟋蟀,或窗前的一只白鹡鸰。

一日,我晒衣服,发现花钵里的一株三角梅晒死了。这个花钵是我去年大雪天从路边捡回来的。三角梅被冻烂,根还鲜活。我放在阳台上,给它浇水。过了初春,叶抽了出来，翠翠绿绿。我两天浇水半碗，分两次浇。入暑之后，我两天浇一碗水，一次浇半碗。前些日，我去了一趟泰和，回来时，三角梅死了。花钵里的泥皲裂板结，三角梅活活枯死。我倒出花钵里的泥，用锤子捣烂。我发现泥里有几个小洞，隧道似的泥洞。我明白了，在去年，蟋蟀产卵在三角梅下，被我抱了回来，孵出了几只蟋蟀，在我居室“潜伏”了下来。这真是一件奇妙的事情。我捣烂了泥，装回花钵，摆回阳台。我埋了五粒花生下去。花生可年栽两次，我又得勤浇水。我不仅仅为了花生，而是为了蟋蟀。在入秋时，蟋蟀可以在花钵里孵卵，一年一个世代繁殖。

有蟋蟀在居室，是自然的眷顾。

所居之室，在林缘地带。即使在高温天气，日落之后，不用一个小时，就凉爽下来。落山风从山垄扫下来，夜气就涌上来，暮色化为黧黑，山冈变得敦实、矮小，山顶浮出几粒米状的星星，亮白冰冷。夜空是冷漠的，从来就如此。夜空不会同情黑暗中的人，也无视我等的存在。

没有任何夜晚能使我沉睡

没有任何黎明能使我醒来

海子在《西藏》这样写。或许,是这样;也许,蟋蟀能使无法沉睡的人安睡。天空空出了足够的位置,留给星星。星星繁多却不会拥挤。星亮出了天幕,蟋蟀开始叫了。兮兮兮,兮兮兮。兮。兮兮。兮兮兮。兮兮兮。兮兮。兮。

世间之物,唯蟋蟀的鸣叫纯粹。它就那么一直叫着。在黑夜中叫,带着潮湿之气,带着纯粹的欢乐。

我不知道,蟋蟀是否对气温敏感,是否对光线敏感。熄灯了它就叫,亮灯了它不叫。我很想看它磨蹭着翅膀的短刺。它和我捉迷藏。任由它了。

其实,我的卧室非常简单。一张床,一个衣柜。床也简易,一副床架和一条被褥。我喜欢过极其简单的生活。蟋蟀也是这样过生活的吧。它只需一个花钵。

土陶的花钵不大,陶底有一个漏口。土是营养土。我从野塘挖了半脸盆淤泥回来,晒干,揉碎,塞在花钵。浇了几次水,花生就出芽了,一根茎,散开了两片叶,看起来像个翘着辫子的黄毛丫头。

雨夜,蟋蟀是不叫的。雨在树上湍急。雨在空中湍急,嗦嗦嗦嗦。窗户被雨击得当当作响。楼上的响动声,像船在颠簸,晃动得很厉害,茫茫之夜如茫茫之海。船上的人在晕眩，在迷失方向，在激荡。雨停下了，树叶也没了雨滴声，蟋蟀又叫了。枯寂的夜，需要蟋蟀伴奏。蟋蟀拉起了胡琴，悠长的琴声是滴不尽的雨水。

有一天，我有些心烦，对着向我摇尾巴的大黄狗发脾气，对着啄鸭子的鹅发脾气，对着树上的松鸦发脾气。我看什么东西，东西就不顺眼。我把茶叶罐摔得裂开了嘴巴。它们很无辜。原本留给鸟吃的剩饭，煮了一碗粥，我吃得干干净净。这个时候，蟋蟀没心没肺地叫了。兮兮兮。兮兮兮。我脱下脚上的鞋子，找蟋蟀。我四处找。找到的话，我要用鞋子掌它。追着它，掌下去，掌得它跳起来。

找了十几分钟，还是没找到。它就在房间里。我坐在床沿，垂下手，望着白墙。我对着墙说：世界上，有没有不烦的人啊。

蟋蟀叫着，兮兮兮。月影上来了，印在窗户上，如一朵洁白的窗花。桂花树在轻轻摇动，沙沙沙。这时，才突然想起，这是农历十月十三了。我推开窗，月如水中白玉。扶着栏杆远眺，山峦如失散的马群，各自奔跑。安静了，除了虫鸣。

到了农历十一月初，虫鸣稀少了。以前，蟋蟀叫，是四野皆鸣如鼓。现在冷清了,就那么一只、两只。虫大多数被冻死了。夏虫活不过冬,朝菌活不过夕。居室里的蟋蟀已有半个月没叫了。也许它死了。也许它真的死了。也许它都腐烂了。夜晚的陪伴者,唯有星月与蟋蟀。

最终,没有蟋蟀叫了。天已严寒。夜露冻在落叶上。叶是银杏叶,像一只只不再飞的蝴蝶。捡了一些落叶,铺在花钵上。如果花钵里有蟋蟀的虫卵,就不会被冻死。

到了我这个年龄,已经没有多少事,也没有多少人,值得我去付诸过多的心思去关心了。也无力去关心了。我越来越珍视那些微小的、与物质生活无关的东西。它们给我的快乐,多于物质,多于周遭的人。它们存在于恒定的时间之中。

鸟打坞

山坞在针叶林后面。针叶林呈梯级，往山巅延伸再延伸。我站在窗前，就可以清晰地看见这片森林。突兀而出的高大杉树，如一股不散的炊烟。春末夏初，森林在大多时候被淡雾所笼罩，或被雨遮蔽，只露出一个山尖。在闲日，我无处溜达时，便去林缘地带观鸟或采集野花。

一条机耕道通往森林。机耕道是黄土路，进山的拖拉机磨出坑坑洼洼和路脊。有时，拖拉机陷在坑洞，突突突，冒出滚滚黑烟，油门轰了十几分钟后熄火了。在年初，有人拉来炮渣铺路，请压路机压实。炮渣路渗水，即使是雨天，走起来也很清爽。我便每日中午去那片山野。机耕道一直弯向山脚下的枫香林。一日，我发现在岔路口有一条巴掌宽的小山路，深藏在苦竹林里。苦竹密密匝匝，笋也密密匝匝。小路被苦竹弯垂的树梢密闭了。我只得弓着腰钻了进去。

小路沿着林缘往北,有两百余米长。走出苦竹林,豁然开朗。这是一个被山峦挡住了外界视线的山坞,坡上的阔叶林给人原始、神秘之感。山坞朝东,有一块约有三亩大的荒地,在早年被人种上了数十株桃树和梨树。我的到访显得意外和突然,桃花梨花忍不住在枝头颤动。细腰蜂嗡嗡嗡。山野沉寂,嗡嗡声显得有些震耳欲聋。一树红艳一树白艳,花粉团簇。山坞收紧之处,是一块水塘。水塘半干涸,水积在塘底,呈锅状。鲫鱼和白鲦,乌黑黑地拥挤在一起,拱起淤青色的脊背。我扔一个小石块下去,鱼激烈地跳起来,甩着尾巴,溅起水花,瞬间又聚集在一起。鱼在等待雨水灌满水塘。雨季迟迟没有来,前些日的几场酥雨,并没有带来丰沛的水量,只是淋湿了塘边的淤泥。之前,淤泥是皲裂的,有了水,泥皮溃疡一样烂开。大蓟和紫云英从淤泥里长了出来,零零星星。紫云英有了小骨朵,油灯一样亮了起来。

水塘之北的山边,有一栋民房。民房只有一层,盖瓦,门锁紧闭。房前有一块半亩大的院子,方方正正。院子里有水池,可洗衣洗菜,晾衣竿架在两根竹桩上,已成了麻黑色。院子的地面并没有硬化,而是土夯,长出了稀稀的青苔。屋角的两边,各摆了八个土钵,种了许多花,有的植株已经彻底枯死,有的植株葱葱茏茏。丹顶红、草本海棠、姜花、菖蒲,再次从春天出发,茎叶繁茂。这些山野之物,熏染了春日之气。

这是一栋废弃的民房。看起来,房子约在十余年前建起来,房墙的白色涂料还没改变颜色。是谁在这个山坞建房呢?当然,这是一个开阔、向阳的好地方。建房的人为什么又离开了呢?从山涧引来的泉水,依然注入四方形的水池。嘟嘟嘟,是水入池的声音,也是时间之声。我从杂货间下找了一把锄头,挖了野山茶、刚竹、木本绣球、赤楠,栽在植株死了的土钵里,盖实了土浇透了水。那个离开房子的人,假如有一天回来,看到我种下的植物活了下来,该是一件多么欣喜的事。

院子与水塘之间,是一个陡峭的土坡。土坡长着茂密的阔叶林,有多穗石栎、苦槠、山矾、大叶冬青等。树并不粗壮,却有十米之高。苦槠正在幼发嫩叶,叶淡青微白,像罩着一团白雾。

那个曾打算在这山坞生活或长居的人，在山涧入山坞的低洼处，还用石头砌了一个圆形的泻水池。池约有十余平方米，深约两米。池底有一层白白的细沙，也许是被水带下来的。石壁上，裹了一层青苔。看起来，水池更像一口活水井。池中有几条点纹银鮈在游，许多小虾附着在青苔上。一棵桃树的树冠盖住了池口。倒映在池中的桃树，一下子生动了起来。飘落的桃花浮在水面上，与白云织在一起。云成了桃花云，缥缈于水云间。

在山坞闲走了半个下午，也没看到一个人来。桃花梨花自开自落。我很想认识那个种桃树梨树的人，认识那个建房修池的人。他为什么来到这里，为什么又离开。我觉得那个人，就是另一个我。

对生活，对生命，我有很多困惑。我尝试了很多方式去解答，都找不到令自己信服的答案。去山中访问，是我最喜欢的一种方式。而我每每去了山中回来，又冒出别的疑问。我又不得不更多次去访问。在访问时，我目睹了四季的变化，物候的更替，内心获得了极大的纾解，我就不那么悲观地活下去了。

翌日，我找出柴刀，磨了又磨，去砍苦竹。那条小山路荒废太久了,我得把苦竹清理一下。到了岔路口,我又放弃了这个想法。山坞被人遗忘,小山路也失去了作为路的意义。

自2021年8月23日,居于大茅山脉北部余脉的笔架山下,这座叫来垄杠的山峦,我去了数十次。山田一直荒着,莎草长得比人高;8月的鱼塘漂浮着少量死鱼,翠鸟栖在竹篱笆上嘁嘁;附近的乡民在山边种植顺季的时蔬。我以为自己对这一带的地形、山势、植物、鸟类、爬行动物、物候了然于胸。其实不是。没发现那条小山路,我也不会去那个山坞。一座原始的山,是有着惊人秘密的。

3月21日,在山边遇见一个扎南瓜架的人。他七十多岁,高高瘦瘦,戴着一顶斗笠,胡茬虚白。我问大叔:大叔,山冈后面那个山坞,怎么称呼?

他斜睨了我一眼,见我破旧的皮鞋沾满了黄土,黄色的牛仔裤还破了一个桂圆大的洞,衬衣却雪白,反问我:你去过?

他又自答:叫鸟打坞,好几年都没有人去了。

那里有一栋民房,也不知是谁建的。我随口问。

不清楚。大叔说。他丝毫没有停下手中的活。野藤穿过竹杈，一圈一圈绕起来，在交接处扎死。土质是黄泥，适合种南瓜、辣椒、茄子、油麻、番薯。在我初来那一年，山边种了很多南瓜，脸盆一般大，坠在瓜架上。到了冬天，黄南瓜也无人采收，便由内而外地烂开，烂出一个窟窿。丝光椋鸟和小太平鸟，站在瓜架上啄食肉瓤里的南瓜子。在好几个山坞，我发现种下的菜蔬，都烂在地里。我心疼这些菜。还好有鸟来吃，有獾来吃。它们可舍不得浪费。

连着下了三天的绵雨，嗦嗦嗦，我便坐在饭厅看着窗外发呆。

第四天午后，我午休醒来，阳光黄黄，有着重金属的质地。黄鹡鸰、紫啸鸫、煤山雀、画眉等鸟类，在激烈地叫。我翻身下床，急急地往鸟打坞走去。天翻着蓝色的海浪，无声无息，几片浮云白丝巾一样飘动。天蓝得无比深邃。针叶林露出了褐黄、墨青的色彩。桃花不见，梨花不见。水塘边的泡桐树，结满了油粉的白花。

踩下去，脚下的泥土溢出水浆。吃水深重的泥，马塘草、鸭跖草长得肥厚。从桃树上，采了几朵桃浆，捏了起来，捏成球形。桃浆作汤、氽肉、制羹，均是上等食材。水塘灌满了，鱼在草丛窸窸窣窣。它们不是在吃草，而是在产卵。

涧水汩汩,从芒草丛的一块崖石注入水塘。水塘约一亩之多的面积,呈梯形。水塘之下,是一层层的小块梯田。梯田已荒种多年,莎草、苇草油油绿绿。我坐在院子的石墩上,弥眼四望,除了满山的树,偶尔飞过的鸟,也没什么可弥望的。但我一直弥望,想有一种东西突至视野,给我意外之感。

坐了半个下午,雀鹰在山顶盘旋了半个下午,唔唔唔,呜呜呜,叫得惊骇、动魄。鸟打坞被环形的山所包围,畚斗一样敞开。山梁呈马鞍状,与另一道山梁相连。

不知道房子里有哪些物什。窗玻璃上糊着发黄的报纸。房子的侧边有一间杂货间,虚掩着一扇木门,锄头、柴刀、镐、簸箕、竹篮等,依墙挂着或吊着。地面干燥、阴凉、洁净,弥散一股灰尘气。木质的锄头柄粗粗糙糙,也没包浆。一个布袋挂在墙上,我摸了摸,是黄豆。那是还没下地的豆种。蜘蛛在木梁下结网,大如箩筐圈。

清明之后,山中寒气尽消。木荷开出了白灿灿的花。附近村子的三个妇人,背着竹篓,钻进阔叶林采野茶,边采茶边说笑。据她们说,鸟打坞产的野茶非常好喝。问她们:什么叫非常好喝?她们说:喝起来微甜,口感一点也不糙,茶味绵长。喝了野茶,嗓子不麻麻痒,很泻火呢。

我问一个在桃树下歇脚的妇人:建这个房子的人,去了哪里呢?这么好的房子都舍弃了。

哦,你说的是圆水师傅啊。他住在对面那个山冈呢。妇人说。

我看看对面的山冈,除了针叶林,什么也没有。妇人噗哧一声,笑着说:圆水师傅埋在对面山冈,就在那棵黄檫树底下。

他怎么死了呢?

人都会死的。死的境遇不一样罢了。有的人早死,有的人晚死。有的人死了无声无息,有的人死了热热闹闹。终归是无声无息。

我去了黄檫树底下,并没看到坟墓,也没看到墓碑,只有三个大石块叠起来。黄檫树又高又大,俯瞰着山下的狭长山谷。我久久地望着山谷,谷口之外是一个小村,人烟被一条山溪扭结在逼仄的岸边。低处的人间,常常令人无言。

从鸟打坞出来,夕阳斜照。我直接去了山脚下的村子，打听圆水师傅的事情。圆水师傅是上饶市人，在四十二岁的时候，他在超市上班的妻子跟进货员跑了，去了浙江义乌，再也不回来。她嫌他老实。过了两年，他十四岁的女儿也跟妈妈去了义乌。在楼顶冰凉的房子里，他生活了又三年。他离开上饶市，在博山寺种地，做了十来年。他身体较弱，头发早早就白了。十五年前，他租了鸟打坞的山地，盖瓦房，筑水塘，自种自吃。房子没住上六年，他就病故了。他是一个话语不多的人。他死在山塘的石埠上，身上盖满了春雪。幸好被一个上山砍木料的人发现，被村人就地安葬。

鸟打坞，在圆水师傅来之前，叫水打坞，因为涧水在春夏常鸣不已，桑当桑当，响彻山坞。圆水师傅来了，种了三块山田的水稻和一块山田的黄菊。鸟就聚集在山田啄花吃谷食虫。鸟是人无法赶走的，赶了又来。那几年，环颈雉在山坞繁殖得特别快，一窝一窝的，在草丛、灌丛出没，因此叫鸟打坞。圆水师傅走了之后，环颈雉缺了吃食，迁徙走了，一年比一年少。

每个星期，我都要去一次鸟打坞。在房前的院子，我种下两棵粉叶柿。这是赣东北常见的土种柿子，可活千年,柿如灯笼。树苗只有大拇指粗,需抚育。粉叶柿生命力旺盛,耐寒耐旱。等柿子树挂果的时候,我早已离开了这里,去另一个地方生活。至于去哪里生活,我也不知道。人的常态是无常。人至中年,应该去适应去深度认知无常,不要对无常恐惧。树比人活得更长久,甚至有时候还可以代替人活。每在一个地方暂居或客居,我都会种下树,以示曾于此生活过。

下雨,山在视野里会发生倾斜。雨势改变了视觉中的山势。这些天,日日暴雨。海棠花落尽了。春天也行将结束。针叶林被雨遮蔽了。山在雨中消失。每临夜晚,山林里会传来“嘎呀嘎呀嘎呀”的鸟叫声,连续不断,铿锵有力。这是领角鸮在叫。它从 3 月中旬叫到 5 月下旬,每天晚上约七点多开始,叫到凌晨约两点。它藏在某一棵树的树洞,在呼叫伴侣。

领角鸮叫了半月余,青蛙才开始叫。黄瓜开花,豌豆可采摘了。

山居之后,我不再对生活有怨言了,既不抱怨别人,也不抱怨自己。生活是可原谅的,人是可原谅的。我们尝试原谅自己,比原谅别人更重要。即使不原谅,也无济于事。

看看黄檫树下三块叠起来的石头就知道了。即使没有什么幸福感,也要当作有幸福感去生活。生活就是这么回事,有时候很不堪。

圆篓记

“圆匾圆篓圆腰篓，米筛豆筛宽边筛。”我在有兰早餐馆吃馄饨，听到有人吆喝。一个七十来岁的大叔，挑着竹器来到村子，入村口走来，边走边吆喝。我站起来，招招手，说：看看竹器。

取了圆匾，对着阳光照照，摸摸匾边，放了回去，又取下圆篓倒下篓底，细细地察看。篓底是青篾板，扎得厚实，篓角煻得熏黑熏黄，整篓用青黄的篾丝编造，篓口箍得紧致。我说：你家竹器地道，还用砂布磨了篾丝尖，摸起来就舒服。

大叔敦矮，脸宽，额头有一层层卷起来的皱纹。他鼻大，头发硬短而稠密，笑起来眯眼，露出一口白牙。大叔说：一把老篾刀编造不出好竹器，对不起大茅山的老毛竹。

有兰，再下一碗馄饨，加一个鸡蛋，给这个老师傅吃。我说。

我吃过了，吃过了出门的。大叔说。

你还要挑竹器卖呢。我请。我说。

哪好意思呢。大叔说。

他吃馄饨，我选竹器。我有一个阁楼，墙上挂了许多竹器，有二十多种圆匾、篮子、筛子、篓子。翠竹的青黄之色，篾丝造物的弧形之状，竹片的火煻之气，都令我爱不释手。我选了一个敞口的圆篓，对大叔说：这个圆篓，多少钱？

四十五。你买的话，算四十吧。大叔说。

价钱不能降。价钱是物钱。我说。

大叔挑着竹器往村巷走去，吆喝着。抱着圆篓，我回去了。圆篓四方底，篓腰收圆，往上慢慢收缩，篓脖子往上敞开，形成一个圆敞口。它可作鱼篓，可作腰篓，可作茶篓，可作菜篓。我无茶可采，无菜可摘，便一直挂在阳台上。

一日，花桥的同学来看我，带了一袋冬笋来，说：你来这里生活了这么久，也不去花桥走动，不走动走动，人就生疏了。

我说：明年春就去，去爬大茅山。

我们东拉西扯,说了一个下午。我送他下楼,他走前面,我走后面,看到他后脑的头发都白了。我说:一转眼,我们有三十二年没有见了,你还记得我喜欢吃冬笋。

他送来的冬笋还裹着黄泥,笋壳很是新鲜,有二十个,约八两重一个。冬笋沙埋才保鲜,否则笋壳长菌毛,笋肉霉变发黑。这么多冬笋,一个月也吃不完。捡了笋壳没有破的冬笋,塞在圆篓,编织绳绑着篓底,束紧篓脖子,吊在阳台挂钩上。想吃了,取一个冬笋下来。吃过了元宵,冬笋也没坏一个。

大茅山北麓盛产翠竹、毛竹。2022 年 3 月 8 日,有诗人不远数百公里来访。山中有美意,我便与诗人去乌石村看竹林。竹林披在山崖之下,绵亘十数公里,竹浪招摇,鸟喧动竹叶,无风而落。在翠园吃饭,临溪而坐,无酒而醉,缱绻而归。竹多,造竹器的手艺人也多,在冬春农闲时节,常见挑竹器的乡人走村串户,摇着响铃吆喝:筛子篓子篮子,烘笼筐箩筲箕。

也有卖竹椅子、竹躺椅、竹摇椅的。夏日,在枣树下摆一张竹躺椅,午睡一会儿,神清气爽。我买来竹躺椅,倚墙靠着,第二年夏天搬出来纳凉。搬它,落下一地蠹粉。是被虫蛀空了,竹质蛀出米灰一样的齑粉。春夏,竹躺椅暴晒数次,便不会被虫蛀。我忘了。

竹丝竹篾编造的器物,不会被虫蛀,陈放日久纤维会硬化。我常把圆篓作鱼篓,插上鱼竿,抱去河边钓鱼。常泡水,竹纤维会软化,越用越好用。圆篓浸在河里,上了鱼,扔进篓里,盖上一把竹节草,鱼在草下窸窸窣窣。夕阳下山,从水里提出圆篓,水哗哗哗四泄。水滴跟着我走。

过了霜降,乡人开始挖芋头。芋头田松软,土层干燥,挖起来并不吃力,锄头挖下去,翻上来,子芋挂在母芋上,一捧捧。开杂货店的曹师傅对我说:你跟我去挖芋头,拣几个大的子芋留着吃。

他在前面挖,我在后面挑拣。圆子芋,芽头嫩红,毛糙。这是最好的红芽芋。拣了半篓多,我背了回来。芋头沉实,篓口的篾片被绳子拉脱了,篾丝翘了出来,芋头散了一地。

圆篓无法挂了,也无法背了。

每天晚上,卫生间呜呜叫,听起来,是大电风扇在转动。其实是风灌进了天窗。天窗没有玻璃,风震动了天花板,发出台风的呼呼叫声。我不胜其烦。我请师傅来安装玻璃，他见破圆篓搁在书架下，说：圆篓脱箍了，还留着干什么，当个废纸篓还差不多。我去给你找一个新圆篓，看起来也有个样子。

我说：圆篓用得少，只是喜欢竹器，不在意新旧。

竹器再旧，我也舍不得扔，即使破了，请师傅加几条篾丝编编就可以。我有一个圆篮，从井冈山买来的，用了十余年，加了三次篾丝修补，还在用。器物，有自己的脾性，也有自己的记性，还留有使用者的体温。

芋头吃完了，春天甩着闪电的鞭子，赶着雨水的马车，顺着叶脉，停在树梢上。在溪岸，垂珠披散着满树的花。一日，我去双河口，见一个蜂农在刮蜜。蜂箱挂在岩石崖下，他登上木楼梯，掀开棕衣包裹的箱盖，提着蜂框，刮蜜。蜜琥珀色，浓稠，熔浆一样滴在铁桶。一箱蜂，刮了八斤多蜜。山坞里，他放了八个蜂箱。蜂农说，在蜂框涂蜂蜡，野蜂自己会钻进来，两年就可以刮蜜。

第二天，我抱着圆篓去了雷打坞。那里有一个约十余亩大的山塘，塘下有一片乔木、灌木混杂林，木荷、枫香、大叶冬青有二十多米高，野山茶、柃木、乌饭树占据了半边山坡。混杂林在一个狭长的小山坳，被一片高大的针叶林包围着。我用一件旧圆领衫套住圆篓，外裹 张塑料皮，以电线扎紧，篓内壁抹了一层蜂蜡，倒挂在一棵山矾树的斜桠。

过一个月，我去一趟雷打坞，站在山矾树下，瞧瞧圆篓，查验一下，是否有蜂飞进去了。每半个月去一趟，去了十来趟，我再也不去了。去一次，我要洗一次澡，洗一次鞋，洗一次衣服。没有一条路进山坳，钻树林进去，衣服上、头发上、脸上，蒙了很多蜘蛛网，鞋内也沾满了叶屑、黄尘。去一趟，去见鬼一样，土头土脸。

隔了三个月没去，差不多忘了雷打坞还挂着一个圆篓。一个破圆篓，哪值得记挂呢？其实，人就是忘性很大的物种。我们在外生活久远了，会忘记了乡音。归来的人，都不是当年的少年。在城市长居，忘记了头顶上的月亮，忘记了井边的秋千，忘记了杨柳岸。

那个开杂货店的曹师傅，又叫我去捡芋头，我才想起了挂在树上的圆篓。我去新营找那个卖圆篓的大叔，他家门紧闭。一个穿大花棉袄的邻居说，他在去年底，因病去世了。我很惊讶，说：“他好好的壮壮的，怎么就病逝了呢？”

“还不是那种病，咳嗽、发烧、头疼。他病了三天，都好了，去砍毛竹，扛了八根毛竹回来，第二天就起不了床。他就这样倒下了。他都没喊疼。”穿大花棉袄的邻居说。

“你见过牛倒吗？”她问我。

“没见过。看过别人杀牛。”我说。

“牛倒下去，是怎么拉也拉不起来的。牛瞪大眼睛看着拉它的人拽绳子，踫着四肢，踫着踫着，眼睛就闭上了，四肢僵硬。人倒下去，也是这样的。”她说。

紧闭的门，是一扇木质小门。门的两边，有两个小窗，像两只空洞的眼睛。他的手粗壮，编造的竹器却细腻，有质感。他是一个内心丰富的人，因此他的手格外柔情，从他指尖滑过的篾丝，带有一种恩情。

我问穿大花棉袄的邻居：“他还有竹器留下吗？我想买。”

“人走了一年多，哪还会有物什留下。”她说。

雨下了多日，绵绵，细致。又阴了两天。太阳出来了，大地蒙了一层厚霜。黄土路上的水洼，结起冰塑的针状冰凌。潮湿或阴湿的土层，倒竖着冰碴，昆虫冻死在里面。桃浆在桃树凝结，如一颗颗瘿瘤。空山不见鸟。有人在山冈上伐木,电锯吱吱吱作响,杉树的树冠在剧烈地摇摆。

圆篓还在。没看到一只蜂。我取下了圆篓,带了回来,放在屋顶天台飘檐下。天台有约三十平方米,栅栏门有一个外展的飘檐。

五年前,我有过一次十二指肠出血,落下了怕冷的病根。霜雪天,冷得身子都缩了。这是人走向衰老的身体事件。以前,我不怕冷也不怕热,不用空调不用电风扇。现在,一入冬,我便早早上床焐被子。中医小廖对我说:你去剥老松树皮,煮水泡脚,通通经脉。

窗外就是千亩松树林。松老了,树皮会皲裂,手掰一下,树皮脱落下来。松树皮掰出巴掌大,塞在圆篓里。晚上,取几片下来煮水,滗水出来,泡脚。泡了几次,我就不想泡了。太麻烦。好多事情,我都没毅力去完成,半途而废。比如每天走一万步,比如练毛笔字。刻意去完成某一件事,就觉得别扭,不得劲。

捂着被子,翻翻书或者发傻,太舒服了。我特别喜欢一个人发傻。有时发傻一个下午。

啾啾咭咭,大山雀闹出新绿。柳树一下子垂了下来,丝丝绦绦柔柔软软。水是一副弱不禁风的样子,南风一吹就皱了,哗啦哗啦地流。花钵移到天台,晒太阳。飘檐下的圆篓,有一对山斑鸠在衔枯叶、棉花、干草营巢。它们从楼侧的山冈飞来,呼噜噜铺了巢室,又呼噜噜飞走,浅灰的翅膀旋出伞状。

这可是个安家的好地方。松树皮垫实了篓,山斑鸠铺上软软的草叶,便是一个安安稳稳的暖窝。我又把花钵移回室内,关了栅栏门。我不能惊扰那对“小夫妻”。我用一个搪瓷碗,盛了半碗绿豆(去年剩下的两斤),放在栅栏门外,由它们取食。

过了二十六天,小斑鸠破壳了,探出毛茸茸的脑袋,兮兮兮地叫着。亲鸟轮流护巢、觅食、喂食。苦苦苦,亲鸟叫着,听起来就觉得可亲。看着它们,我们明白,生命的诞生是源自爱,而非别的。

为什么是这粒种子(而不是那粒种子)发芽,为什么是这颗卵(而不是那颗卵)孵化,是有缘由的,绝非无缘无故。山斑鸠有恋巢习性,一年繁殖1—3窝,食物丰富时,可达5—6窝。它们在圆篓多繁殖几窝,该多好。世上事,哪有那么遂愿呢?有了斑鸠巢,我再也不移动圆篓了。它是小斑鸠的摇篮,是爱的启示录。假如山斑鸠有回忆,那么圆篓带给它们终生暖意。圆篓是它们的圣殿。

在院子，在树林，在屋檐下，在窗台，我设置了五个人工木质鸟巢，期待有鸟在“木屋”安家。两年过去，一只鸟也没招来。有时，我看着柳莺在树林“木屋”顶跳来跳去，喊喊鸣叫，也仅仅是跳来跳去。我在窗台撒了米，鸟吃光了米，我又撒米，鸟又吃得光光，鸟吃完米就飞走。这是缘由没到。我也没了痴妄的想法。

三只小斑鸠在天台上蹦来跳去，很想飞的样子。我想起了那个挑竹器吆喝的大叔。佛说，生命有轮回。其实，不仅仅有轮回，还有转化。此生命转化为彼生命。而转化的媒介，叫“渡”。一个（一种）生命渡向另一个（一种）生命。圆篓就是这个渡生命的媒介。竹筏一样，把此岸的人渡向彼岸。此岸与彼岸，隔了迢迢之河。

渡向彼岸，便是神迹。我愿意做一个目睹神迹的人。这样想的时候，我的内心就减少了很多苦厄。人是由苦厄积淀的，需要去解除苦厄。所以，惜已有之物，惜已有之人。

渡向彼岸。入了四十五岁之后，我才明白其意。把自己渡到彼岸去，在渡中获得安宁，然后去往乌有之乡。彩云飞卷。

破缸记

斜坡下去，就是河埠头。埠头长满了芒草、灯芯草、蒲儿根和野蔷薇。斜坡右侧是一块菜地，种了番茄、黄瓜、辣椒。黄瓜还没搭架，叶子如两只耳朵竖着。埠头的石板上立着三口土缸。缸是圆口缸，百升的容量。这是三口破缸，缸底裂了蜘蛛网似的缝。我搬了搬，缸底下有许多百足虫、蚯蚓、斑蝥。

我把这三口缸搬回了院子。

晒衣服的老郭问我：破缸搬回来干什么用？

我说：玩玩，不干什么用。

老郭说：破缸有什么玩的。

我坐在椅子上，用板刷刷缸，里里外外刷，用水冲洗，洗出的水黑污污。洗净了，倒立在墙角下晒。

其实，我也不知道搬破缸回来干什么用。当然，也不是有用的东西才搬回来。东西是为了用，也不全是为了用。缸没破烂，就那么被扔了，有些可惜。

土缸是每一户乡人必备的器物，可以焐酒，可以泡冬菜，可以囤茶油、菜油、桐油，可以囤米、糠，可以放布鞋（老人的布鞋里还塞着几张卷起来的纸币）、袜子，可以囤鸡蛋、鸭蛋，囤硬木炭，囤咸肉、腊肉。土缸透气，防潮、防火，防老鼠、蟑螂、猫、蛇。唯一防不了的，是蛀虫。皮蠹科蛀虫蛀皮、蛀毛、蛀纤维，把布鞋蛀得空空，抖一抖，全是齑粉。布鞋袜子放在土缸，面上压两块樟木片、一块生石灰，盖上缸盖，蛀虫无踪。土缸生脆，易裂缝。

一日，我去盘田村买鸡。山田户户有数十只鸡散养在荒田。村边有一排数百米长的野树林。树是樟树、枫杨树、刺槐、栾，高高大大。有一棵被雷劈了半边的老樟树，长了三朵菜盘大的菌（当地人称灵芝）。穿花裙的卖鸡人说，灵芝长了有八年，也无人摘，怕中毒。我掰了掰，硬硬的。菌黑褐色，中央有赤色的菌斑，菌边翻着黑毛。借了一把刮刀，我剜了一朵菌下来。

三茅是做铝合金制品的，晒衣架，做门窗，也做阳光房。我去他店里,他正戴着面罩,咯咯咯咯地切割铝合金,蓝色火焰忽闪忽闪。他取下面具,说:六叔,你好难得来呀,坐坐。

我说,这个噪音很折磨人,做这个营生不容易。

三茅说:谁都不容易,能养个家就可以。

他手上都是金属粉,银白白的。他抖了抖衣服的灰尘,说:找我有什么事?你没事,是不来这个嘈杂的地方的。

想借一把切割刀。我说。

你用不了切割刀,震动起来,你握不稳。切割什么?三茅问。

有一个土缸,我想割一个拱形的豁口。我说。

切割刀割不了,用飞轮切割。你用不来的,会把缸割散了。三茅说。他从工具架拿了一个电钻,取下钻头,换上圆形的飞轮,又说:割金属,割玻璃,没割过缸,不知道手艺行不行。

他骑上摩托车,突突突,带着我,绕着山边小道,五分钟就进了院子。我抱着土缸,用红墨水画拱门形。三茅摁下开关,轮片呼呼呼飞转。他轻挨着红线,咕咕咕咕,粉尘扬起来,扬起抛物线。

一个有门的土缸,看起来像弥勒佛的大肚子。三茅问:你切这个缸,做什么用?可以放到土地庙做烧纸炉,纸灰不会乱飞。

我说:你看看,这个土缸怎么用适合。

三茅说:可以做鸟笼。加一道栅栏门就可以了。

我说:那就是独一无二的鸟笼了。

三茅骑上摩托车,又突突突走了。他是个忙活的人,也是个舍得气力的人,说话大嗓门,做事风风火火,干净利落。

我取下蒸锅的上层蒸笼,贴着土缸内空,试了试,可以做一个隔层。我找出三根钢筋头,焊在蒸笼底下,做成一个 25 厘米高的支架,嵌入土缸。翌日,我拎了三个帆布袋去河边,掏淤沙。淤沙含有肥泥,透气,很适合种花生、甘蔗等植物。我掏了鼓胀胀的三袋淤沙。在蒸笼底,我盖了一块棉布(折叠两层),淤沙塞实,铺青石小碎片,看起来像山道石阶。又塞淤沙,插指头长的青石碎片,插在石阶两边,看起来像石峰。

村口的桥是一座老桥。站在桥上,可以远眺西去的河水,也可以远眺坠落的夕阳。在秋天,我时常去看夕阳。

夕阳似近却远，红彤彤，像一个焚炉。山梁从两边包抄下来，形成天空的圆顶。夕阳是圆顶上的冠冕。飞鸟在夕光下，是斑斑的黑点，没入远天，无影无踪。云团漾着漾着，就散开了，絮状，绯红似桃花。暮色从山边涌来。桃花掉入暮色，晕染，夕光残剩几缕。夕阳沉落。太阳辉煌的边缘是没落。夜蝉吱吱吱，叫了起来。丧调一样。

桥栏杆裹着厚厚的青苔。4 月的青苔，肥厚、靛青，饱吸着水分。我去掰青苔。我把青苔掰出块状，铺在土缸里的淤沙上。那朵野菌，插在缸口，像一棵秃树。我把土缸抱到天台上，细细地瞧了瞧，想起杜牧的《山行》：

远上寒山石径斜，
白云生处有人家。
停车坐爱枫林晚，
霜叶红于二月花。

我哑然失笑。我想，还得去采几株地衣和小山玉竹，栽在石阶两边，那还真有山峦峰丛的意蕴了。蒸笼底下，可以铺一块蒲团，做个猫窝。那我还得抱只猫来养。我又哑然失笑。

我始终没有抱猫来养。我有三十年不养猫不养狗。那个臆想出来的猫窝，又铺上淤沙，埋了两块生姜下去。生姜会自己发芽。

一次，我去镇里看望老朱。老朱在板材厂做锯木工作。他在电话里对我说：你还没看过解木板，你来木板厂看看啊。电话里，轰鸣着电锯吱吱吱的声音，可以感觉到木屑在高高飞扬。

去了木板厂，见他正在推木头，戴着口罩，头发、衣服、鞋面等落满了木屑。木屑软软，金黄。叉车扠下木头，落在锯床上，老朱双手抱住木头，稳住，往电锯推。嘟嘟嘟嘟，嘟嘟嘟嘟。木屑落下来，积成一道山脊的形状。木板厂占地有十余亩，其中一半的地堆着木料。木料大多是杉木、松木、栲木，剁头去尾，圆滚滚。也有一些大杂木，如枫香树、苦楝、榆木、大叶女贞，还有香樟。木料场还堆着几个大树根，三五人也无法合围。老朱说，这些大树根是用来做大茶几的，抛抛光，打上桐油，可值钱了。

临出厂门，我的眼睛还盯着大树根。老朱问我：你想买个大茶几？自己做的木器结实，几十年也不会坏。我用的茶几,还是太公传下来的。

我说:不是,树根锯一圈三厘米厚的木板卖给我就可以了。

你要那么大的木板干什么?老朱说。

做桌面。我说。

那容易,木都是我锯的。下次去你那里,我带去。木头烘干了,煻得熏黄,桌面好看。老朱说。

入了冬,老朱带来了桌面,说:这是老樟木,现在很难得有这么大的老樟木桌面了。

老朱醉醺醺地回去了。我扛着桌面去了老四师傅家。老四师傅做了五十多年的木匠,竖屋架梁,做桌制柜,都是好手。过了五十岁,他的腿骨不怎么好,走路不便,他便留在家中做八仙桌、木楼梯、靠背凳卖。老四师傅见我扛着圆木板,说:这块木板做圆桌面好,还是老樟木。

木板不是正圆,有好几个犄角。做成圆桌面,就得锯圆边。我说。

老四师傅张开大拇指和食指,量木板外圆,量了外圆又量犄角,说:利用犄角,可以做一张八角十四座的桌面,你看看可以吧。

这样的桌子,会不会难看?哪有这样的桌子。我说。

桌子是人坐的,也是人做的。坐得舒服,就是好桌。老四师傅说。

那就按照你的想法做。桌面中央给留一个三十厘米直径的圆口。我说。

那是火锅桌面的样式了。老四师傅说。

天冷了,需要一张火锅桌。桌脚的尺寸,我过两天告诉你。我说。

回到院子,我又请三茅带飞轮切割机来。三茅给墙角下的土缸切割出一个拱门形,说:你是不是又找到灵芝了?灵芝做盆景很好看。

我说:别问那么多,过三天,来我这里吃火锅,喝喝我陈了五年的谷烧。

我有一个精钢吊锅,是野外用的,我孩子玩野炊,就带吊锅去。孩子长大了,野炊也不玩了。吊锅挂在杂货间的梁上,积了厚厚的灰尘。我取下吊锅,洗了又煮,煮了又洗,才算干净了。锅架移进土缸的肚门,摆上一口小锅做炭灶,燃起硬木炭,就成了一个灶炉。灶炉对着新桌的圆口,圆口架上精钢锅,就可以围桌涮火锅了。

山上的毛竹黄了,树林露出了斑岩的色彩。山巅始终没有露出过,被厚厚的冬雾罩着。岭上的白背叶野桐挂着几片稀稀的麻叶,戴孝帽似的。一排排的白背叶野桐。鸟唧唧地叫着,始终不见鸟的影子。它们叫着北风,叫着流水。鸟声、风声、流水声,纠缠着。冬雾不散,被冻住了。风也不散,被冻住了,于是,风一团团地打滚,像个泼妇。

雪终于降了下来。灶炉早上就燃起,木炭无声地红,一圈圈红出来,翻卷着白色的炭衣(炭灰)。炽燃,是不会有火星的,也不会有燃爆声,而是热气翻涌,像胸内的血。

天下着雪,我们围桌吃火锅。桌面热烘烘,屋子热烘烘。这个时候,我身子不会冷,心也不会冷。一个中年人不会感到冷,是一件宝贵的事。供中年人取暖的东西,太少了。我对三茅说:墙角还有一口破缸,明天,辛苦你来一下,把那口破缸底腰切一个酒碗口大的圆口。

三茅说:要得。等好酒喝了。

翌日早晨,我去后山挖黄土,挑了两簸箕回来,用洋铲浆(浆,搅拌的意思)黄土,黄泥浆得黏稠,糊在土缸内壁。黄土是个好东西,可以当涂料刷墙,还可以作隔热、聚热的物理材料。在底腰圆口,燃硬木炭,土缸就成了一个烤箱。

我杀了鸡,里外抹盐,用荷叶包裹起来,挂在钩上,横在缸口,垂下去,盖上缸盖,用黄泥封实。我洗了簸箕,去找树苗了。山里有很多指头粗的小树,挺拔、小冠严实,很适合移栽。栽种在经常走的小路边,看着它们长高长大,蓬勃起来。

老郭见了焖鸡的土缸,说:这是烤箱,也是小灶炉,很适合炆肉、炆牛骨、焖大鹅。腊月正月很需要这样的炉。

土缸就送给你,你炆牛骨,我坐在院子就可以享受牛骨的香味了。我说。

老郭嘿嘿地笑,说:你自己留着用,留着用。

我问老郭:这三个土缸是谁家的呢?裂了缝的土缸也可以用,舍弃了就很可惜。老郭说:是吊酒师傅阿彩的,他土缸太多了,多得没地方放。

阿彩用土缸储存酒。也是,裂了缝的土缸也只有舍弃了。

很多用旧了的东西,我都舍不得扔。人到了舍不得扔旧东西的时候,是渐入老年了。我惜物,我舍不得扔。我把破脸盆做花盆,用乌石笔洗养铜钱草,鸡笼挂在树上做人工鸟巢。物可以用,也可以玩,玩出生活的情趣。人需要情趣才可以保持内心的湿润，就不会活得干燥，否则，在人世间走几十年，哪有毅力走下去呢？走着走着，就枯萎了。葵花一样，开花的时候那么灿烂，结籽之后就败了，风一吹就倒下去。我是一个追问生命意义的人，也是一个追问生活意义的人。我卑微，生活意义大于生命意义。人到了什么都不追问的时候，就安详了。安详，就是所有的获得和失去。

我越来越沉迷于日常生活，遵照内心的想法，平静地度过每一天、度过每一年，善待身边的人，也善待身边的物。他们和它们，构建了我的真实世界。我是他们和它们的总和，也是其中之一。活得既沮丧，又欣悦。

入　冬

入冬了，要紧事是买两篓硬木炭。烘火、煨火锅、焖肉、烤羊肉、烙番薯、煻老鸭，都离不开硬木炭。以前，硬木炭出自深山炭窑，伐下的杂木（一般是栲槠、槭、山矾、檵木、乌饭树、大叶冬青、赤楠等缓生树）暴晒数日，木柴烧热土窑，焐杂木，焐个七八天，除湿，炭化。有了炭厂，不要杂木了，用木屑、刨花、竹屑等压缩炭化，炭更坚硬，发热量更大。杨阿清在炭厂做杂活，清扫场地、包装炭、铲木屑。在砖厂，他做了二十多年的运砖师傅，垒窑砖、出窑砖，守砖窑。砖厂倒闭了，他去了炭厂。他力气大，做事肯出力，一天两餐酒，一餐喝半斤，三十年也没断过。熟人要买硬炭了，跟杨阿清招呼一声：阿清，给我带二十斤木炭来。傍晚，杨阿清就把硬炭送到家。

炭是炭头。炭厂把整条的硬炭卖给了做烧烤的人，碎炭头卖给乡人，价格减半。炭头好，一块炭头巴掌大，煨火熄煨火炉，一天有两块就足够了。我有一个铁锅火盆，四块木炭搭一个塔状，烧一天。脚踏在小方桌底下的火盆，看书、写字、打牌、下象棋，再冷的天，也不觉得冷。烘火是一种习惯，冬天离开了火盆，就觉得浑身冷。但隔三五天不烘火，也不冷身了。近些年，我特别怕冷，严冬开始，冷得缩着身子走路，穿棉衣也冷。入夜，洗热水澡半小时，烤火，身体才恢复正常。一旦怕冷，就会惧怕冬天，树叶凋敝就令人心寒。我怕冷，但不畏惧冬天，甚至偏爱冬天，去很远很高的深山。山上那么多树，树叶是落不尽的。一个人走进山，看见无边的树林，便知道，人活着，永远不会孤独。看着树，树也在看着我；听树叶翻飞之声，树叶也听我的呼吸。树与人，会以某种看不见的方式交流，彼此心领神会，无需口舌。凝视一棵树，越生出惊喜之心。溪水、树木、落叶、枯草、死虫、雨、霜，等等，凡自然之物，都值得我们长久地凝视。凝视它们，就是凝视自己，这是一种内观与内省。目之所及，皆旷达，我们也要这样。

炭黑且糙，装在篓子里，沉默。像一个心如死灰的人。

当遇上了火，炭壁卷起猩红的焰苗，如一朵红椎菌，炭灰白白，绸布漂在水里似的飘动。炭迸发出了热量，死而复生。空气变得干燥，煨在炉上的吊锅冒出了白汽，咕咕咕，溅起了油珠泡，腊肉析出了木柴和肉混合的香味，切两块白豆腐下去，切一棵青白菜下去，炆半个小时，添一碗水酒，吃的人便暂时做了山中的神仙。

我做了一张吊锅木桌，圆桌板直径 1 米、内空直径 0.3 米，吊锅平桌面嵌入、悬空，锅底煨一个火炉。桌高 0.85 米，下撑一个四脚井形桌架，很适合四个人坐。入冬以后，吊锅是不可以空的，炭火是不可以熄的，热水酒是不可以断的。炭火燃起了食物要被急迫饕餮的欲望。箬叶裹一个番薯，放在炭火边，要不了半个时辰，满屋子散着番薯香。掰开番薯，露出棕黄的肉瓤，炭火绽放了出来。

以锡壶温一壶水酒度夜，是一种必需。水酒与灯都是夜晚的陪伴。水酒悬在火炉之上，温着，热而不沸。喝小半碗下去，胸口燥热，手也不会抖，脚也不会痹。

水酒是自己酿的。选冷浆田的糯谷，机米前晒一天，机出的糯米又白又脆，泡冷泉水半个时辰，糯米涨得像蚕蛹。泡涨了的糯米用大饭甑蒸（一甑可蒸二十斤），干裂的木柴旺旺地烧,噗噗噗的蒸汽贴灶面游走,沸锅里的蒸汽往甑底上抽,蒸汽在甑桶板周围一会儿聚一会儿散,盖板湿湿的,湿了半个小时,盖板变白,泛出木纹朵朵。火闭在灶膛,糯米蒸出了小腊花的形状。打开盖板,糯米白灿灿地晶亮,珍珠一般。大木勺舀出糯米饭,倒在笤箕,用阴阳水(热水冲入冷水,各占一半,俗称阴阳水)冲,入酒缸,揉碎酒曲(酵母)调入糯米,匀散、搅拌,压实,在缸中央掏一个小碗口大的洞,盖上缸盖,抱缸入酒窠(焐酒的稻草窠),用棉絮严严实实地捂着。爱吃糯米饭的人,出甑的时候,盛一大碗糯米饭,拌一勺猪油下去,浇上蜂蜜(或白砂糖),边吃边晃头,说:真是香呀,可以把自己舌头吞下。

1995年初秋,我八十八岁的祖父去世。这是我一生非常重要的事件——虽然当时并不察觉。祖父爱酒、爱糯米食、爱辣椒。每次做糯米酒,蒸好了糯米饭,他用蓝边碗盛满满一碗,拌上猪油、白砂糖,坐在灶前吃。吃完了,筷子敲敲碗边,说:累一年,值得。我提木桶打山泉水,给他冲糯米饭。我冲水少了,他说:你腕力还不够,冲少了。我多冲水了,他说:孩子长大了,腕力劲头大,水冲多了。祖父用大锅铲搅拌糯米饭,蒸汽腾腾。祖母烧灶膛,看着祖父做糯米酒，笑得酒窝又大又圆。满屋子都是饭香。

糯米焐了七八天，甜米酒出来，量很少，很甜，尝一口，咂一下舌。舀一碗甜水酒出来，冲两个番鸭蛋下去，调散，加水，温在火炉里，想吃的时候，喝半碗。越喝越想喝，喝了又想喝，忍不住提起锡壶，一饮而尽。蛋花堵住了锡壶嘴，水酒冲不出来，用嘴巴嘣蛋花，嗦嗦，蛋花破壶嘴而出，烫得舌头发麻。或者用筷子戳锡壶嘴，戳一下，猛然嘣一口。一壶水酒就这样嘣干了。

在福建浦城生活时，当地人用水酒冲谷烧，焐在酒缸，藏三年五年，水酒变成酱黄色，入口恬淡，入肠如火，醉倒了还没觉得是酒醉人。闽北人称之“包酒”。一个包酒二两五，爱喝包酒的人可喝二十个。我见过爱喝水酒的浦城人，用开水壶喝，一个晚上喝三壶。

赣东北不产包酒，产糯米酒。糯米酒也叫冬米酒。甜的糯米酒叫甜米酒，不甜的糯米酒叫水酒。酵母不同，糯米酒也不同。水酒酒精度约 13°，冷喝胀腹，也不觉有酒精度，酒温热后，蒸汽扑碗面，酒气入鼻若隐隐游丝，入口即沉醉，香糯有加，入肠如火燎火灼，全身发烫。有一年，我去河口，丁智兄带我去他朋友家玩。他朋友正在温水酒，随手渡了一碗给我,我喝了,浑身燥热,额头暴汗。雪在巷子里白,月在檐角上白,我一脚深一脚浅,水牛过河一样浮着脚,跟丁智兄回家。丁智兄乐呵呵地说:喝这样的酒,你也会醉。他是个弥勒佛的笑相,憨态可掬。巷子又深又逼仄。

入冬了,最后一季辣椒下山。下山椒个头不大,椒籽饱满,皮甜籽辣。下山椒做剁椒、石压菜最好了。霜蒙了大地,清晨的菜叶结了霜花,崖石结了冰凌,山塘结了冰层。太阳出来,霜冰之物消失了。霜化了的萝卜、白菜,是百吃不厌的,换着花样吃。拔了萝卜白菜,洗净,晾晒两日,和下山椒一起做石压菜。

萝卜带皮切条,白菜整株,和下山椒、洋姜、晒干的芋母片一起,码在瓮里,再用七八张棕叶铺在上面,撒几把粗盐下去,用五六个碗大的鹅卵石压实;山泉水煮沸,晾得凉凉,倒入瓮,没了鹅卵石,盖上瓮盖,藏半个月,即可取食。这是山区家家户户要做的石压菜。石压菜也叫压菜、水藏菜、水泡菜。每年冬,我做石压菜特别用心。选单个斤把重的萝卜,选油冬青(土名矮脚白菜),芋母拳头大,洋姜洗净晾三天。在瓮底,我放两斤生姜下去,到了来年清明,泡菜的水不会腐变，菜质新鲜，口感爽脆。

天冷，不愿去集市买菜，就打开瓮，取一碗石压菜，切得丁丁粒粒，捏尽水汁。蛋三个，筷子调匀调散调稠，入热油锅煎，蛋花膨化，鸡冠花一样开在锅面。铲起煎炸的蛋花，锅里添山茶油，加热，丁粒状的石压菜入锅翻炒。烘出水，倒入蛋花、碎大蒜、碎生姜，翻炒。石压菜摊凉了，更好吃，下饭下酒，无肉也欢。下山椒让一盘菜有了灵魂，辣口、入味。如中药中的药引。

山里的冬天，老人离不开火盆，餐桌离不开萝卜。黄泥地种出来的萝卜，鲜有空心，肉瓤鲜甜，皮薄而脆，个头却不壮硕。屋后就是黄泥山，竹鸡林人在山脚开荒种白萝卜、胡萝卜、菠菜、青白菜、油冬青、香菜、芹菜、大蒜、卷心菜。那个绰号叫“矮子鬼”的尖头，白萝卜红萝卜种得好，不爆皮，肉瓤不会纤维化，吃起来无渣滓。小雪之后，我就问他买萝卜。我背一个竹篮，自己去拔。拔回来的萝卜，洗净，晾干。一个萝卜中分一刀切下去，又中分两刀切下去，又中分四刀切下去，又中分八刀切下去，晾晒在圆匾上。晾晒三日，傍晚，手掌抹盐搓萝卜条，又晾晒，每日傍晚，盐搓萝卜条，搓五次，收入缸。不知道别处的人，是否也有这样的吃法。德兴人、上饶县人，都是这样揉萝卜吃的。可直接吃，可炒吃。萝卜条晾晒得越透，吃起来越爽脆。

有了萝卜吃，我便觉得冬天不会难熬，生活也不会难熬。去山塘钓一条鲩鱼，剖鱼腹、剁鱼块，山茶油爆，加白酒或料酒，爆两分钟，半锅山泉水煮鱼二十分钟，加遛了热锅的萝卜丝、小米椒丝、生姜丝、大蒜丝、芹菜，再旺火煮十分钟，出锅。一条两斤重的鲩鱼，可烧出四碗鱼。四碗鱼摆在窗台，用纱布遮，过夜。翌日清晨，汤鱼结出了鱼冻。我们叫打鱼冻。

鱼冻打得好不好，在于鱼是否煮透、煮得入味，在于萝卜丝是否切得匀细、熟而不烂。冷水鱼作首选。

一餐饭，吃一碗鱼冻。

没有木柴，冬天不像个冬天。木柴是必备的。卖木柴的人，住在深山里，柴一码码地叠在院子里。要木柴了，卖木柴的人开着翻斗拖拉机，拉一车来。一百斤木柴一百二十块钱。一拖拉机拉两千斤木柴。木柴用藤条捆起来，一箍箍，滚圆、结实。

木柴是野山茶、檵木、赤楠、木姜子、冬青、大叶荆、五裂槭等杂木。杂木锯成一节节,尚未劈开。劈木柴是体力活,斧头要锋快、沉手,一斧头下去裂两块。劈木柴的人都以为自己力气大,搓搓手,高高举起斧头,劈下去,斧口落在木柴上,如落在棉花上。

尤其是缓生树,木纹扭曲,一下子吃住了斧口,力气越大,吃得越深,斧头拔不出来。用力拔,咚的一下,斧柄断了,劈木柴的人一屁股跌坐在地上。我劈不了木柴,用电锯,吱吱吱,圆木推进锯条,锯裂两边。柴灶蒸饭、烧菜,特别香。余下的木柴炭火,铲入火炉或火盆或火熜,旺硬炭。火熜抱在手上,冬天就有了冬天的样子。有了硬木炭的旺火,再冷的冬天也就不冷了。

除了一门心思做好三餐饭,剩下的时间便是找人玩扑克。山里的冬天就是这样。无所事事。大雪封山了,路上人迹杳杳。麻雀都不愿飞,也不愿叫,傻头傻脑站在屋檐下。山从山巅往下白,一直白到了田畴。落尽了叶的苦楝树,在田头,显得木讷。每一棵树都被雪盖了,以至于每一棵树都十分孤单。我便靠在门角,脚搁在火盆上,翻几页旧书。狗趴在门边打鼾。一条老狗,很少会离开这个火盆。狗老了,也不去找伴玩,见了生人也不叫。扔给它一块大骨头，它也不愿起身。我用脚轻轻踹它，它伸一下头，又趴下去。

除了爬山、河边溜达，我也无所事事。我也不愿去思考这个世界了。天天思考也没用，只会加深自己的焦虑。唯一可以缓解自己焦虑的，便是什么也不要想。这个世界就这么回事。所有的世界就这么回事。年青时，我觉得自己可以做很多很多事，想走遍自己想走的所有地方。四十三岁，我掉了第一颗牙齿——上第二磨牙，便改变了想法。能去的地方，与我所生活的地方，没有差别。若说有所差别，无非是地貌不一样。

就这样平平静静地活下去，无债可索，也无人索债，身边人平安，过冬有木柴、硬炭，打碗鱼冻打牙祭。雪地里的萝卜还有两畦，白菜还没冻死，瓮里还有半瓮石压菜。风很大很大，我就关死门窗。去山里的路不方便走，就去田畴，脚始终落在地上。

年关了，杨阿清送来两斤牛肉。他说，他的耕牛昨夜冻死了。

炭火那么旺，半天时间，化为白灰。

山　窗

我是一个无处可去的人，除了窗外的森林。我不去森林了，便坐在饭厅看着窗外。窗是大玻璃窗，有一个外伸的窗台，窗台之下是两棵桂花树。楼略高，我看不到桂花树，看不到近物，远眺尖帽形北山。松杉遍野，四季不动声色，始终默然如静物。起床了，见松杉林；喝茶了，抬眼见松杉林；看天色了，还是见松杉林。有时，我在饭厅坐一个下午，对着松杉林，北山在眼际虚化，一切不见了踪影。玻璃上蒙着豆粒大的水珠，我用手抹了抹，水珠还在。水珠在玻璃的另一面，轻轻的细雨遮住了北山。

可以独坐一个下午的人，其实和一棵桂花树没什么区别。我不知道自己是被什么带到了这个窗下，又将被什么带去何处。"何处"，让人困顿和迷惑。我用了差不多二十年时间,去了很多地方,或暂居,或孤行,最后还是在这扇窗前安安静静坐了下来。“何处”似乎是一个不是答案的答案。似乎,我放弃了路途,放弃了路途中的那些人。

窗台上,摞着水杯、镜子、饭盒、书籍。那十几本书籍随我辗转了好几个地方,但我很少翻动过,甚至有几本还没拆封。那些书籍和药丸差不多,病没发作,药丸是无效的,一旦突然发作,药丸可以给心肺提供动力。

一日,我在静坐,对着北山发呆。发呆可以让自己松懈下来。我听到窗外有三五个妇人在叽叽喳喳。这个院子,很少有人来。我拉开窗户,见她们在院子里种法国冬青作篱笆。我下了楼,在屋角见两个六十多岁的老汉在挖洞种树。我对种树的师傅说:大热天的,种树成活率太低了,可惜了这么多树。

树是竹柏、山矾、樟树、垂丝海棠、枸骨树、紫荆、桂树。一个老汉用铁锹挖洞,另一个老汉用洋铲铲土。洞挖得浅,树根栽不深,土也堆得松。我天天看他们栽树浇水。我知道,那些树存活下来的希望很渺茫。我说:树洞掏得深,水浇透,再栽树下去,土压实,再浇水,树才容易生根,水分可以多保持一些时间。

一个老汉说：栽下去了，是死是活，由它们吧。

暑天栽树，得清晨浇水，天天浇，树才有存活的可能。可栽树人不讲究，每天下午浇水，拿着水管，嘟嘟嘟地喷射。暴日之下浇水，树死得更快。

大地蒸腾热浪。我哪里也去不了。我约朋友去里华坛，朋友也懒得搭理我，说：这么热的天，烤蚂蚁一样，跑去里华坛干什么。

里华坛是一个废弃的高山小村，很多年无人居住了。那里有原始森林和大片的茶园，我很想去看看。但我终究没去。

树栽种下去了，篱笆栽完了，院子再也没人来。每天临近傍晚，灰胸竹鸡在山边叫得很凶：嘘呱呱、嘘呱呱、嘘呱呱、嘘呱呱、嘘呱呱……我讨厌它的叫声，歇斯底里，根本不顾及我在静坐。它就像一个隐居深山的敲钟人。

我端了一个碗下楼，给葱浇水。在山矾树下，我种了三个葱蔸，全活了。我每天给葱浇水，一棵浇一碗。葱长到半寸高，山矾树的叶子全黄了。我折一根细枝，啪一声，脆断，火柴杆一样脆。山矾树死了。叶黄，不卷不落。三棵竹柏也死了，树叶深绛，不卷不落。竹柏修了冠盖，看起来像一朵巨大的雀斑蘑菇。

山矾树有 5 米多高,树杈分层向上生,渐渐收拢成一个树冠。在它没有死的时候,树叶繁茂,树冠如一股喷泉。长尾山雀很喜欢在树上嬉戏,喊喊欢叫。但它慢慢黄了下去。叶黄,是一个漫长的过程,甚至很不容易被发觉。厚实的绿叶遮住了树杈,主叶脉却泛起金线似的黄丝。叶脉的金黄之色,慢慢向通向叶缘的支叶脉扩散,如荒火在野地蔓延。叶子半青半黄,叶绿色素日复一日消退,最终杳无影迹,叶子黄如一片金箔。不注意叶色的人,在某一天突然发现树叶黄得让人震颤,才猛然知道,这棵树还没活过一个季节。

我是每天都要注意叶色的人。叶色即生命之色,也即时间之色。时间是有气味的,也是有颜色的。树在不同的季节,会有不同的气味和颜色。如山矾,在暮春初夏之时,树皮、树叶都会生发一种淡雅的清香,叶色则是凝重的新绿;暑气来临,清香消失,继而是涩香,叶色则是醇厚的深绿;入秋之后则是芳油香,叶色则是油油的墨青绿。

山矾是我喜欢的树。窗外的这棵山矾树,是我唯一见过的死树。它的树叶一直黄着。我每天打开窗户,看满树的黄叶，叶就那么黄着，黄着，黄到我心里。

看一个人，是这样的：不厌其烦地看，这个人便住进了心里。心里有一个神庙，供奉着诸神，不厌其烦去看的人，成了诸神之一。看星空也是这样：无数的繁星，密集而疏朗，只有风、水流、眼神得以流过其间，高古而亲切，神秘而透明。星空便倒映在心里，成了湖泊。看一棵树也是这样：树被镂刻进身体，自己是树的替身，或者说，树是自己的替身。

万物皆为我们镜像。在万物中，我们可以找到另一个自己，一个隐藏很深的自己，一个陌生又熟悉的自己。

窗外，北山既遥且近。可以目视的地方，都很近。我可以清晰地看见山体森林分布的状况、山梁的走向、山巅的形状。甚至可以看清主要分布的树种：湿地松、黄山松、杉树、枫香树、朴树、乌桕树、黄檫树、梓树、油桐、泡桐，等等。在傍晚，我沿着山边小路，抄过一道矮山梁，便进入了鱼篓形的山坞。这个山坞，我走了无数遍，很适合一个人走，很适合我这样一个异乡人走——越走越深，直至不见身后的村子，我也因此不必问自己为什么来到这里。树林茂密，再无任何人声。高高的苦槠树独自成林。我开阔自己的，是在不可目视之外。

当然，窗外不仅仅有北山，还有夜空。夜空是一团黑，不见山不见星云。夜吟虫嘘嘘嘘叫，窗外仅仅是窗外，无物可视，世界是虚拟的，让我无法确定还有真实的事物存在。窗玻璃上扑着眉纹天蚕蛾、姬透目天蚕蛾、中带白苔蛾、黄群夜蛾、变色夜蛾。它们蹁跹，它们群舞，它们扑打。有那么一些时间(9 月中下旬)，我每天出门，看见门口、楼道，死了很多蛾。我清扫了它们，堆在桂花树下。它们成了鸟雀的食物。蛾的生命以小时计算。所居之地，在森林边，虫蛾之多，无法想象。我便把饭厅的灯，亮至深夜 12 点，让它们尽可能长时间见到光亮。它们热爱光，理应给它们更多的光。它们见不到光，会非常痛苦——假如它们可以感知痛苦的话。

蛾在飞舞时，会发出呲呲呲的声音。它们的口器张开，如绿豆破壳。在晚上 9 点之前，蛾聚集，一群群。光在感召它们。10 点以后，蛾非常少，有时只剩下一只两只。它们去了哪里呢。

乌鸫来窗台下安放空调外机的小阳台吃食，有那么些时日了。乌鸫来一只，来两只，来三只。最多的时候，来过十几只,挤挨在窄小的空间里,捽着喙嘴,吃蛾。死了的蛾掉在小阳台上。平时,院子很少看到乌鸫,死蛾的气息招引了它们。我也会捡拾几只蛾,夹在书页,当作书签。

夜不仅仅是黑的,也有白的。白如清霜。星辰浩繁。窗户是星空的缩写,玻璃缀满了珍珠。熠熠生辉的珍珠。窗外的大野明净,北山朗朗,黑魆魆的山影也是朗朗的。窗户于我,是弥足珍贵的。没有窗户,我兴许忘记了,我的头顶之上还有一条亘古的银河。我所向往的人,都居住在那条凝固的河里。河水泻进了我的窗户,慢慢上涨,淹没我。

山雨也会飘进窗户。有一次外出,我忘记关窗了。我去看洎水河。洎水河自东北向西南方向流去,河面宽阔。我喜欢看河水流淌,喜欢在银山桥头看鸟在树林觅食嬉戏。桥头有一片樟树、杜英、刺槐、喜树构成的树林,有成群成群的画眉鸟、树鹊、乌鸫。林侧是滔滔的洎水河。芒草、刺藤覆盖了河岸。画眉鸟的鸣叫之声,让我觉得人间是多么让人留恋。仅凭画眉鸟的鸣唱,人就该好好活下去,哪怕世事多艰,枯寂如野草。唧哩咕噜,唧哩咕噜,唧哩唧哩,卡唧唧卡唧唧,呱啦唧唧。滑音如波浪,转音如飞瀑，婉转悠扬。我常去泊水河边。鸟一直叫着，我舍不得走。如果这个时候，有一个女子也来倾听鸟鸣，也来观流水，那么我会爱上她。她必是一个与我同样心涌热爱的人。雨来了，不疾不徐。我抱头跑回。雨浇透了窗台，十几本书也浸透了水。山雨凛冽，卷起来，一团团涌进窗户。我望着白茫茫的雨，心一点点敞亮了起来。天干旱太久了，万物倦怠，我内心也荫蔽。雨，绿雨，坚硬的泥土在软化。

雨落完了，满地落叶。我连忙跑下楼，看山矾树和竹柏。出乎我意料的是，山矾树和竹柏依然满树叶。树死了，留着枯叶也是好的。

入冬了，种树的两个老汉又来了。他们在挖死树，替换新树苗。挖上来的垂丝海棠、紫荆、樟树，树根发黑了，泥团也发黑。他们抬着树，堆在一起。死了的树，任由日晒雨淋，任由霉烂。他们挖竹柏、山矾，被我制止了。我说：等树叶落尽了，你们再替换吧。

留着死树干什么，占地方。一个老汉说。

有叶子的树，都不算是死树。我说。他们被我说笑了起来。

我觉得自己是一个残忍的人。因为满树的枯叶，我留下了竹柏、山矾。或者说，我在审美它们死亡的品相。死亡是有品相的。

大多数植物死亡是垂败之相。如垂序商陆枯死，干茎腐烂，萎谢一下去，发出一种酸臭的味道。酸模、紫堇、射干，也是如此。初冬的旷野，满目都是荒凉的垂败之相，让人心慌。但有些植物死亡，却显出无比的高贵、壮丽、尊严，如黄山松、竹柏、翠竹、山矾、枫香树、榕树。它们迟迟不落枯叶，在山野突兀而出，即使死了，仍然独具生命气质。

辛丑年丁酉月，我在广东阳江市大澳渔村“渔家博物馆”，看到了鳁鲸的骨骼标本。鳁鲸体长 12.8 米，骨骼被支架撑了起来。每一根骨骼，都如象牙。我不忍凝神目睹，我甚至不忍看鳁鲸的头骨。海洋最大体量的个体生命，最后成为一个符号。当时，我就想起了死去的竹柏、山矾。

入冬后，下了两场小雨。雨无声无息。第一场雨下了半个下午，第二场雨下了半夜。雨，带来了草木集体的枯萎。窗外，矮山坡上，一片枯黄。雨前，它们还是半青半黄的。雨腐化了草茎。雨抽走了草本最后的脉息。山矾的枯叶由黄蜕变为苍白，麻一样的苍白。竹柏的枯叶则变得深绛红。

冬风来一次,枯叶落一地。山矾从冠顶往下落叶,落了十几天,冠顶空空落落,仅剩光秃秃的青白色枝条。竹柏则是风吹哪儿,哪儿落叶。一个月下来,竹柏和山矾,一叶不剩。我站在窗前,看着它们落叶,慢慢旋飞下来,像垂死的蛾蝶落下来。昨日下午,下了一场大雨,冲刷着落叶。我去清扫院子,落叶被雨水冲烂了,我把落叶堆在桂花树下,盖上土做肥料。叶耗尽了生命历程中的每一种颜色,叶落即腐。腐烂的叶不是叶,是腐殖物。

窗外再也没什么可看的,苍山依旧是苍山,孤月依旧是孤月。我清理了窗台杂物,栽了一钵野山茶。有野山茶,也是好的。人总得安慰自己。

孤独的面条

每天,我都面对一碗白面,有时是早餐,有时是晚餐,有时是早餐加晚餐。抱着碗,热度透过掌心,传入肺脏,拿起筷子,把面从底翻上来,夹起青菜叶吃,再嘣面。一碗面,要不了五分钟便嘣完了。托着碗底,嘣汤,把剩下的几粒葱花一起嘣下去。

一碗面吃完,安安静静地坐一会儿。这是一天的开始,或者是一天的结束。屋子里,通常只有我一个人。除了窗外的鸟鸣,我很少听到其他声音。即使有,要么是风雨声,要么是虫吟声。安安静静地坐,对于我十分重要。对着一堵白墙,什么也不想。白墙挂着一串蛛网,吊床一样垂下来。一只死白额高脚蛛空壳了。白白的。它什么时候来屋子的呢?什么时候结网?什么时候死的?我一无所知。白鹡鸰在嘻哩嘻哩叫。白鹡鸰不关心人类,只关心食物。

白额高脚蛛活着时,它吸在墙角翻转身,俯瞰我嗍面。不知道它在暗处,不然,我会嗍得更文雅点。也不至于偶尔赤膊或光着脚或不刷牙就嗍面,嗍得满头大汗。

面条,或许是最简单的食物了。我不会做手擀面,吃挂面,且只买老松壳的挂面。老松壳其实并不老,去年刚好五十岁。他三十来岁时头发就落光了,脑袋像个松果,乡人便称他老松壳。他做了十几年的挂面,颇受乡人喜欢。他晴天做面,雨天打牌。这是雷打不动的。面是他自己揉的团,塞进面条机,用手摇,面就像纱条一样吐出来。抱婴孩一样,他抱起面条,用竹竿扠起来,晾在面架上。太阳照在白面上,泛起一层黄白的光,在微风中,波浪般漾动起来,看起来像蚕丝帘布。在面条上,我们看见太阳的光斑,看见风拂过的脉息。

老松壳用白纸包面条,一包两斤,六块钱一包。白纸上,印着他的名字、电话号码,还有一个大写的红"寿"字,"寿"字两边还印着两行字:"福如东海　寿比南山"。我一次买六包,两个月买一次。有人买他面条,以箱论,一箱十包，一次买十箱，寄给外地的朋友吃。买面条的人说：这是正宗土面，很难得买到这样的土面了。

面条包得松松垮垮，很没品相。我对老松壳说：你请人设计一下，精包装，价钱可以卖个翻倍。这个面，你也卖得太货真价实了。

能赚个饭吃就行了，卖得贵也没什么意思。老松壳摸摸头，笑着说。他笑起来，收拢嘴巴，圆圆的，像鲤鱼。

面抱在手上，有一股麦香，会感觉到风吹麦浪，沉沉的麦穗低垂，麦衣金黄。风滚着滚着，麦子就滚进了石磨里，白白的面粉碾了出来。麦香是一种熟香，太阳晒熟，季风吹熟，手揉熟。

铁锅盛半锅水，火燃旺，锅边冒热气，萦绕着，锅底冒白珍珠状的水珠，密密麻麻，锅中央腾起白汽，噗噗噗，水沸了。左手托一包面，右手抽面条，抽入沸水。一撮叠一撮，面条软下去，被水淹没了，用筷子焯面条，轻轻焯。焯两分钟，捞起面条，泡在冷水盆里。铁锅烧热，加山茶油，切小半块生姜丝下去，爆一下，关掉火（预防加冷水爆油珠），锅冷了加清水，烧沸，面条捞进锅，加盐、海天老抽、红辣椒丝、碎细葱花、青菜叶，汤沸了，出锅。这是我的做法。

偶尔，还加一个鸡蛋下去，或虾米。有鸭汤或鸡汤或鱼汤煮面，当然理想。若是味觉艰涩，加一把辣椒干和少许酸菜下去，吃得冒汗，浑身通畅，热进脏器，脚板如炭烤。

老松壳的面条，水焯即熟，软而不烂，滑而不腻，冷水泡出面条的劲道。

吃面，适合一个人吃。所以，我很少去面馆吃。我一个人的时候，就吃面。在大部分时间里，我是一个人。冷冷的屋子，有了一锅沸水，四壁就热烘烘了。一碗面抱在手上，嘣进嘴巴，胸口就燥热起来。我所生活的世界，不会如预想中的那么冰冷。

早些年，我对吃很有兴趣。除了吃，已无爱好。闲暇之余，我忙于四处搜罗食材，哪怕跑上百余公里，也要找到想吃的东西。我乐此不疲。不同的食材，展示了不同的地域风情、民俗。我是这样想的，没办法构建自己的精神世界，就热衷于做一个人畜无害的世俗人，吃尽一切自己想吃的，对自己绝不吝啬。我以为，美食会让我活得更美好，更丰富多彩；一直这样活下去，该是多么幸福啊。

突然有一天，我觉得自己过这样的生活，无聊透顶，是对自己变相的折磨。我对美食也没了兴趣，索然无味。我换了另一副面目现身于世，过得离群索居，嘣一碗面条，热自己肠胃。

有时候，我有些奇怪。我喜欢拿自己做实验。我不喜欢吃五谷杂粮，但我坚持八十七天一粒大米未进。实验的目的是：对自己不喜欢的食物，可以忍受多久。第一天，用红豆、豇豆、绿豆、花生、红枣、核桃等熬粥，满嘴嚼豆渣，吃得直想呕吐。第二天，蒸红薯、山药、芋头、玉米吃，蘸豆瓣酱吃。第三天，熬小米粥，佐以小菜。第四天，熬玉米羹，蒸红薯，蘸豆瓣酱吃。我女儿看到我吃得那么痛苦，说：爸爸，你何苦这样虐待自己。

有一段时间，饶祖明兄、陈国旺兄引诱我，说：去湘菜馆吃饭，太想吃那里的血鸭了。我坚持不去。他们就说：你这么无趣，会没有朋友。

第一个星期，我吃得痛苦难忍。到了第二个星期，我不想吃米饭了，吃出了杂粮的味道。我买来十几个玻璃罐，分门别类，装五谷杂粮。人忍受痛苦的能力，超出自己的想象。

又拿自己做实验。实验的目的是：只吃一种喜爱的食物，可以吃多长时间。我喜欢吃面疙瘩。一天三餐，餐餐吃面疙瘩。我吃了整整两个月。食材是面粉、鸡蛋、螺旋藻、青菜叶或番茄,调味品是食盐、老抽。

当然,我是不挑食的人,但也确实拒绝很多食物。面条是我唯一没有丝毫厌倦的食物。一种食物,陪伴自己数十年,该是一种无上的恩德。它是母亲的化身,也是妻子的化身。

很有趣的一件事。大约在我十三岁,表姐的儿子(年长我一岁)剑来我家做客。我母亲烧了一钵面条,给孩子们作下午点心。面是汤面,浇了很多辣椒油。我母亲问剑:辣吗?不辣的话,再加点辣椒油下去。

不辣。剑说。我母亲给他加辣椒油。他吃得很来劲,低着头嘣面。吃了一碗面,又吃一碗。辣椒熬了红油,是慢慢辣的。吃完了面,他舌头辣肿了。他伸出舌头,浇泉水洗。

在物质贫乏的年代,春荒时,家中无菜,母亲用碎面条、梅干菜、豆芽、地耳做酸羹。用酸羹淘饭吃。这种酸羹,在我老家郑坊之外,我再也没有吃过。

我不吃细面,不吃空心面,吃挂面。我老家不叫挂面,也不叫面条,叫筒面。面装在纸筒里,封着。纸筒与升筒一般粗,但更长一些。纸是粗糙的白纸,沾水即烂。筒面放在缸瓮里，既防老鼠也防潮防水。

自2021年8月23日来大茅山脚下的市郊客居，面条是我最主要的食物之一。烧一锅水，煮一碗汤面，十分钟打发掉了一餐。我很少有应酬。我讨厌应酬，只和极少数的几个朋友外出吃饭。坐在大餐桌上吃一餐饭，浑身不自在，如兽困于笼。在应酬中，得到的快乐非常有限。

2014年12月以后，我就几乎不应酬了。我的朋友也因此越来越少。活着活着，人在不知不觉中进入了减法阶段，减去了无谓的人，减去了无谓的饭菜，减去了无谓的路途。更多的时间，我去附近的山谷溜达。一个人去，随心而行。前几日，我去古田山，有外地的客人问：想和你见见面，你在哪里？

在浙赣交界的深山里。我说。

那我也去。客人说。

路途太远了，以后有机会见面。我说。我婉言谢绝，是因为和未曾谋面的客人见了面，不知道说什么。说什么呢？没什么东西值得说。我越来越木讷，笨口笨舌，让彼此尴尬，让客人败兴。说话是一种能力，而我的说话能力在逐渐丧失。我适合出现在无需人类语言表达的场合。

语言让人获得尊严,也让人丧失尊严。

一碗面摆在桌上,和一个寡言的朋友相似。它是赤裸裸的,不加掩饰,赤诚。我见过老松壳制作面条。他穿一条白布裙,戴上白帽子,套上袖套,揉面。面反复揉,一边揉一边抹面粉。揉好了的面团,发酵一会儿,塞进面条机,咕噜噜咕噜噜,摇起来。

揉面,摊面、挂面、晒面、切面,包面。白面粉揉出了一根根面条。每一根面条都是赤裸的。“赤条条地来,赤条条地去”,说的是人来到这个世界上,什么也没带来,离开这个世界,什么也带不走。尘归了尘,土归了土。面条也是赤条条地来、赤条条地走。

我有一张木桌摆在饭厅,桌上放了两摞书、药物。木桌有六个抽屉,其中三个抽屉藏了老松壳面条。一个抽屉藏两包,一包可供一个星期的早餐。烧开了水,我拉开抽屉,取出其中的一包,抽出面条入锅。面条白白净净,还沾着面粉。

我吃汤面,做起来简单,吃起来味美。偶尔也做牛腩面。有乡人杀牛了,买三两斤牛腩回来,切小块,焯水,用砂钵焖。焖牛腩不用水,用啤酒,砂钵底下垫三张箬叶,牛腩压实，加生姜、辣椒干、食盐，小火焖四个小时，再加鲜萝卜（小块）、老抽、笋丝一起焖，焖出牛腩的辣味，熄火。煮面条了，用牛腩汤煮，牛腩铺在汤面上。

有一次，我焖牛腩，忘记了及时添啤酒，焖出了一钵炭。砂钵洗不了，干脆用来做了花钵。焖一钵牛腩，可以做好几次牛腩面。

如法炮制，羊肉也可以这样焖。吃上一碗牛腩面或羊肉面，需要十足的空闲时间和足够的耐心。用羊肉汤做汤底，砂钵直接煮面，煮得熟透一些，面条就不仅仅是食物了，而是寒冬的一种慰藉。

祖明兄与我最大的差别，不是他善饮酒，我不饮酒；不是他白天睡觉，我晚上睡觉；而是他不吃面条，我爱吃面条。他发自内心地嫌弃面条，说，软软的，滑滑的，吃下去就想吐出来。

面条看似柔弱无骨，实则劲道十足。

6月，我去大茅山北麓的龙头山镇，看见麦子黄熟了。空阔的田畴上，只有不多的几块田种了麦子。想必种麦人是爱吃面条，自己种麦、磨麦、擀面。麦子低垂。我割过麦子，弓着腰，用镰刀割麦，一摞摞地撂在麦田。麦芒针扎似的，锥入肌肤，汗水淌过，盐腌伤口般灼痛。额头、脖子、手背、胸口等裸露处，火辣辣痛。这种痛，任何药物缓解不了，深深烙在肉体上，形成不可忘记的记忆。

祖母还在世。她取麦秸，剥麦衣，洗净，晒干，编麦秸帽、麦秸扇。我们每个人一顶麦秸帽、一把麦秸扇。扇面的中央是一朵雏黄的菊花刺绣。祖母已故去三十年。我再也没用过麦秸扇。

两个孩童在麦田取麦秸。我问他们：取麦秸干什么，麦子还没收割呢。孩童用龙头山话回答：做麦笛。

哦。麦笛，真好。我应了一声。也是自言自语。麦笛，在乡野世界消失多少年了。我也取了一根青青的麦秸，做了一支麦笛，轻轻吹了起来。洎水河在我唇边流动，流向了天边。天边就在眼前。

不知道以后的世界会怎么变。我不关心。也无力关心。我对这个世界，所需不多。我吃最少最简单的食物，以原本的面目，过原本的生活。仅此而已。也丰富无比。

一碗面条摆在桌上，桌子显得空荡，面条也显得孤独。大部分时间，我面对一碗面条。一碗孤独的面条。这就是人生的境遇。

醅春酒

在三岔路口，遇见一个放水牛的中年人。中年人穿着雨披，跟在母牛身后，低声抱怨：快走啊，走得这么慢。母牛皮毛黑黑、糙糙、杂乱，石灰色的皮屑贴在肉皮上，脚一撇一撇地往前晃。一头半大的牛犊子边跑边停，撩起舌头吃芒草。芒草挨着路边生长，一蓬蓬，幼青葱郁。山崖上，白花檵木开了蓬勃的花，碎雪似的。牛犊不时地回到母牛身边，摩擦母牛厚实的肚皮，唵唵，叫得春雨飘飘洒洒。

雨是雾雨。中年人脱了雨披，坐在路亭破旧的木凳上，望着不远处的村子。其实，他望不到村子，望见的是雾雨。雾雨稀稀，白白而濛濛。他的脸宽大而粗粝，有一层层的叠纹。时光以叠纹的形式告示各自的遭际。我问他：现在还有人以牛耕田吗？

养牛是耕自己的田，请机器耕，一亩得花费两百四十块钱。牛生了崽，还可以卖六千块。放牛人说。

你家有那么多田吗？还得养牛耕。我说。

我包了七十五亩山田种谷子。放牛人说。

可以收多少谷子呢？我问。

山田产量低，一亩收九百来斤，还得靠天赏。放牛人说。

谷价多少？我问。

不卖谷子，机了米，卖米，可以多挣一些。放牛人说。

他叹了叹气，又说，他叫杨阿四，靠种粮养家，厅堂里还堆了三千多斤稻茬谷，卖不掉，心里有些慌。

什么是稻茬谷？怎么不机米卖了呢？我说。

稻子收割了，稻茬还会长一季谷子，不施肥不打农药，天天然然长，产量很低，杂了很多杂草籽。谁会买这样的米呢？阿四说。

杂草籽也可以吃，很多人还爱吃杂粮呢。天然长的稻子是最好的稻子了。我说。

世上哪会有人吃杂草籽呢。阿四搓了搓手，望着藏在雾雨里的村子，又说，过几天又要耕田了，水多泡半个月的田浆，虫子少。

他的手又粗又硬，手指很短，指甲黑黑。雾雨从山谷一阵阵往下涌，梨树叶在嗦嗦抖动。溪水哗啦哗啦冲撞巨石。渡鸦在石桥下的灌木上，呜啊呜啊叫。他是杨村人。叶家村有数十户人烟。我去过很多次。村后溪流边有一棵古树，缠了粗粗的薜荔藤。树上有三个喜鹊巢，新巢架在旧巢。我对放牛人说：我跟你一起回去，看看那些稻茬谷。

雾雨落了一个多小时，就散了。虚虚白白的太阳，从树梢上翻了出来。牛在前面走，哒哒哒，踏着蹄子，嘴巴咀嚼着草屑。他的家就在桥头下。桥是断桥。石拱桥断了半边，络石从桥面绿瀑一样垂挂下来。一包谷子约七十斤，他的厅堂堆着数十包谷子。我抱了一包下来，解开扎口，摸了一把上来。谷子很饱满，芒尖刺指，谷黄色。草籽有灰白色、黑灰色、深褐色，有圆形、肾形、卵形、圆锥形、多角形。我不认识是哪些植物的草籽。杨阿四说，用孔筛子可以筛下草籽，那样的话，花费的功夫太大了。

谷子塞在牙床，嚼了一下。脆脆的，微甜。谷子晒得熟。我问他：稻茬谷多少钱一斤？

算一块二吧。卖出工钱就可以。我舍不得稻茬谷烂在田里。他说。他的脸上露出了不自然的笑容。

我买一千斤。我说。

你不会买去喂鸡鸭吧？那样的话，谷子就遭罪了。他说。

我不养鸡鸭。我买来酿酒。我说。

那我的单价便宜一毛钱。他说。

那块山田在哪里？我去看看山田。我说。

跟着杨阿四去了那块收了稻茬谷的山田。山田在叶家村右边的一个山坞，低缓、狭窄，一条深深的山垄往高处伸。毛竹在山腰形成竹浪，被风追逐。山梁往东往南张开，如风筝鼓起了欲飞的翅膀。山田一块一块，尚未翻耕，灌了水。稻茬腐烂，发黑。落单的苍鹭在一棵樟树上，不鸣不呼，孤零零地站着，既不翘头四望，也不低头梳理羽毛。这是一个寂静的山坞。我赤着脚，下了田，踩田泥。田泥厚厚黑黑，冷脚。我对杨阿四说：这是冷浆田，田下有泡泉。

是冷浆田，易生莎草，无人种了。阿四说。

冷浆田种出来的稻子，糯糯甜甜，是稻中上品。我说。

买了谷子,我请来四轮车师傅,拖了谷了回去。

我每年都酿酒,不过,不酿谷烧,而是酿高粱烧。我是个不喝酒的人,但喜欢酿酒。高粱烧囤在酒窖里,封缸三五年,拆了封泥打开酒盖,满屋子酒香。每年腊月,我开两坛酒,用取酒器灌入瓶子里,送给老邻居、亲戚、爱酒的朋友。也送给帮我忙的人,比如给我送过菜蔬的人,比如给我检查过电路的人,比如给我菜秧种的人,比如送我千层糕的人。

有一个老邻居,七十多岁了,年年喝我的高粱烧过年。大年初一早晨,他见我开了门,就来我家拱手问好,说:高粱烧太好,过年又喝高了,晕乎乎,一觉睡天亮,早上起来,跟没喝一样。他的话让我无比高兴。我又是泡茶又是敬烟。我知道,他爱酒,不一定是我的酒好,而是敬相邻之谊。

稻茬谷堆在杂货间,我就去请阿彩。阿彩以酿酒为生,酿了二十多年了。

在路上,遇见了小忠。小忠见我急匆匆,问:有什么事值得你走得这么急的?

“找阿彩。”

“你又找阿彩吊酒了。吊什么酒呢?”

“买了一些谷子,难得的好谷子。”

“前年霜降,我吊了百来斤谷烧,酒非常好。”

“那你好口福了。”

“你来尝尝酒,你觉得酒好了,我把吊酒师傅介绍给你。”

“我哪会尝酒。酒进了口,都是冲脑的。”

“那你更要好酒师。”

“那个酒师是哪里的?”

“姜村人。他的高价比阿彩高两毛。吊一斤谷子两块六毛钱。多花两毛,完全值得。”

“那你把酒师电话给我,我请请看看。”

“我现在给他打个电话。”

小忠操起电话就打:大扁师傅,我是小忠,我朋友想请你吊几百斤酒,你什么时候可以安排出时间呀?

小忠说了几句,握着电话给我接听,我说:你定了时间,我就自自在在等你了。

清明后第三天,请小忠带我去你那里。这是准话。大扁师傅说。

傍晚,小忠提了一瓶酒来,对我说:你还是尝尝,你觉得比阿彩吊的酒好,就请大扁师傅,请师傅吊酒是大事。

大扁师傅挑着大蒸锅来了。看到他,我就笑了。他嘴巴扁扁大大,圆脸,额头光光,脸色酒绛。他脖长、脚短、肩厚,相看之下,就觉得他是温厚、实在、气力大的人。我说:你挑口大铁锅来干活,辛苦。

一锅可以蒸百斤米,好用。大扁师傅说。

大扁师傅放下挑担,说:你去机米,我先去抱柴火。

不用机米。我吊谷烧,不是米烧。我说。

我知道。我吊谷烧要机出米吊,酒更纯,更绵柔,不会有燥燥的日头气,不冲脑烧喉。大扁师傅说。

机米厂就在路口,机了两担米,大扁师傅已烧开了一大锅翻滚的热水。水是山泉水,是从山尖引涧入村的,入家家户户。木柴在锅底呜呜呜呜叫,咆哮地叫。大扁师傅舀滚水泡大米,大勺大勺浇下去。我站在边上看他麻利地铲米,他说:你快去机米啊,谷子全机米,不留谷子。

米吸入滚水,涨得白胖胖,蚕蛹一样,和糠拌在一起,铲入大饭甑,架起木柴蒸。木板边溢出水泡,蒸汽升腾,绕上房梁。从饭甑铲出半生半熟的米,铲入木桶,搅拌酒曲,用塑料布封紧密闭起来。一个木桶封百斤米,一桶桶挨着墙边摆整齐。

米蒸了两天，大扁师傅挑着大锅走了，说：三七二十一，过了三个周节律，我来吊酒。大锅被一根长草绳绑着，挂在扁担上，扁担另一头挂着他的风箱。

我问了其他几个酿酒师傅，糠拌米发酵、酿酒，有这样的工艺吗？他们都说没见过。阿彩说：这样吊酒，是糟蹋了米，纯米吊的酒当然比糠米吊的酒质地好。

在吴语系，我们不叫酿酒，叫吊酒。酿具有时间意义，吊则具有工艺意义。确实，乡间酿造白酒，是吊出来的。我等着吊酒这一天。隔三岔五，我问看守酒米发酵的冬声：米有没有酒香啊？打了六次电话，大扁师傅挑着蒸炉、风箱等器具来了。我摆了一张小木桌，炒了三个小菜，请路过门口的邻居尝新酒。

大扁师傅装置一个"M"形竖木架，架底闩上一根木档，贴着地面，一个"井"字形的平木架楔入木档，在平木架的另一头，固定一个"凹"字形的木头。装置完了，他铲热烘烘的潮潮的（发酵了的）米糠（当地人称酒糟），包入榨包（圆口篾丝袋），搬上平木架，在竖木架与凹木头横一根木棍，他压木棍。我说：大扁师傅，你这是干什么？

榨酒糟。他说。他一直在压木棍，脸涨得红红。

蒸炉红堂堂，木柴烧得呼呼叫。水沸了。蒸器其实是一个大木桶的容器，榨出来的水，倒入锅状的铁盆，放在桶底，在铁盆之上搁一块栅栏状的蒸板，铲入酒糟，在桶口下沉一口铝锅（相当于冷却塔），锅沿扣紧了桶边，严丝合缝。铝锅盛半锅冷水，一根导管出水，引到窗外（排水），一根导管引冷水入锅。锅口盖上尖帽形的竹斗盖。木桶腰部切一个口，导入蒸馏管，接入出酒口。大扁师傅不紧不慢地拉起风箱，轻轻哼起了《出酒歌》：

滚滚的酒啊，辣辣的喉，
烧人的酒啊，烫胸的女人，
我的女人啊，抱个坛来，
刚出的酒呀，送给迎亲的人。
……

白汽在导管慢慢液化、流动，从出酒口滴落，落入酒缸。酒香热热扑鼻。那是一种带有野性、呛喉的田野气息，泛着春天黏稠的淳朴之气。我向大扁师傅求教：百斤米出酒多少适合?

看你取酒的度数,由烈度定取酒多少。大扁师傅说。

头酒去五斤,尾酒去五斤,中间的酒取五十斤。你看看这个取酒,可以吗?我说。

去头酒三斤,去尾酒八斤,中间的酒取五十斤。这个取法,吊出来的酒差不多是五十三度。大扁师傅说。

一个过路客早等不及了,摸碗靠在出酒口,接酒喝。他喝一小口,咂咂舌,吐吐舌,说:说不出的浓香,舌头都打卷了。

一桶蒸五十斤酒糟,出酒二十六斤,蒸馏时间一个时辰。每半个小时,大扁师傅用小碗接一口酒,眯起眼睛,尝一口。阿彩查验酒烈度,用碗漾酒花,酒花破得快、酒花少,烈度就低了。大扁师傅凭味觉,舌头点一下酒就知道。

我说:百斤谷子出酒五十五斤酒会不会多啊,出酒多,酒就淡。

大扁师傅摇摇头,说:一钱也不多,一钱也不少。酒过了五十度,烧着呢。

哦。阿彩出酒,一般是四十五至五十斤。我说。

阿彩不压榨,直接蒸馏,出酒率低。我这是古法。古法蒸馏,不但出酒率高,酒还特别香郁。大扁师傅说。

你也认识阿彩? 我说。

他拜我老爹好几次,想拜师。我老爹不答应。大扁师傅说。

那你老爹跟谁学的? 我问。

家传,到我这一代,传了四代了。大扁师傅说。

凡出酒,我必守着师傅,喜欢听新酒汩汩滴落酒缸的声音,看蒸汽从竹斗盖冒出来。我喜欢那种热气腾腾的气氛。粮食变成酒的过程,多么美妙。这个过程不仅是人的智慧,也是粮食的智慧。粮食藏三年,就成了陈化粮,而酒可存千百年。酒延续了粮食作为物质的生命,演变为人的精神之一种。人与自然之物融合,经过漫长的发酵,酿造了神曲。

头酒封缸了一坛。尾酒用于烧菜。烧肉、烧鱼、煎鸡蛋,喷洒一些尾酒下去,香气四溢。取下的酒,封缸十坛。

我自己封缸。酒缸是土陶的,缸口蒙一层棕衣,盖一块厚实的塑料皮,扎紧,用黏稠的黄泥浆糊在塑料皮上,再用黄泥浆把缸的上部糊得厚厚实实,蒙一张布,风干两日,存入酒窖。

大扁师傅见我封缸，点头赞许，微微笑。大扁师傅说：清明和霜降这两个节气，发酵出来的酒，是上好的酒。

为什么有这个说法呢？我问。

这两个节气的气候温和，不冷不燥，气温一般在18℃—22℃，最宜发酵、酿酒。清明后出的酒叫春酒，霜降后出的酒叫冬酒。景明和风，春酒柔和绵长，回味长。大扁师傅说。

纯谷酿造的谷烧，辣喉冲脑，需存三年以上，酒的锐气才会被地气吸走，软绵下来。米拌糠酿造的谷烧，存一年即可开缸。在发酵的时候，糠已经软化了酒的锋锐之劲。这是大扁师傅的奥妙之道。

数日前，清明的翌日，我请来大扁师傅、小忠、冬声和那个卖稻茬谷的阿四，一起开缸，喝开缸酒。我抱着酒缸，用清水冲洗板结了的黄泥。黄泥又化为浆水，洗走。掀开塑料皮，酒香溢出了缸口，满屋子弥散。小忠拿着取酒器，渡上小半碗酒，直接往嘴巴里倒。大扁师傅说：哪有这样品酒的？你这是馋喝。大扁师傅握着蓝边碗，渡了酒，手指扣着碗边，漾了漾，酒荡上碗腰，又缓缓回落下去。酒是一卷卷回落的，碗壁丝毫不沾酒珠。

碗壁挂珠,酒花透亮、历久不散,真是好酒。小忠说。

咔嚓。大扁师傅划亮火柴,放在酒碗里,酒烧了起来,淡淡蓝色,荧荧的。那种蓝,是天空深邃之处的蓝。阿四说:这么好的谷烧,这样烧了,太可惜了。

他们一人喝一渡(二两),再喝了一渡。小忠又喝了一渡,才作罢。无醉而返。我取了两瓶酒给阿四和大扁师傅,说:阿四的好谷,大扁师傅酿了好酒。

春和景明,春和景明。大扁师傅说。

白居易写过一首耳熟能详的思友诗,叫《问刘十九》:

> 绿蚁新醅酒,红泥小火炉。
> 晚来天欲雪,能饮一杯无?

刘十九是刘禹锡堂哥,白居易在江州时,常与他饮酒,过往甚密。大扁师傅是草野之人,也是酿造乡趣之人、酿造思情之人。春和景明,是酒之境,也是人之境。

明月比邻

比人更亲近的,是明月。此刻,明月就挂在窗前,枇杷树在轻轻摇动,促织在低鸣。嘟嘟嘟,嘟嘟嘟,那是夜鹰啼叫。明月无所遮,海天何其阔。赤裸裸的光,赤裸裸的夜。我坐在窗下,整理一包干桂花。干桂花是赣州朋友寄给我的。每有明月临窗,我就从布包里掏一勺干桂花出来,铺在纱布上,筛拣掉黑粒,调一勺蜂蜜下去,泡一杯桂花茶。桂花黄妍,在水中又盛开一次,如同复活。

明月也是一种复活。有大半的时间,天上不见明月,黑沉沉或黑魆魆,淡淡的星光下,万山邈远。明月死了,夜才会黑,黑得像个恶魔。明月是怎么死的呢?想了很多年,我也想不明白。有一天晚上,我坐在院子歇凉,望着天,乌云滚滚,翻着黑浪,闪电忽闪忽闪,雨始终下不下来。

我明白了,明月是溺水而亡的。天有多么高远,海就有多么深邃。明月在海中逃亡,最终被吞没,遭遇风暴一样,颠簸、晃动,被击得四分五裂,鲸落下去,沉入深海。

黑潮退去,海水瓦蓝,荡荡漾漾,沉下去的东西,又漂浮了上来。漾着漾着,海水漫过了群山,漫过了夜幕,托起了一轮月。白玉质地的月,又圆又大,普照四方。四方处处,皆无尽头。

院子栽了数十棵桂花树,白头鹎、黑头鹎、山麻雀、大山雀在树上过夜。日落,它们在树上喊喊喊叫,叫一会儿,没了声音。明月就升起来了。桂花年年开,可无人摘桂花。喝桂花茶的时候,我就给那个寄干桂花的人写信。信寥寥几行,每封相同:

明月在,暗香浮动。我一直坐在窗下,等露白。也等天白。天白,明月坠入深渊。

信始终没发出过。纸烧在泥炉,倒入花钵。花钵里的花从来没活过冬天。所以,冬天是残忍的。纸也是残忍的。

据说,有些动物会望月呼号或啼鸣。猫头鹰是这样的。野鹿是这样的。乌鹊绕树三匝，望月而鸣，素称“乌啼”。乌啼霜落。我听过乌啼。2008 年深秋，在怀玉山与友聚会。山中只有一个小旅馆，在山谷之侧。夜深，友散，回小房间睡觉。房间四处漏风，木棺一样冰凉。我向服务员要了一件棉大衣，去山谷散步。月朗朗。华山松从山谷高耸而出，阴森而雄壮。山崖之上，遍布了华山松。崖石淌着泉水，被月光洗得银白。浩宇千里，瓦蓝而澄澈。峰丛之下，月华如流。嘻喊喊，嘻喊喊，嘻喊喊。乌鹊在华山松、肥叶柿、榆树上叫，叫声犀利，如刀割。乌鹊即喜鹊（或乌鸦）。喜鹊鸣，行人将归。叫声令人惊骇，又激动。松林之下，是数户人家，依山崖而居。肥叶柿挂满了红柿，饱满而鼓胀。狗在屋下草窝打盹。

高山上的深秋，已是很寒冷。草叶上结了霜。我毫无睡意。从山谷步行而下，入了盆地中的村子。盆地的四野霜白一片，也月白一片。村户寂寂，偶有几声低低的犬吠。斜缓西去的山梁，黧黑而苍白。嘻喊喊，嘻喊喊。乌鹊一直在叫。天欲明未明，山巅流泻云瀑，树动风涌。不觉间，我吟诵曹操的《短歌行》。

“绕树三匝，何枝可依？”那么多树枝，哪枝可栖呢？是曹操的自问,也是每个人的自问。乌鹊对月光特别敏感。月亮会引起潮汐的变化,也会引起动物身体的变化。乌鹊因为什么引起敏感,我不知道。明月易让它受惊,于是鸣叫。辛弃疾在《西江月·夜行黄沙道中》说:“明月别枝惊鹊,清风半夜鸣蝉。”明月出来,鹊鸟惊飞。在月下,人的身体也会奇妙地变化,于是恋人有了海誓山盟。

我也曾有过夜访,踏月而归。祖明兄还生活在长田的时候,我在界田访友,吃了晚饭,徒步去长田。界田至长田,约八里,砂石公路沿着长乐河,在田野穿行。月亮照得砂石发白,田野铺着黄熟的秋稻。丘陵上的树林,一丛丛。我一个人走,沙子在脚下窸窸窣窣作响。我舍不得走得快,走走停停。似乎我走得越急,月亮也走得越快。我是一个胆小的人,很怕走夜路,感到身后有一个看不见的东西在跟随我的脚步。鸦鹃呜哇呜哇叫着,像个夜鬼,惊悚。但那天晚上,我一点也不害怕。大野寂寂。路上无人,也无车辆。长乐河静悄悄,流得无声无息,水面泛起白银般的光波。到了长田村口的树林,在一座小拱桥上,我坐了很久。秋稻逐风摇曳,矮小的山丘低卧。树叶在轻响。树林里,走出一对年轻的恋人,男子穿着白衬衫,女子穿着浅绿的长裙。恋人挽着手，走过村头，向田垄深处的一户人家走去。月色罩住了恋人，也罩住了大地。那一刻，我觉得人世间，多么令人留恋。

明月高悬，美神降临人间。

很多时候，我们忘记了头顶上还有一颗月亮。白莲花盛开的月亮，在我们无意间抬头仰望时，发现它畅游在川穹，冷冰冰地照在山岭，照在池塘，照在屋顶，照在荷田。它照在光可以落下去的地方，涂上一层冷色。月光是一种冷光，也是一种阴光，它的热辐射可以忽略不计。它如同露水，塌在我们脸上，冰凉，令人惊讶。

有一次在清水乡，我喝了点绍兴老酒，昏昏沉沉睡着了。半夜口渴，起床找水喝。起床的瞬间，我惊呆了。房间里铺满了纯白的月光。我踱步出小旅馆，走到街上。古朴的街道，空无一人。酒旗悬在檐下，轻轻飘展。石板街被映照得油亮，既发白又黝黑，如同时间的包浆。街户大多酣睡了，门窗紧闭。街很短，投映出屋的棱线与屋影。月亮像个磨盘，磨出粉白的齑粉，源源不断、无穷无尽地撒下来。虽是夏季，我仍感到有些冷。我抱紧了双手，害怕被风卷走了似的。其实没有风。是月光卷走了我。我到了村外，听见二胡声。我看见田畴边的一户人家，开了一扇窗，灯光黄黄的。那个拉二胡的人就坐在窗下，迎着月色，浅低着头，拉着二胡。

听得出来，他拉的是《光明行》。说不上技艺超群，但他拉的二胡声，动我心魄，月色般舒缓，音质透亮。听着听着，我的心一下子亮堂堂了。《光明行》系刘天华于 1930 年前后所作，彼时他幼女夭折、次子病故，国家前途不明。在回小旅馆的路上，我不停地对自己说：要坚毅地生活，光明地生活，任何时候都不要低头。

月光吹彻，寒风般吹彻，从高高的山巅之上，奔涌下来，淹没了旷野，淹没了村舍，淹没了冥寂的夜。回到小旅馆，一个人坐在水井边，枣树筛下白光，撒在我身上。月亮沉在井中央，一直往下沉，却始终沉不到井底。天有多高，井就有多深。我突然有些伤悲。

回到房间，在旅客意见笺上，我写了一首《月亮之歌》：

你浑身的尘埃是属于我的

慵蜷的睡眠有流水之声

哗哗哗，把旧年的时光淌到我窗前

赐我以指间的齑粉

掩埋唇齿上尚未说出的言辞

……那是你的秘密。你只留给我皎洁

而从不让我看见无边的苍凉

古老的月光,从来就不会改变纯度、亮度。我们看见的月光或者说照在我们脸上的月光,与千年前万年前的月光,是一样的。月光的寒意,来自时间,也来自曾被月光照过的人。人与人之间,隔着一道叫月光的银河。银河迢迢。张九龄写《望月怀古》:

海上生明月,天涯共此时。

情人怨遥夜,竟夕起相思。

灭烛怜光满,披衣觉露滋。

不堪盈手赠,还寝梦佳期。

每一个人,都要面对无涯的时间。明月是时间的一个刻度,一个周期。因为明月从来没活过一夜,日落而生,日出而灭,却从未消亡,周而复始。我们被照耀,草木被照耀，山川被照耀。我们说明月，其实是对时间的一种客观描述，对生命存在的一种确认。

昨夜，做了一个梦：兵荒马乱，大家都在逃战。我妹妹与家人逃散了，没了消息。我坐在桥头上等，日也等夜也等，等了一年又一年，垂垂老矣，还没等到妹妹回家。月亮照着桥，照着窄窄浅浅的河，照着我的苍苍白发。醒来，非常难受。月亮照万物，也照世间。世界是裸露的，离合是恒定的，我们是匆匆的。

徐永俊给我讲过鬼魂。他的姐姐去另一个村子走亲，回来时，已是月上中天。经过一块菜园，见两个人在摘菜。姐姐就和摘菜的人攀谈了起来。姐姐不认识那两个摘菜人，还以为是偷菜贼。到了家，姐姐向妈妈描述了摘菜人。妈妈说，那两个摘菜人是病故多年的村人，就葬在那个菜园。"月亮会把鬼魂照出来。鬼魂并不可怕，和平常人一样。"徐永俊这样说。

对鬼魂之事，我无可置否。但我相信月亮并非普通之物，它是一面永不生锈的铜镜。在铜镜中呈现的，皆为幻物，皆为流逝时的一道水痕。幻物以更替的方式出现；水痕是波动的，永不断绝。"当时明月在，曾照彩云归。"

（宋·晏几道《临江仙·梦后楼台高锁》）每个人都曾身披彩云，彩云终将消散。明月一直高高在上。

山中客居之后，每个月的月中几天，我会等月亮升起来。或坐在院子等，或坐在窗下等。山中的明月更旷大、银白、幽静。红红的鲤鱼，从山巅跃出，扫除云翳，鱼鳞慢慢退去闪闪的红光，洁洁白白，匀速地畅游。水是瓦蓝的，透明的。落山风从山坞漫溢，夹带着杉松的青涩气息。乌鹊在泡桐树上偶尔啼叫。远山银白，针叶林静默。熟悉的山林，多出几分陌生、苍莽之感。

去年初秋，有客人夜访。喝了一会儿茶，我说：我们去洎水河畔走走吧。客人很是惊讶，说：好情调。

我说：没什么招待，只有明月、清风、流水，和一碗苦茶。

客人欣喜，说：太珍贵。

入了冷秋，桂花一夜爆开。明月孤怜。我也不去院子坐了，露凉湿衣。月色有了几分寒意。树影摇在窗下的桌上，用手去抹，树影印在手背上。树影没有厚度，仅仅是月光的投射。山矾飘起泛黄的树叶，树叶太重，空气托不住，轻旋着，落下来。外部的世界可以暂时忘却。露湿露的，叶飘叶的，影摇影的，月白月的。

我买了一把小剪刀，去剪丹桂花。一小串一小串地剪下来，晒在竹匾上。晒一天，丹色加深一分。晒了七日，丹桂花晒出了粟粒的形状。纱布包着枝串，轻轻地揉，收了桂花，装入玻璃罐，以蜜酿制。朋友寄了三次桂花给我。一次一小袋，一小袋约有二十四小勺。我正好喝一年。后来，朋友不再寄了。该寄时寄，无需寄时无需寄。有缘起，就有缘灭，和月升、月落的原理相通。这个原理可以解释很多事。事看似复杂实则简单。不痴妄、不纠结，是我遵循的一种活法。痴妄又怎样？纠结又怎样？望望窗外的明月就知道。

喝桂花茶的时候，很适合听《大悲咒》。以邝美云原声演唱为佳。我不懂音乐，说不出为什么喜欢邝美云原声。听着听着，明月就跑进了我心里。明月还带来了钢琴之声，曼曼婉婉。可以一直单曲循环。世界，与我们多么相近，望一眼明月，天边就在眼前。夜不会是永夜。跑进心里的明月，再也不会跑出来，开出白莲花。

明月何皎皎，给我们无尽向往，我们身处暗中斗室，或置身夜中旷野，不会孤单，不会恐惧。古老苍凉的大地，月光茂盛。

第二辑

田家

要坚毅地生活，光明地生活，任何时候都不要低头。

艰深的哲学

马鞍嵌在两座很矮的山冈之间。针叶林从山冈披下来，青青黛黛，一棵巨大的泡桐突兀而出，树冠如蘑菇云。远远看过去，泡桐树就是骑马赶路的夜归人。日落，一只被人遗弃的褐毛土狗，站在泡桐树下，仰起头，呜昂呜昂，叫得人心里发毛。树下的一丛白茅草蓬，藏着它的窝。夕阳就挂在泡桐树上，迟迟不肯落下。白昼的落幕，是漫长的，需要简朴又庄严的仪式。我就是目睹仪式的那个人，也是参与仪式的那个人。乌鹊绕树三匝。

山梁之下，是一片菜地和一个约二十来平方米的池塘。菜地四季常绿，种莴苣、大白菜、卷心菜、白萝卜、红萝卜、生菜，种辣椒、茄子、豇豆、黄瓜、冬瓜、南瓜、蒿菊。池塘很少满上来，水供人浇菜。菜地与菜地之间，被矮石墙分割。南瓜藤爬过瓜架，翻过围墙，爬到了我所在的院子，黄黄的花结了青青的南瓜，日渐膨大、变老。黄南瓜挂在树上。入了秋，老南瓜被太平鸟啄空，吃了南瓜籽。两只白头鹎干脆在老南瓜里营巢，啾啾啾啾，飞进飞去。

有五只小狗在菜地找食吃，嗯呢嗯呢叫着。我想抱起其中的一只，褐毛土狗就凶巴巴叫起来。它是一条母狗，生下了第三胎。它带着狗崽崽，在村郊吃食。

有一阵子(通常在3—6月)，夜里有黄麂的叫声，从山梁那边传来，咕咕咕咕，似犬吠又似鸭啼。叫声急促、洪亮。黄麂不知疲倦地叫，日暮之后，一直叫到凌晨三点多。它的叫声，令人心生凄凉之感。只有一只黄麂在叫，震动山野。

除了针叶林，还有一丛苦竹、两棵红叶李、一棵鸡爪槭、一棵梨树、一棵油桐树、一棵板栗树，林下还有柃木、野山茶等灌木及荒草。种菜人常在这里捉到野兔，捏着野兔的脖子，提回家。山冈向北延伸，是脉脉松林。雨季，采菇人来到松林。有时，我也登上山梁，四处瞭望，不远处，是向西而去的洎水河。

去年4月，一个外出打工的村人，突然找我，质问：我家的树怎么被砍光了，横七竖八堆在山脚，是不是你们干的？

我莫名其妙，看着眼前这个矮矮瘦瘦的中年人，说：你家的树长在哪里？我从不砍树。

那片山是我家的，树砍光了，也没人通知我。他指着马鞍形的山梁说。他憋红了脸，太阳穴暴出青筋，又说：这也太欺负人了。

哦，据说修一条公路，要打通那个山梁。我说。那个中年人也不搭理我，扭头就走。他的皮鞋里或许灌了水，走起来，呱吱呱吱作响。他支起雨伞，被风倒卷，他也不理会。雨声淹没。

有十二台挖机在挖土，从山梁上往下挖。运土车盘着树林，运土到另一个山坳，翻斗倒土。黄黄的土尘扬起来，满院子飞。挖了七个来月，山梁不见了，山成了断山。挖出的黄土填平了山坳。挖掘出的山壁，陡峭地斜下去。数十个工人在掏炮渣、铲斜坡的泥。

傍晚，下了班的女工扛着铁锹或羊镐，头上盖着毛巾，三三两两往村里走。她们来自贵州，与丈夫一起干活。有一天下午，我去工地看工人掏炮渣。男人用羊镐，挖起炮渣，堆在路边，女人用簸箕装满，挑到坑洼，填起来。女人蹲下身子,扁担压在肩上,扎稳脚,缓缓支起身子,挑起来,抖一抖肩,迈开脚,挑走。那一担炮渣,少说也有一百六十斤。

这条新开的路,暂时无处相通,是一条死路。与公路相通,还隔了一座山。另一路工人在开掘隧道。一日,祖明兄对我说:我们去看看他们怎么挖隧道吧?还没见过挖隧道呢。

去的路上,遇见了三个女工下班,脸黑乎乎,工装裹着湿湿的泥浆。她们有说有笑,露出洁白的牙齿。至于她们说什么,我们听不懂。我问她们:你们还要回去做饭吧?她们一哄而笑。她们租住在村里。天半暗半明。隧道口灯火通明,却无一人。

被填土抬高的山坳,亮起了一盏灯。我沿着运土的路,去了山坳。因为前几日下雨,土路滑脚,裤脚裹了泥浆,走得很吃力。上了坡,见工棚搭建在一块平地上,门口晃着一盏灯。一条狗卧在灯下,伸出舌头。汪汪汪,它叫了几声,又伸出舌头。

工棚里,一个女人在炒菜,一个男人在喝酒。我站在门口,微笑了一下,递出一支烟,说:你们还在吃饭呀。男人宽额头,胡子拉碴,就着一碗花生米吃酒。工棚很小,只放得下一张床、一个煤气灶和两张小凳子。菜放在行李箱箱面上。女人的后腰扎了一件深蓝的衣服,在炒腊肉,辣椒很呛鼻。灯挂在竹竿上,是充电的应急灯。男人看了我一眼,接过烟,说:你要喝酒吗?

我摆了摆手,说:看见山上有灯,就上来了,看看。

女人说:你们饭早。她和她男人有浓重的贵州沿河口音。我听得出来。我在沿河待过十天。炒了腊肉,她又炒了一个螺蛳,摆上碗,陪她男人喝酒。酒是用塑料壶装的,只剩下壶底不多的酒。她摇了摇壶,说:明天再打一壶酒来。她渡了一半的酒给男人,余下的一半倒进了自己碗里。

我问:你们怎么住山上呢?其他工人都住在村里。

男人说:守一下工地,一个月可以多两百块钱,还可以省下房租。来回一算,一个月可以多出四百多块钱呢。

我说:那划算,只是天太冷,人吃不消。

工棚是木板搭建的,四处漏风。男人似乎不怕冷,还穿着单衣单裤。我掖了掖大衣领子,说:门口这条狗,我熟。它以前常在山梁上叫。

女人说:这条狗好可怜,腿骨被人打断了。

女人精瘦，肩膀却结实，也宽。她腰粗，腿也粗，看得出，她是一个有着好气力的女人。也是一个舍得一身好气力的女人。

挖出来的斜坡，有十几个工人在扎钢筋。钢筋扎出交叉、交叠的“井”字形。黄土山易塌方，他们在做护坡。男人拉钢筋，用钢筋机咬断。女人扎钢筋，拉着钢筋，弯进钢筋桩，夹死，弯过钢筋头。有一个女人，还背着孩子扎钢筋。工头站在坡下喊：晚上继续加班，工期很紧。

冬雨来，风吹得紧。针叶林泛起黄褐色。雨天，土路上淌满了黄泥浆。只有一台压路机在突突突压路面。其实，路很短，路头距隧道口，约三百来米。山梁被挖了，山冈显得突兀、高大。新土堆出来的山坳，有人种植松树、桂花树。大拇指粗的树苗，扑在地面上，过半个月，又挺了起来。有几个工人等不了雨歇，回贵州过年去了。住在工棚的那一对夫妻，一直在，附近的学校放寒假了，他们还在。

工棚的门口还挂起了腊肉、腊肥肠，和一长串的红辣椒。那个男人说，工头补他们每人每天一百，守工地，还送了二十斤谷烧给他。他不打算回家了。他的女人很有意见，说：一年了，还没回过家，想孩子了。说着说着，女人哭了起来。男人嘿嘿地笑,抱着她肩膀,说:过了初八就回,过了初八就回。褐毛土狗昂着头看着她哭。它瘸着腿,在她身边转着身走,像个惊慌失措的孩子。

这对夫妻是第一批来工地做事的工人。和他们一起来的,还有四个老乡,做了不到三个月,老乡就走了,去了别的工地。他们要日结工资,工头不肯。工头说:日结工资给你们,你们就去赌,一分钱存不了,你们老婆孩子苦死了。老乡打死了褐毛土狗的五只半大的狗崽。一天打死一只,炖狗肉吃。他们打母狗,被这个精瘦的女人拦住了,说:吃死蛇不要吃母狗,母狗也是一家之母。老乡去附近的村子偷狗、偷鸡鸭,吃了酒就赌博。母狗便一直跟着女人。

过了正月,新路浇水稳层。那对夫妻再也没回工地。他们可能去了别的省、去了别的工地。那个工棚被风压倒了。那条褐毛土狗也不见了。从他们离开工地回家,土狗就不见了。过了两个月,在红山,我见到了褐毛土狗。它在垃圾场找东西吃,肚子瘪瘪,瘦得皮脱毛。它见了人就跑,瘸着右前腿,头低到地面。它见人如见恶魔。之后,我再也没见过它了。

路两边建排水系统，二十米一个窨井，水管互通。女人下到窨井，掏泥巴，用簸箕吊上来。男人吊簸箕，泥巴水淋下去，嘟嘟嘟嘟嘟，淋得井下人全身湿透。女人戴着绿色安全帽，像一只青蛙落在井里。一天可以掏四个窨井，掏一个窨井两百块钱。加加班，还可以多掏两个。每个晚上，都有人掏窨井。掏半个小时，喝大口白酒。咂咂舌，白酒一口吞，咂咂舌，继续掏。

雨天，工人就拉电缆。男人拉，女人也拉。

一天，我看见一个白发苍苍的老叔，站在村头流眼泪。老叔不是很老，约七十来岁。他穿着靛青棉袄，一身很整洁，面目也很洁净。我问他：家里出什么事了？

现在的孩子怎么啦？我不理解。老叔说。

怎么回事呢？又问。

我外孙从小跟着我，我女儿女婿在浙江的工地做事，就这么一个外孙，我也宠着。外孙除了玩手机，还是玩手机，书也不读。读小学四年级，老师收缴他手机，他割腕自杀。读初二，老师收缴他手机，他又割腕自杀。现在他读高一了，学校不让带手机，他说他不读书了。我这个外孙没救了。老叔说。

那你女儿女婿也不管管吗？我说。

他们常年在工地做石匠，哪管得了呢？我管他，他还用扫把打我。孩子没救了。老叔边说边捶打自己胸膛。

我一时无语。我问：那你站在这里干什么？

等外孙。他叫我在这里等他，接他回家。老叔说。

等了约半个小时，孩子背着一个包，来了。孩子清瘦，有些文弱，戴着一副眼镜。边走路边看手机。我拉着孩子的手，陪着老人走，走到工地。孩子说：你带我来工地干什么？

女人在掏窨井，男人在吊泥巴。女人全身都是黄泥浆。女人满脸黄泥浆，露出一双眼睛，看我们。我对孩子说：你的父母就是在这样的地方赚钱养家。你不读书，就是糟蹋你父母。

说完，我就走了。人会绝望，是因为没有任何指望。有指望就不会绝望，再难再苦，都可以坚持下去。

油桐花开了，一层层地翻涌。新路铺了沥青路面。绿化树初发幼叶。隧道还没打穿。斜坡上，撒下去的草籽长出了草芽。工地撤退了。那些工人去了别处的工地。每天傍晚，我去新路散步。这里适合散步，路面干净，没有车辆，路灯明亮。夜鹰在山窝窝里嘟嘟嘟叫，机关枪放子弹一样。再也没听过黄麂了。以前，黄麂叫，在食堂做事的宰师傅就对我说：等我哪天买一副铁夹来，收了它，做肉汤喝。

他每说一次，我就骂他一次：除了吃，你还知道干什么。

当然，厨师的职责就是为了吃，吃什么，怎么吃。他也仅仅是说说而已。有时，我领着他一起去散步。他满意自己的生活。他是一个无忧无虑的人。我却相反。他会安慰我：你什么也不缺，有什么不满足的呢？

我是过着满足的生活，但不意味着对这样的生活满意。我是一个对未来充满忧虑的人。虽然，我对自己的未来会什么样，根本无所谓。人至中年，不会在意自己了。去散步，我就会想起住在工棚里的那对夫妻，心里一下子暖和起来。人需要有热盼地活下去。所处的环境恶劣，又算得了什么呢？咬咬牙，活。很多人是这样活下去的：身处泥淖，面目干净。这也是最艰深的朴素主义哲学。

矮　驴

矮驴不是驴，是茅村万顺家里的土狗。土狗耳黑、背棕黄、腹浅黄、趾白。万顺是砍毛竹的人，有人包毛竹山了，雇人砍伐，就联系万顺：万顺师傅，有没有时间啊，包了一片山，请你砍砍。

什么时间？砍多少亩啊？万顺从腰边摸出老年机，贴着耳朵喊。

不多，也就三百来亩。过了端午，就砍。包山的人回话。

大茅山南麓或北麓，多毛竹。毛竹一浪浪，幽碧无际。山峰高耸，竹海滔滔。年轻时，万顺是伐木工，背一个饭袋，扛一把斧头上山，当当当，一天砍二十根老杉木或松木。老木砍倒了，去枝剁头，顺着滑道，把木头滑下山。木头又粗又圆,轰隆隆往下滑,击倒灌木,翻滚。放养的水牛吃草,啃着啃着,误入滑道,被下滑的木头击中脑壳,脑浆迸裂,当场死亡。每年撞死野猪。野猪来不及逃跑,木头滚压下来,活活压死。四十多岁了,林场改制,木头不能砍了,万顺便砍毛竹。一家人的生活,全靠他一把圆弯口刀。前几年,他儿子在县城买了房,他和老伴也一起去了城里。在城里住了三个月,他又回茅村了。不砍毛竹,他浑身酸痛。对门的邻居老田对万顺说:你是骨头痒,七十来岁的人了,还上山。

自己赚几块钱,用起来方便。万顺说。他说的是实话。还有一半实话他没说。他不想和儿子一起在高楼上的商品房生活。茅村天宽地阔,自己种几棵菜吃也方便,找人说说话也方便。在自己家里还不用脱鞋,出门还可以背个酒壶。

一个人砍毛竹,三个月可以砍百亩。毛竹山三年砍一次,选老竹砍,砍了老竹,笋发得旺。山里人爱种毛竹,易抚育,卖了冬笋卖春笋,笋年年卖。卖不完的笋,做笋干做明笋,卖价更高。三年卖一批竹,卖一批竹吃三年。砍毛竹,工价还可以,砍一百斤有三十块钱,万顺一天可以砍一千五百来斤。他骑摩托车去，突突突，要不了半个小时，就到了毛竹山。

他去，矮驴也去，跟着摩托车跑。矮驴落远了，他也不等，继续跑。无论他进了哪片山，矮驴都可以找到他。

包山砍毛竹，一般有3—6人，砍一片山，要3—5个月，在山上吃午饭。午饭是自己造的。选干燥平缓的地方，挖一个洼洞，叠石头，叠出灶膛的形状，柴火焐出红炭，钢精锅泡上米，盖几块腊肉或咸鱼、干豆角、干辣椒，焖在石灶上。饭香了，也到了午时，太阳晃在竹杪，灰胸竹鸡也不叫了。它被太阳晒得昏昏欲睡，站在竹杈上，作一副瞌睡状。砍竹的人围在一起，拢起一堆枯竹叶，坐下去，吃各自的饭，喝各自的酒，天南地北地拉天（闲聊）。

吃完了饭，熄了火，洗了钢精锅，挂在竹杈上，他们又围坐在一起，抽烟说话，而后倒头便睡。他们用斗笠盖在胸口，鼾声四起。

矮驴就在竹林游荡，窜来窜去。它是万顺收养来的。四年前夏天，万顺去肉铺买肉，在路上，见一条半大的狗蜷缩在树下，右后腿糜烂，节骨露出来，苍蝇结团，叮在糜肉上。狗微微抬头，哀哀地看着万顺。万顺连着几天，都去了肉铺,狗也一直蜷缩在路边的桂花树下。狗毛糙糙,脱毛脱得脱相。

第五天凌晨,万顺背着米袋,准备出门上山,打开门,见狗蜷缩在门槛底下,尾巴翘起来。砍竹人必备云南白药、碘酒、纱布和藿香正气液。这是外伤药和解暑药,随时应急。万顺蹲下去,用碘酒洗糜肉,狗也不动。他敷药,狗眼巴巴地看着他。敷了药,绑了纱布,万顺夹起圆弯口刀,骑上摩托车,呜呜呜,走了。

傍晚回来,狗不见了。他洗澡,生火做饭。翌日凌晨,他打开木大门,狗又蜷缩在门槛下。他给它换药。

就因为他去买肉,路遇它,看了它几次,它就来他家了。这条狗会揣人心思。茅村离肉铺有五里,自己骑摩托车匆匆来回,狗循气息寻到了家。它会天天来的。万顺想。又日凌晨,他开门,没见到狗。他骑上摩托车,顺着公路,去毛竹山。毛竹山偏远,走三里公路,右拐,进机耕道,走七里,到了樟坞。樟坞环山,遍野毛竹。砍了毛竹,去枝剁头,滑下来,三根竹子扎成捆,拖到机耕道边,堆起来。砍三天,拉一车走。拉竹的时候,万顺收工钱。

半个月过去了。傍晚,万顺回到家,开了门,摸摸口袋,老年机掉了。每天回到家,第一件事是给他爱人打电话,报平安。他爱人怕他出意外。他报平安就一句话:蓝仙,我到家了。蓝仙十六岁嫁给他,白手起家,盖了这爿瓦屋,生了两个女儿一个儿子。他记她的功劳,钱都归她管着。男人给女人管钱,就是把自己给她管。

老年机不是丢在路上,就是丢在山上。他到老田家借手机给蓝仙报平安:蓝仙,到家了。这是老田的手机。我手机丢了,明天去找找,找不到了,我过几天去买一个。

翌日凌晨,万顺开门,见门槛上放着自己的老年机,狗蜷缩在门槛底下,望着他。狗腿肉不糜烂了,露出一块红肉。万顺给狗敷药,绑了纱布,骑摩托车上山了。

傍晚回来,狗在院子游荡。狗还在脱毛,瘦得干瘪。这是一条无家狗,毛脏兮兮,倒竖着。他打了一盆温水,给狗洗澡。一盆水黑乎乎。万顺煮了一节肱骨,喂它。喂了它,他就睡了。每次砍了毛竹回来,他就很疲乏,肩膀酸、腿酸。他喝二两酒,借着昏暗的灯光,小坐一会儿,喝碗茶,倒头就睡,一觉到天亮。天亮了,他找出一个旧饭窠(稻草编织的窠,给饭甑保温),放着屋檐下,给狗做窝。

又一个月,狗壮实了。万顺喜欢吃肉,两天不吃肉,身子像挨刀一样难受。他吃肉,狗吃骨头。他去买肉,它也跟着去。他去山里,它也跟着去。他去走亲戚,它也跟着去。它跑起来,一纵一纵地腾起身子,像一头驴,犟得蹦跳,跑得快。他就叫它矮驴。

砍毛竹,到了农历十一月初,冬雨来了,便不砍了。万顺就去挖冬笋。冬笋六块钱一斤,一天可以挖三五十斤。他带一个蛇纹袋上山,挖一个,塞一个,塞满了袋就下山。挖下的冬笋,当晚就有人来收购,连夜运到市区,供早市批发。

过了小寒,天就落雪了。雪纷纷。雪落了两天,起了冰冻。雪冻在竹叶上,结出冰块,竹冠被压了下来,竹爆裂了。尤其是一年两年的新竹,竹腰爆裂得像麻花。竹爆声响彻竹林。太阳阴阴,雪慢慢消融。万顺又上山挖冬笋,挖下的冬笋囤在沙堆,到了年关和正月,一天一个价往上涨,比排骨价还高。一季的冬笋,万顺挖近两万块钱。挖冬笋,有诀窍,循竹鞭挖。挖不来的人,挖一天也挖不上一个。万顺砍竹、挖笋,都是好手。不下雨、不下雪,他就上山挖。他知道哪座山丰产,哪座山小产。他从不空手。

挖了六天,万顺病了。天寒地冻,他出了大汗,捂在身上,吸了太多汗气,受寒了。头被铁箍罩紧了似的,鼻子塞了沙子一样嗡嗡嗡难受,喉咙如被刀片割,浑身乏力。他想吃肉。吃一碗炖肉,病就好了。每次感冒,他都吃炖肉。肉半精半肥,切小块,炖出油花花的汤汁。白口吃,吃一大碗,浑身通畅,病痛全消。他给肉铺打电话:毛四师傅,我想吃肉了,走不了,你见了来茅村的人,给我带两斤五花肉回来。

茅村就十来户人家,碰上茅村人不容易。等了半个早晨,也没个人带肉。矮驴卧在他脚边,望着他,嗯呢嗯呢叫,翘起芦苇花色的尾巴。它用牙齿扯他裤脚,用尾巴甩他脚踝。万顺问它:难不成你也会去买肉?

矮驴站了起来,甩尾巴,甩出一个圈,围着他跳圈。万顺在它脖子上挂了一个帆布袋,给肉铺打电话:毛四师傅,我狗去了,你把肉放在布袋里,它会带回来。

哪有狗会带肉的,万一狗吃了呢?毛四说。

试试吧,吃了也就是两斤肉的事。我吃,它吃,一个样。回头给你钱。你记着账。万顺说。

你老哥吃上肉就吉了。吉了,钱是小事。我记着呢。毛四说。

矮驴挂着帆布袋，往肉铺跑，拐过山垮，穿过一片板栗林，不见了。风呼呼刮着，冰刀一样。万顺裹着旧大衣，烘着炭火，望着门外的公路。公路在山间回绕，沥青路面油亮，路边的雪团莹莹发白。远处山麓的竹林，以沉默作为冬日的回声。冗长的沉默，是另一种死寂。枯萎般的死寂。万物在凋谢。冻饿了的山斑鸠，飞到农家院子，悄悄地啄地上饭粒。遗落的饭粒，是山斑鸠救命的粮食。

过了半个多小时，矮驴回来了，帆布袋沉沉的，包着肉。万顺切了二两生姜炖肉，吃了，睡了一觉，舒服多了。鼻子还是塞，像个门窗封死的黑房间。不吃药不行了，年纪大了，扛不了。他给诊所医生打电话：我买两盒维 C 银翘片，瓶装的。我去不了，我狗去你诊所，狗脖子上有个帆布袋。

矮驴又去了，买了药回来。万顺抱起狗，说：哎呀，你知道去买肉了，知道去买药了，比花猫了不起。花猫是一只老猫，养了三年多，不抓老鼠，扑在鞋子上睡懒觉，偷吃鱼肉。他只好把鱼肉放在缸里，盖实缸盖。花猫就去邻家偷吃。

年关了，万顺想给焦坑的表姐夫送些冬笋去。茅村去焦坑，不通公路，翻一座山，走三里。山不是很高，路窄，不好走。万顺带矮驴去过一次。万顺不愿走，就叫矮驴去。在矮驴的背上，绑了两个帆布袋，看起来像个褡裢，一个袋子塞了六个冬笋。矮驴兴高采烈地抖着身子，去了焦坑。

万顺也是七十来岁的人了，狗见得多，也养过很多条狗。他养过一条黑狗，骨架小，却善捕猎，抓野鸡、抓野兔，很是厉害。它还拖咬死的黄麂回家，敢于和野猪搏斗。养了四年多，被过路的大货车压死了。他没见过比矮驴更通人的狗。他跟它说什么事，它知道。知道了，它就翘起尾巴，一圈圈地摇，嗯呢嗯呢叫。它去过的地方，它都记得。

过年了，蓝仙带着儿子、儿媳、孙子、孙女回茅村过年。一家人热热闹闹。孙子、孙女玩跳绳。矮驴牙齿咬一截绳头，孙子拉一截绳头，孙女跳绳子。在茅村玩了七天，回城了。孙子嚷嚷着，要带矮驴走。万顺抱着矮驴，把它放在后备厢，带进了城。第二天早上开门，矮驴窝在饭桌，眼巴巴地看着万顺，嗯呢嗯呢叫。茅村距县城有六十五公里，矮驴走了回来。

端午之前，无人包毛竹山。雨多，无法砍。挖了春笋，万顺便没什么事干了，种种时蔬，或靠在躺椅上打瞌睡。

矮驴无所事事地在院子游荡，或蹲在门口。公路以南，是一片原野，梯田一层层往上斜伸。田尚未翻耕，瓜豆种在田埂上。傍晚，万顺扛着豆扦去插黄瓜、南瓜，搭瓜架，矮驴也跟着去。溪缓缓回曲，旋过弧形的湾口。草青葱。小路被草淹没。夕光斜斜照在原野，煦暖。

日子就这样过。一年又一年。这一年，过了中秋，万顺还没接到包毛竹山的电话。他有深深的失落。无人请他砍毛竹了。他用过的圆弯口刀，都挂在柴火间的墙壁上，一共有一百七十三把，大多锈迹斑斑，有的断了刀嘴，有的断了刀柄，有的断了半截刀身。没有他砍不倒的树，没有他用不坏的刀。

没人请他砍毛竹了，他老得特别快。他厚实的腰背，深深驼了下去，像一棵驼树。他也不爱吃肉了。他很少去县城。每天早上醒来，第一件事是给蓝仙打电话：我醒了，今天没什么事。他想喝酒了，请老田一起来，一碟剁椒，加两个炒菜，一人喝一盅。矮驴蹲在八仙桌底下，伸出舌头，发出浓烈的鼻息。

夕阳斜坠山冈。一天又过去了。竹林依然苍翠。竹浪滔滔。

最后一夜

房间里坐了七个人,门口还站了两个。他们在守一个濒死的肺癌患者,作最后的告别、最后的慰藉。患者五十三岁,靠在他儿子身上,胸口在剧烈地起伏,额头不断爆出豆大的汗珠,往鼻沟、脸颊直淌,湿透了汗衫的圆口领。天下着小雪,风呼呼呼,摇着窗前的石榴树。他儿子抱着他的腰部,眼泪扑簌簌。他颤动嘴唇,想说什么,但嘴唇打不开。他紧紧抓住被角,咬住了嘴唇,嘴唇流出了一丝血。他儿子叫了一声:爸,很痛吧。他翻了一下眼皮,又垂了下去,眼睛微微闭着。

一个七十多岁的老者,头发稀疏,半白半黑,站在床沿,拉住患者的手,低声问:太保,有什么要交代的,留个话。

太保动了动身子,可能想翻一个身,也可能想坐起来,显得徒劳，反而挺得更直，疲惫不堪。一个六十来岁的妇人抱来一条厚棉被，说：保保暖，病人怕冷。

病人没有知觉了，被子也不要盖，不要盖任何东西，身上盖一件衣服都显得重，病人会更加痛苦。医生说。医生站了起来，掀开病人身上的被子。医生拉直病人的腿，往下扯棉裤，又去脱病人的棉衣。太保的老婆在床前垫了六个蒲团，自己跪了下去，呜呜呜地哭了起来。孙子、孙女，女儿、外孙，也跪在蒲团上。女儿抖着双肩，哭：爸呀，爸呀，我的爸呀。

医生抱走氧气瓶、呼吸机，回厅堂坐，喝起了酽茶。太保的弟弟乡保拿着一卷草纸，对太保的儿子说：坤仔，不要抱了，用草纸垫着你爸的头，让你爸安安心心睡。坤仔看着自己的叔叔，泪眼巴巴，不但没松手，反而抱得更紧了。太保蜷缩在儿子怀里，整个身子都缩了，像一个晒干的馒头。他的额头不冒汗了，脸慢慢苍白，皱纹僵硬在眉宇。他彻底安静了，眼睑也不闪动一下，喉结也不蠕动，只有手指在轻微地颤抖，鼻翼在细微地颤动，胸口像个枯竭的水涡。那个七十多岁的老者扶起太保的妻子，说：仙妈，把白寿衣拿出来，给太保换换，等下身子硬了，不好换。仙妈拉着老者的手,又跪下去,长哭一声:二叔,太保怎么会是这样的命呀。我命苦啊。

不苦,不苦。人就这么个过程。坤仔成家立业了,太保见了孙子、孙女、外孙,万事顺遂了。二叔抱着侄媳的肩膀,说。太保的女儿开始清理床上的衣服、袜子、帽子、枕头,拣拾起来,塞在一只大箩筐里。仙妈从衣柜里拿出一套寿衣,给二叔,问:谁给太保换寿衣,二叔,你安排吧。

二叔接过寿衣,说:就我和坤仔吧。

哎呦。太保躺在床上,突然叫了一声。他已有一个多时辰没有发出痛叫声了。坤仔托起他的头,问:哪里痛?

太保翻了一下眼皮,眼球露了出来,看着自己的儿子,滚下了两颗滚圆滚圆的泪珠。他紧紧地盯着自己的儿子,生怕闭上眼睛就看不见了。他的眼球一动不动,眼里的精光暗淡下去、消失,眼膜升起了一层翳,堵住了瞳孔。坤仔大叫一声:我的爸啊,我的爸啊。

房间里涌起哭丧声,洪水一样。二叔握着太保的手,唤着:太保,太保,看看我,太保啊,我的太保啊。二叔拉着太保的手,紧紧不放,生怕走失了,再也找不到了。太保溺在洪水中,被洪水卷走。岸上的人看着太保被卷走,无法施救。

房间里的人出来了，关了门，留下二叔、仙妈、剃头师傅大水头。村里死者的头，都是大水头剃的。他抱着死者的头，压在大腿上，一圈一圈地推剪，推剪下来的头发，落在草纸上。这是人在世间最后一次理发，剪要推得轻，头发要理得清爽。理不顺头发，死者会吱吱叫。草纸包起头发，要么烧掉，要么和肉身一起埋，要么生者保存，见发如见人。

坤仔提一桶热水进去，水里泡着新毛巾。过了半个小时，门又开了。仙妈提着一箩筐的衣物，堆在门口外路口，开始烧衣物。天飘稀散的雪。巷子里的邻居，抱着火熜，陆陆续续来到仙妈家，长一声短一声地安慰仙妈。路灯暗暗淡淡地亮了起来，天蒙着虚虚的白光。暮色伴随着雪花，落在屋顶上。

仙妈抱出草席、棉被、枕头往火里烧。太保躺在床上，身下垫着草纸，身上盖了一条白布。白布盖了脚，盖了身，盖了头。床前摆了一个搪瓷脸盆，黄表纸在脸盆烧，纸烧得卷起来，纸灰变黑变白，落在盆底。香炉摆在床头柜上，插了一捧香。香绕着烟圈。二叔对侄孙坤仔说：给亲戚报丧吧。舅舅那边,你骑车去,其他亲戚就用电话报吧。

坤仔拖出摩托车,突突突,出了巷子。舅舅有三个,三舅在镇里,二舅埋在山上,大舅在李家村。二舅三年前病故,二舅妈还在李家村。都得上门报丧。他骑着车,喊着:爸,爸啊爸。

烧了衣物,仙妈挨着床边坐在竹椅子上,呃呃呃,哽咽着。想起自己十八岁从李家村来到太保家,已有三十一年了。太保是个屠夫,长得高大、结实,穿着一件红棉袄,挽着红绸结,从花轿里抱下她,入了张家的门。太保脾气躁,她也一直忍着,忍着忍着,也就习惯了。他是个铁打的人,三百多斤重的猪,扯起前后腿,可以抱上屠墩(杀猪的厚木桌)。怎么说死就死了呢?在上海瑞金医院检查出来,医生说,不用治了,肺癌晚期,已经全身扩散了,好好吃好好静养,善待自己。从发现,到死,也就一个月零三天。虽然脾气躁,但太保维护着老婆,自己一件好衣裳也舍不得穿,好吃的也让给孩子吃,除了喝喝酒,也没什么别的嗜好。他节俭,天天埋头做事,生活压着他。他没有善待过自己,到了要善待自己了,已经吃不下、睡不了了。他全身痛,被蛇咬了一样痛,痛得腰伸不直,痛得全身冒汗,痛得用头撞墙。痛得脱了人形。他是痛死的。

有老邻居来看太保了。看死者,也是看生者。仙妈摇摇晃晃站起来,点着头,握住老邻居的手,话也说不了。老邻居上了香,安慰仙妈:自己多保重,千万不能倒下去,还有这么一家老小,巴望着你撑下去。仙妈点点头,坐在竹椅子上,低着头,手托下巴。头太重了,不托着的话,头就会耷拉下来。颈脖子撑不住头。又来了一个邻居,端了半脸盆汤面来,招呼仙妈的几个孙辈吃面。孩子饿不住,吃面吃得很来劲,一人一碗,一下子就吃完了。

上了香的人,在厅堂坐。在厅堂坐的人,有十多个,基本上都是老人。青壮年都出门做工了。厅堂挂起了遗像。遗像在六天前就准备了。遗像是一张年轻头像,脸宽鼻大,眉毛很粗,下巴有一颗大黑痣。夜黑了,野外仍泛起飘忽的白光。雪越下越大。仙妈的女儿生起了两个大火盆,一个摆在厅堂,一个摆在她爸爸床边。火盆塞着硬木炭,木炭叠成塔状,炭红出跳动的火。火有炭焦味。房间里一直有妇人在哭。哭的妇人是太保的妹妹。太保的爸爸死得早,妈妈改了嫁,也没了往来。妹妹五岁,和小哥,跟着太保。父死,兄为父。太保就是她的父。她一直在哭,沙沙哑哑。

坤仔的老婆在缝鞋头。黑布缝在各人穿的两只鞋头上。缝了鞋头,缝黑袖。缝了黑袖,结麻丝。麻丝结在衣襟的中间纽扣上。结了麻丝,她收拾衣柜。太保吃的各种药,都在衣柜里。她拣药,草药、西药,拣了一竹篮,扔到火堆烧。

突突突,坤仔回来了,裤脚都是泥浆。换了鞋子、裤子,坤仔请出二爷,坐在厅堂八仙桌上,议事。二爷是家族最长者,后事的安排还得听二爷的意见。坤仔给各人发烟,说客气、谦和的话。二爷坐在上座,坤仔坐在下座,面对面议事。二爷说什么,坤仔在手机上记什么。二爷说了这么几个事:请风水先生,就请海口的老董先生来看风水、选日子,贵就贵一点,这个钱花得值,明早就去海口请;道场还是要做的,不能因为你爸没过六十就不做,敬死就是敬生,年底忙,道场师父难请,多问问几家,能请到大炎师父来是最好的;花圈扎二十个,不能少,图个氛围,丧也是喜;揩手布买一百二十条,我们这么大的家庭,这么多老邻居,没有这么多,用不过来;烟买二十条,花嘴利群就可以了;串堂还是要请,问问张家的老青师傅有没有空,请他来最好,串堂不能少了八个人;鞭炮买八饼,少了不够用;定了火化的日子,提前联系火葬场派车。办这头丧事,你和东芝(坤仔妹妹)算算,要多少钱,钱不够,你到你三叔(二爷的儿子)手上拿,我交代好了的。

八仙桌上,还坐了其他几个老人。其中一个老人说:你二爷下数清(指思路清晰,不犯糊涂),差不多也就这些事,主厨请谁,还得定一下,方便开菜单买菜。

二爷说:这个就由坤仔定。坤仔,你问问你妈,请谁主厨。

坤仔进了房间,问妈,谁做主厨。仙妈说:由你二爷定,你二爷说了算。我心神都乱了。说罢,仙妈又呃呃呃地哭了起来。

事情按二爷说的,就这么定了。有几个想睡的邻居,抱着火熜回家了。屋里还坐了十来个人。这个时候,张家村的屠夫三春推门进来了,说:太保师傅走了,这么突然,我要来送最后一程。三春进了房间,坐在床前,劝慰仙妈,说着太保师傅的百般好。

隔壁邻居胖头也来了。十多年前,为了屋基的事,和太保争执过,差点动了手,两家就这样黑了脸,再无往来。

坤仔站起来叫了一声胖叔,敬了一碗茶,散了一圈烟,说:胖叔情义重,我爸心里快活的。坤仔说着说着,哽咽了,喉咙紧了起来,流下了眼泪水。

几个孩子,折腾了一天,困乏了,扑在沙发上睡。东芝把孩子一个个叫醒,领着,去楼上睡。东芝的老公在后屋劈柴。明天会有很多客人来,要烧好几担木柴。他不善言,就知道低头做事。电锯锯下一截截木头,用斧头劈,一斧头劈下去,木头裂两块。

亥时了,小车在院子熄火,一个人提着几包东西,推坤仔的大门。坤仔开了门,惊讶了一下,连忙迎客人进屋,说:这么晚,你还来,我担受不了。客人是在南昌工作的瑞生。瑞生说:我必须连夜来,当年读书,不是你爸给我五块钱上高中,我哪有现在。

坤仔说:你有心了,我爸在里面,去看看吧。

东芝下了楼,烧水煮甜水酒。天冷,热水酒驱寒。桌上摆了花生米、卤猪耳朵、泡椒、泡藠头。守夜的人就围着火盆,喝起了水酒。他们低声地说话,东拉西扯,又说到太保的病上。其中一个老人说,人好好的,怎么会生癌呢?算算,这三年,村里有七个人是得了癌症走的,有肠癌,有骨癌，有胃癌，有鼻癌。我们飞船都上月亮了，怎么连个癌也治不好。看样子，治这个癌，比造飞船还难。

雪停了。野外一片浅白。东芝给火盆添炭，续香。香是不能断火的。狗窝在八仙桌底下，趴着睡。半开的窗户，灌入冷风。石榴树在沙啦沙啦作响。东芝烧了一盆汤面，端上桌。夜长，夜寒，守夜的人都饿了。坤仔端了一碗面给妈妈吃，妈妈摆了摆手，他又把面端给姑姑吃。姑姑说：侄啊，我怎么吃得下？坤仔端着面，三下两下吃完，满脸泪水。爸爸的身子已经硬了。爸爸去了一个缥缈的大千世界，活着人没去过的世界。那是世界尽头的世界。爸爸要说的话已经说完，要做的事已经做完，要走的路已经走完。

要烧的衣物、杂物，都烧了，化为灰烬。过不了三五天，盖了白布的人，会装入骨灰坛。

过了亥时，村主任也回家睡觉了。四个老邻居裹着厚棉袄，坐进了房间，陪着床上的人。瑞生一直坐在床沿。屋檐水在滴，嘀嗒嘀嗒，很是清脆。房间里没了说话音，也没哭声。漫长的夜，冷。

山斑鸠叫了，咕咕，咕咕。天泛白。溪水哗哗流。田野一片白。

山中盆地

太平寺在一个山中盆地。太平寺并非寺，而是一家荒废的书院。盆地很小，宛若一个木勺，三座矮山冈把书院包在山坳里。书院前有一口莲花塘，数尾红鲤隐居。塘边有数亩山田，被管理书院的人种了菜蔬、红薯。山冈披着针叶林，林边有数十棵枫香树、樟树和桃树、梨树。垂柳临塘而依，一丛翠竹在石阶路口苍苍翠翠。

石阶有半华里长，从山谷底绕山垄而上，如一条蟒蛇，正在蜕皮。山谷幽深，被小叶冬青、木姜子、野山茶、杜鹃、枫香树、杜仲、柃木、苦槠、野枇杷、中华木绣球、野山樱等树木覆盖。一条清浅的溪涧从隘口冲下来，冲出一个深潭。瀑水飞溅。

我常去山谷徒步，到了潭口，在石亭坐一会儿，返身回来。石阶有些陡峭，便不走了。只有口渴了，才会登石阶而上，入书院讨碗茶喝。书院有一个管理员，是河南开封人，约莫五十多岁，高大壮实，有时穿袍服，有时穿长褂。他说话有浓重的开封口音，我听得很吃力，便很少和他交谈。他在三十多岁时患有慢性重病，就医的过程中备受煎熬，他便干脆放弃治疗了，来到了太平寺静养，身体竟然奇妙地康复了。每次去，他就跟我谈生命和宇宙问题。这些终极问题，谁也谈不了。谈这样的问题，很累人。我就很少去书院讨茶喝了。

盆地是很幽静的，除了鸟叫声，几乎听不到别的声音。在莲花塘边坐坐，是很养心的。数年前，并无莲花塘。乡人觉得这样一个常有外地客人来访问的地方，无处饮水，真是怠慢了客人，于是众人捐资，掘土挖塘，引来高山水源，煮泉烹茶。我也参与。塘修建完工，已是严冬。我去山中，天飘着碎碎的雪。山头白了，浅浅的一层白，针叶林露出毛毛糙糙的青靛色。

“你怎么会来这里？”一个挑红薯的男人，跟我打招呼。我没认出他，想必他认识我。他穿着黑色单衣，布片绑着裤脚，穿一双旧解放鞋。他挑着一担满箩筐的红薯，微笑了一下。

来走走,活动一下身子。我说。

你认不出我了?挑红薯的男人说。他站在塘边,但并没放下肩上的挑担。他戴着眼镜,嘴唇有些厚,鬓发微白。

我眼拙了。我记忆力衰退得厉害。我说。

我照相的。你记起来了吧?他说。

哦。知道了。阿文。有二十多年没见了。我说。

他挑着红薯往寺庙走,我跟在后面,说:你什么时候来这里种红薯了?看不出来,你还会种地。

来这里两年了,就种地。阿文说。

霜降就挖红薯了,严冬了,还有红薯没挖啊。我说。

红薯种得太多了,有三千多斤。你带些回去吃。我的红薯都藏在地窖,非常甜。烤红薯、煮红薯粥,都很好吃。我不吃饭,吃红薯。你看看,这是红皮红薯,又粉又甜。阿文说。

你来了两年,我都没见到你。我每个季节会来这里,这里景色不错,也适合徒步。我说。

他挑着红薯,走到屋侧,歇下担子。地窖是横进黄土山,往里开凿出来的。一档木门拴着,拉开木栓,露出黑乎乎的地窖。他往地窖搬红薯。我站在院子,看着碎雪飞旋。远山渺渺,迷蒙且浑浊。

和阿文喝了一会儿茶,我就顶着雪下山了。阿文在山里生活了两年多,我感到意外。有些话,我没法问。比如,他为什么来到山里?他靠什么为生?他的家庭怎样?想知道的,似乎成了禁忌。

1994 年,我入上饶市工作,他便以照相为业。他的黑白照在当时颇有些口碑。我很多照片,出自他之手。他能说会道,很受女孩子喜欢。照了几年相,他转行做了画册广告。他比我早结婚,他爱人是铅山人,在机关上班,有些胖,衣着朴素。我婚礼现场照片还是阿文拍摄的。女儿出生后,我便过着居家生活,很少和玩乐的朋友联系了,阿文就是其中之一。我再也没见过他。有些人,在我的视野中,会不明不白地失联,甚至消失。反之亦然。彼此都成了下落不明的人。记忆中,那么生动、确切,但站在眼前,面目又模糊难辨。我们经受生活的淘洗,也经受时间的淘洗。

山中桃花开得迟,梨花也开得迟。迟开的花,更旺盛,一朵朵地发育出来,让野山充满了春天的欲望。书院侧边有一个很小很陡的山坞，在桃花凋谢后，几株湖北海棠杂在灌木丛开出了花。花殷红，缀满了枝头。每年的这个时候，我会来看海棠花。五里长的山谷，只有这个小山坞长了湖北海棠。杜鹃已初开，山冈上，红灿灿一片。日常鲜有人来的山谷，有了访春的人。姑娘折杜鹃，插在花瓶里。姑娘与花，彼此映照。少年也来，在盆地上跑，啊啊啊地呼叫。山谷荡起回声。豌豆绕起了藤蔓。灰胸竹鸡在树林啼鸣：嘘呱呱，嘘呱呱，嘘呱呱。啼鸣凝着深重的春露。

到了山中，自然要去找阿文。他在房间里写毛笔字。房间陈设很简陋，只有一张二层的木床、一张四方桌。草纸一刀刀，堆在下层床上，床底摆放着两双解放鞋、一双套鞋、一双球鞋。他站着写毛笔字，写了一张，揉皱草纸，扔进废纸篓。墙壁上，布满了滚圆的水珠。我说：这里太潮了，湿气伤身。

早上一碗姜茶，白天干活出一身热汗，哪来什么湿气。阿文说。

他把毛笔递给我，说：你也写写，写字静气。

我说我字写得太差，鬼画符一样，阎王见了都会发笑。我还是接过笔，还是写了两行：山高月小，水落石出。阿文拿起纸,垂着纸看,说:写毛笔字不在于好差,在于写,我也写得差。写得差又有什么关系呢?好比种菜,在于种,而不在于菜。

我在山中吃了饭。饭食很简单,就一碗豆腐、一碗空心菜。吃饭的时候,我才知道,有五个人(一女四男)在山中生活,自种自吃。那个女人,有些龅牙,颧骨高,喜欢说话。也可能是因为日常生活中很少说话。喜欢说话的人,忍着不说话,是难受的。不喜欢说话的人,不得不说话,也是难受的。

阿文一直送我到了翠竹林,说:你都掉光头发了,你得从从容容生活,多种种菜,不要去求那么多了。他说话不疾不徐,面容如夜幕下的海面一样平静。他看着我走下石阶,弯过山塆,下了山谷。

暑期,天溽热。我又去山中,夜宿书院。这次我第一次住在太平寺。和阿文在院子喝茶。溪水潺潺。油蛉兮兮。竹叶沙沙。半盏月升了上来。山显得孤怜,起伏不定。阿文说,四十三岁那年,他离开家,到好几个书院讲国学。讲了三年,他去敬老院做了两年志愿者。他又去了普陀山、峨眉山、九华山、武当山、终南山等名山游历、客居。

最后到了这里种菜。

为什么离开家,他始终没说。我也不会问。喝了茶,他又去写毛笔字了。他说,雷打不动,每天写四小时毛笔字。

夜很凉。月色也很凉。我推开窗,望着山月,想起了苏东坡的《卜算子·黄州定慧院寓居作》:

> 缺月挂疏桐,漏断人初静。谁见幽人独往来,缥缈孤鸿影。
>
> 惊起却回头,有恨无人省。拣尽寒枝不肯栖,寂寞沙洲冷。

竹影多姿。我信步而下,至莲花塘。塘心月涌,夏蝉吱吱,清风拂柳。我静静地看着水中月,月照中天。夜鹰咕咕咕叫。我沿着菜地边的山道,慢慢走了一圈。月色如晦,也如雪。山冈沉默。定慧院是东坡先生常去的地方,与友饮酒、赋诗。他还写过《记游定慧院》,“时参寥独不饮,以枣汤代之”。我也是“独不饮”的那一个。他记:有海棠一株,特繁茂。我就想,待来年,也要在塘边栽一棵海棠,以记自己曾来过。

到了来年春,我上山,书院管理员说,阿文已离开了,有半年之久。阿文去了哪里,管理员也不知道。

菜地里有许多白菜,烂在地里。木姜子花开了,米黄色,一蕊一蕊地爆出来。我喜欢木姜子。每年入秋,我就进山摘木姜子,小小圆圆的麻白色颗粒,晒几天,用布袋藏在干燥阴凉的角落,做酱或作汤料或泡茶。木姜子消寒、消饱胀。

在石阶山道两边,长了许多枫香树和木姜子。枫香树长到七八米高,被人砍了作柴火烧。树根有发新枝,长个三五年,又有七八米,又被砍。数年前,我找了乡人,合立村规民约,封禁了山。枫香树已经长到十七八米高了。山是养人的,树是养山的。树是水之源,也是人之源。

前两年,书院管理员不种菜了。种不了。山谷有人养羊,羊跑了上来,啃光了菜。那几个客居的人,也陆陆续续离开了。他们为什么来这里客居,我也从没问过。

山中盆地的西边,有一条机耕道,往山下去另一个山坞。山坞有十来栋瓦房,一直空着。屋主移民下山了。有两个养蜂人借住了其中的两栋瓦房,养了百余箱蜂。蜂箱放在油茶树下,或挂在屋檐下,初夏、初冬,各刮一次蜜。

蜜棕黄色,乳胶一样黏稠。我认识那两个人,一个宽额头,一个左撇子。宽额头常年戴着蓝布帽,左撇子是一个哑巴。他们是一对亲兄弟。他们种了很多菜蔬、甘蔗。

入秋,山中甚美。枫香树红了,山乌桕黄了。霜后的树叶可见经络,毛细血管网一样密布。从一片树叶上,可以清晰看出大地的形态。华山松高高耸立在山梁上,与天际线相通,山得以壮阔。

有人来了又走,有人走了又来。来过的人,皆为过客。

去山谷的人,也和我一样,大多步行到石亭,坐一会儿,就返身回来了。石亭建在一片开阔地上,紧挨着石阶。亭前种了香樟和野枇杷树。山谷从这里敞开,也在这里收拢。石阶是明代的乡人凿出来的,已被行人磨光了石面,下雨,石阶溜滑。有一次,我上了石阶,突降暴雨。我躲在石壁下,看着雨溅打在石面。雨珠激烈地打下去,散碎,又溅起。树叶噼里啪啦地翻溅起雨珠。

三个在石亭避雨的人,喊我:快下来啊,石亭好避雨啊。

我一直贴紧石壁,缩着身子。雨歇。石阶涌起了小水浪。我快速跑上去,莲花塘已被水淹没了。柳枝依依垂着。那个河南开封人赤着脚,在挖水沟。我也去挖水沟。

赤腹松鼠在松树上窜来窜去。

山边的枫香树林,积攒了新叶。叶淡青,幼嫩,散发一股油脂的芳香。我去摇枫香树,抱着摇,雨珠哗哗落下来,滴滴答答的声音很清脆。风一直在吹,树叶上的雨珠一直在落。雨珠对风有着天然的呼应,那么默契。蒲儿根在地头黄着花。

养蜂人在装车,运走蜂箱、杂物。他们即将去往别处。养蜂人是生活在别处的人,追随着节律,穿越地平线,去往大地尽头。其实,大地是没有尽头的。所谓尽头,就是安顿。大货车在机耕道上摇摇晃晃,颠簸着,一会儿就不见了。山遮蔽了山。

远山比近山更高。远山到底有多高,谁也不知道。烟雨迷蒙,远山不见,近山半隐半现。翠竹一直在沙沙作响,落下很多竹叶。

我推开阿文曾住过的房间,四方桌上还留着石砚、毛笔。草纸是没有了。我洗了毛笔,搁在石砚上。这是阿文唯一留下的东西。

暴雨又来了。雨水冲刷着院子里的地锦。我站在屋檐下,雨从高处落下来,雨线密密,雨珠噼啪。

乡　戏

老董问我说:想安排大家吃一餐饭,安排在哪里适合?

去双河的绿色餐馆。我不假思索地回答。

餐馆在哪里?没听说过。老董说。

去绕二镇入口,下坡右边,活性炭厂隔壁。我说。

绿色餐馆自制辣酱很有风味,以大蒜、姜丝、朝天椒磨浆,与豆瓣酱调制。辣酱炖野生泥鳅、酱爆牛肉非常有特色。每次店家端上砂钵泥鳅,漾起酱汁,葱香飘溢,我就忍不住下筷子。

晚餐安排在星期六。傍晚的山峦漫卷在春雨之中,丛林新绿油亮,雨丝丝,落下来,却淅淅沥沥。双河村临公路的空阔地搭起红色帆布雨篷,男男女女坐在雨篷下吃东西,嬉嬉闹闹。我问绿色餐馆老板:隔壁在做什么喜事?

搭了雨篷,人很多,是在吃流水席吧。

乡间做喜事,摆流水席,一个院子摆二三十桌,行动(指为酒席服务的人)端一个木托盘,托六个菜,分送给六桌。流水席有十八道菜四个果盘,十八道菜分四个冷盘、十二个热菜、两个炆菜。猪肉是现杀现取的,肉汤炖在灶上,需要加汤的菜,随手舀一大铁勺浇在锅里。汤浇下去,嘟嘟嘟,冒出密密麻麻的泡,菜沸热。肉汤熬明笋,一直熬在炭火上。明笋是最后一个菜。

老板说:村人请了戏班来唱戏,晚上还有个夜场。

我说:唱什么?

老板说:我不看戏,不知道唱什么戏。

我找了张纸壳,遮住头,冒雨去看戏。戏还没开演。戏台下有两排临时摊位,有卖烤串的,有卖草莓的,有卖清明粿的,有卖肉包子的,有卖麻辣烫的,有卖炸油饼的,有卖烤肉馕的。四角的帆布雨篷,被四根撑杆撑起,遮住货摊,摊主(通常是妇人)站着招呼客人。客人也是村人,或村人请来的亲戚。客人喝着啤酒,跷着二郎腿,张望着戏台上。

戏台是临时用铁架搭建的,高约两米,长约二十米,宽约十五米。台前悬挂一块黑板，写着：今晚演出《赵氏孤儿》。台上右侧有四个化了妆的中老年男人围着一个木箱，在箱面上打扑克牌。扑克牌翻了毛边，毛边被抓牌的手指摸黑了。箱面太低了，他们坐在方凳上弓着腰抓牌，抓完了，直起腰，狠狠地摔牌下去。每个人面前的箱面上，散着一把银白的硬币。一个男人靠着铁柱，戴着一顶黑帽子，翘着纸烟，看四个人打牌。他的脸泼了墨一样，乌黑黑。

一条红色的幕布横中拉开，把戏台隔出两个部分。幕布后摆着四张简易床，床上挂着十几件戏服。戏服花团锦簇，红红绿绿黄黄橙橙紫紫。戏台左侧有三个中年妇人坐在板凳上，默默地抽烟，望着雨丝在灯光中飘忽。十几个戏箱沿侧边齐整地摆放，一个化了彩妆的年轻女子坐在戏箱上，托腮出神。她的脚边堆着锏、木枪、木棍、大刀、宝剑、青龙偃月刀、绢扇等道具。

戏七点开场，现在才六点一刻。台下已有十多个老人端坐，眼巴巴地望着戏台。三个六七岁的孩童，拿着糖葫芦追逐、耍闹。被雨篷遮了半边的酒馆，摆了七八张小方桌，三五男人一桌，嗑着瓜子喝茶。他们穿着黑色或灰色或青色的棉袄，低声说话。入戏场的拐角，一个中年妇女在剁肉馅、蒸包子。她女儿陪她说话。她女儿十六岁去了温州做鞋子,也在那边结婚。双河演乡戏了,她女儿特地坐火车回来。双河每年请戏班演乡戏,她女儿场场必看。

她七岁的外孙和五岁的外孙在击掌对歌。穿红色小西装的外孙唱《斗虫虫》:

斗虫虫,斗鸡鸡,
鸡鸡飞落外婆园里吃豆儿。
豆儿冇开花,
气得鸡鸡翼沙沙。
豆儿冇结籽,
气得鸡鸡眼鼓鼓。

穿麦花的外孙女也唱《斗虫虫》:

斗虫虫,斗鸡鸡,
斗得鸡鸡蓬蓬飞,
一飞到田角里,
不吃谷,不吃米,

碰到好吃鬼，

狠狠啄一嘴。

击了掌，哥哥妹妹拽着气球跑。红红的气球，飘了起来。

这次，双河请的戏班是乐平程家班。程家班在乐平、浮梁、德兴、鄱阳、万年等地颇有声誉，创赣剧班社已有四十余年。班社社长程升波中等身材，壮实，国字脸，不怒而威，十三岁随当地戏班唱戏、拜师。他创立班社后，只演皇帝。当地人称他“皇帝”。他对这个称呼很满意。虽然和其他演职人员一样，天天睡在戏台上的简易床或睡帐篷，他满意自己走乡闯县的生活。他画着赤色的脸谱，在人群走动。

一个邻乡的男人，穿着一件青灰色的夹克，问“皇帝”：我村里也想请戏班演戏，找谁接洽？

当然找皇帝。“皇帝”说。

一天演出两场，演出费怎么算？邻乡的男人说。

看什么时间。是开谱，还是寿辰，还是庆典？“皇帝”说。

就这个春季。娱戏,娱戏。也不是商演。邻乡的男人说。

八千元一天,一天两场,演五天起步。搭戏台的费用另算。你们有戏台的话,这笔费用也省下了。“皇帝”说。

搭戏台的费用多少钱?邻乡的男人问。

邻乡的男人抄着双手,捂着腹部,烟灰长长的也不抖落。“皇帝”翘着烟,歪着头,靠在铁柱上。“皇帝”说:搭戏台要四千五,搭观众席有两千就可以了。灯光、电线,我有。

那8月份请演戏,怎么算?邻乡的男人说。

一万二一天,五天起步。“皇帝”说。

霜降后请演戏,又怎么算?邻乡的男人说。

一万六一天,五天起步。“皇帝”说。

价格怎么相差这么大?邻乡的男人说。

春戏是闲戏,农事还没开始,演出三两个月,演员没有散,工酬也低一些。8月是农忙,演员丢下农事演出,工酬自然高。霜降以后,请戏的人太多了,演出费提高是当然的。再底层的演员也是有档期的。“皇帝”说。

赣东北有四十余家赣剧班社,演员皆农民出身,白天干活,晚上演练,有人请戏了,社长就把这些人组织起来,一车拉道具一车拉演职人员，外出演戏，赚活钱。请戏的人洽谈好了价钱和演出时间，便带上大红的请柬，提上两瓶谷烧，下一半酬金，请社长带团献戏。程家班有些名头，来请的人多，一年可外出演出三百余场。

“皇帝”舞台功底扎实，演出经验丰富，班社人员多，可演一百八十个剧目，其中正本剧目有《孟姜女》《满堂福》《四郎探母》《钓金龟》《天门阵》《凤仪亭》《哑女告状》《探阴山》《薛刚闹花灯》《洞房怨》《降天雪》《赵氏孤儿》《三女拜寿》《三请樊梨花》《狸猫换太子》《杨门女将》《薛刚反唐》《二度梅》《太宗登基》《父子状元》《铡美案》等，小戏有《苏三起解》《三司会审》《七郎招亲》《打銮驾》《白虎堂》《三哭殿》《九件衣》《别窑》《刘海砍樵》《王母生寿》等。

邻乡的人说得正热乎，鼓擂了起来，咚咚咚；锣敲了起来，当当当。“皇帝”摆了摆手，晃着身子登上了狭窄的铁板楼梯，抖着袖子上了戏台。戏暖场了。一个男童画着花脸，一个女童画着红脸，对翻着跟头。台下，一下子安静了。雨噼里啪啦打在雨篷上，砰砰砰砰砰砰。观众有三十六排，一排二十二个位置，坐得满满。

老董打来第四个电话：快来吃饭呀，好菜都吃完了。

哦哦，我马上就去。我应着。我去后台，看演员们化妆、换戏服、穿戏靴。

《赵氏孤儿》全剧五折一楔子，为元代纪君祥所作剧，为元杂剧四大悲剧之一。这是一部壮烈的悲剧，讲述春秋时晋国上卿赵盾遭到大将军屠岸贾诬陷，全家三百余口被杀。为斩草除根，屠岸贾下令在全境搜捕赵盾之孙赵武，下令残杀国内所有一月以上半岁以下幼儿。义士程婴为保全孤儿和全国幼儿，毅然献出自己儿子冒顶孤儿，晋公主、韩厥、公孙杵臼献出生命。二十年后，赵武由程婴抚养长大，尽知冤情，禀明国君，亲自拿住屠岸贾并处以极刑，终于为全家报仇。

2014 年 10 月，在浦城，我看过这出赣剧。剧虽悲壮，但并不感染我。剧中程婴献出自己儿子冒顶，违背人性。违背人性的东西，不值得赞美。人性是底线，不能以任何大义的名义，去违背作为人的底线。否则，何以为人。

但台下看戏的人，看到"程婴"献出自己的"幼儿"（一个布扎的"幼儿"），开始呜呜呜呜痛哭。他们被剧情感动。看客不知道，古今中外，权力的争斗与攫取，不可以有感情、道义，更不会讲人性。

绿色餐馆老板打着雨伞,来戏场找我回餐馆吃饭。他以调侃的语气说:班社的戏有什么可看的?咿咿呀呀,满口乐平腔,老糊涂了的人才会看。

“看戏是一种乐趣,村人请戏,不容易。”

“年年请戏,请一次,唱八天。”

“钱怎么筹?”

“按户筹,一户五千。不看戏的,出三千。”

“一户筹这么多,也不轻松。也有不出钱的人吧。”

“各种人都有。戏还得请。”

我提着20个肉包子,和餐馆老板边走边说。天黑魆魆,公路之下的溪流泛起白光,亮幽幽的白光。对岸是一片灌木、水竹、芒草混杂的旷野。天太黑,什么也看不见了。灯光在路面飘忽。不远处,灯光浮起密集的屋舍。那是集镇。杂乱而有序。

老董说:你还带这么多包子来啊。你要吃什么菜,自己加。

我说:来一碗面就可以了。辣椒拌面,非常好吃。

一桌人都吃好了。我还在吃面。我说:你们先回去,看完了《赵氏孤儿》,我再回去。

老董说:那你回去没车了。

我说:没车也可以回去。

老董说:有十二公里路,走路要两个多小时。何况还下雨。

他们走了。我又去看戏。其实,我不是看戏,是看那些看戏的人和演戏的人。我不是爱热闹的人,但喜欢去一些人多的地方或场合。比如村镇菜场,比如戏场,比如社庙祭祀,比如出殡,比如吃流水席。这些地方或场合,可以呈现乡人的面貌、习俗和人伦。

那些抱着小孩的看戏人,散了。还有六十多个老人在看戏。帆布篷的中央,沉沉地下坠。积水太多了。一个年轻的男人,撑起竹竿,撑帆布篷,积水哗哗哗泻下来。卖包子的人坐在白炽灯下昏昏欲睡。一个中年男人和卖烤串的妇人,热乎乎地搭讪。男人和妇人都笑容满面。卖草莓的妇人在整理箱子,搬草莓上四轮电瓶车。我站在杂货店门前,东张西望。

戏台底下(架空层),三个妇人在收拾碗筷、炊具。据杂货店店主说,这是最后一天戏了,班社明天要去南港演出。我爬上楼梯去了后台,那个托腮出神的女演员卸了妆,穿着公主的戏服,还在整理衣物。她是程家班唯一的年轻女演员。她有一双水灵灵的大眼睛。她是流动演员,也是职业演员,也是最底层的演员,随不同的剧团演出,在不同的村镇戏台过夜。她是戏台上的吉卜赛人。

晚上九点半,戏散了。戏场一下空了。摆摊的人早收了摊,用三轮车拉走了货。最后离场的两个老婶婶,还垂着泪,用衣袖抹眼角,颤颠颠地走路。戏台上的灯光显得刺眼。演员们在收拾道具和衣物。"皇帝"说,他们晚上就要拆戏台,搬运物什上车,连人带货一起去南港。双河距南港有二十多公里,路上还得跑一个来小时。明天晚上的演出,丝毫不能耽搁。"皇帝"来不及卸妆,扛起戏箱,搬到大货车上。我说:你这个档期也安排得太紧了,人喘不了气。

多一天赚钱,是一天。"皇帝"说。

慢慢活,钱慢慢赚。多活一年,可以赚好多钱。我说。

能赚钱的人,是这样的。我这样赚苦钱的人,耽搁一天就是罪罚。班社开支大,日子是算着手指头过的。"皇帝"说。

拆戏台,装货车。忙了两个多小时,货装完了。他们坐上请来的大巴,往南港开去。戏场空空,又复原了晒谷场。路灯在晚上十一点准时熄了。集镇消失于黑夜。黑夜把人间还原为旷野。

胖妈早餐店

每半个月，会去胖妈早餐店吃一次小馄饨。馄饨米枣一般大，皮薄肉鲜，剁椒、酸豆角、姜粒、榨菜丝、葱花等做调料。店小，只有一间约20平方米的门面房，可摆四张快餐桌、一个台面、两个冰柜、两个煤气灶。一个煤气灶用来炒面、炒粉，一个煤气灶用来烫粉、烫小馄饨。小馄饨在我们这一带，不叫小馄饨，叫清汤。

厨娘就站在台面与内墙之间，一个锅炒面一个锅烫粉。也有喝粥的人，从隔壁早餐店买两个包子过来，就着剁椒、榨菜丝，嗦嗦嗦地嘣粥。以前喝粥，还配有霉豆腐，这是乡人喜欢的。一次，客人在霉豆腐里发现了蛆，便再也不配了。其实，厨娘是一个很爱干净的人，衣服穿得清爽，炒一次粉面就洗一次锅，碗也冲洗。一个店，就她一个人。乡人吃早餐早,吃了早餐就下地,或去工地干粗重的活。她的饺子也包得好,馅入味,皮薄而不烂。有一次,我对厨娘说:明天,你给我包两百个饺子,塘藕馅,肉要里脊肉。

第二天傍晚,她骑个电瓶车,披着遮阳纱,用不锈钢托盘,把饺子送来了。我问:多少钱一个?她说:一块二一个。我说:这是你店里熟饺子的价格。她很爽快地笑了起来,说:煮饺子不就是加了点水、费了点煤气吗?价一样。我付了钱,说:好吃的话,下次再要两百个。当晚,我就煮饺子吃,吃了一个,就不吃了。我打电话给她:饺子馅不是塘藕,是田藕。她说:塘藕田藕一个样。我哭笑不得。塘藕跟田藕怎么会一样呢?

店开了半年多,店门关了,在卷闸门上贴了一张白纸:店面转让,价格面议。连个电话也没留。村小,就百来户人家,谁都知道是她开的早餐店。厨娘带孙子去了。儿媳在张村上班,月薪3000多块钱,开车上下班就用去了一半多,还带不了孩子。她又不好叫儿媳辞职,毕竟是一份较体面的工作。儿子结婚五年多,一直不想生孩子,说:有了孩子,多了一份拖累。她就对儿子说,你生下宝宝来,我来带,奶粉钱也不用你出。儿子拖了又拖,她催了又催,才有了孙子带。儿子在上饶市工作,一个星期来回跑两趟,也够辛苦了。人辛苦,还存不了钱。她就去做保险,做了两年,又去做竹篾厂检验员。开了早餐店之后,她才知道,赚钱是容易一些,天天起早摸黑,也确实累人。但她乐在其中。每天的流水,可以做800—1100元之间,房租一个月600元,不算工钱,一天可以赚400—600元。每天晚上回家点钱,她就激动。她点了一遍,又点一遍。有钱赚,再累再苦也值得。儿子在上饶买了房,5800多元的月供有了着落。有了孙子,她不得不放弃了赚钱。有人才有一切,其他都是空的。没有人传承下去,有钱又有什么用呢?她这样想。

门关了三个多月,有人来盘店了,胖妈早餐店的招牌还贴在门顶上。开店的人三十来岁,带着一个三岁多的女儿。店也没个开张仪式,鞭炮没放一个。也是,锅还是那两口锅,桌还是那四张小木桌,贴在墙上的收费价目表也没变,唯一不同的是厨娘。

去吃小馄饨,站在台面前,苍蝇在面食上飞来飞去。我就对厨娘说:你用纱布盖一下饺子、馄饨。厨娘回过头,看了一下不锈钢盘里的面食，说：有纱布。她继续抖锅，铁勺重重地煸白菜丝。我又说：纱布不盖，等于没纱布。她说：是的。又继续抖锅。

我就再也没吃过她家的面食了。她炒粉有水平，煸了又煸，白菜丝粉条煸得又软又滑，入味，辣而不呛。一个六十多岁的男人，常来店里帮她收碗、洗碗、抹桌，也帮她看着孩子。他是她公公。我没见过她老公。她老公开拼车，早上六点就去车站叫客：有客人去上饶吧，车马上走。拼车是客满就走。跑的线路是德兴—上饶，单边走 110 公里，不包括接人、送人的路程。

德兴—上饶，没有客车通行。拼车太多，有八十多台，客车营运不了。2018 年，拼车价是单人单边四十五元，2019 年，涨了五元。2020 年，又涨了十元。有人看好这条客运线，以网约车的形式，合伙营运，以加盟和购买新车的方式，降低十五元车费，全程走高速，展开竞争。网约车定时发车，客不满也走。车有两种：商务车、南京依维柯。司机收入保底，再加人头费提成。有三分之一多的拼车师傅，加盟到网约车公司。开了半年，大多数拼车司机又退了出来——加盟人挣不了钱，公司亏得厉害，服务质量下降。

德兴没建高铁站的时候，是没有拼车的。要坐火车，就得先坐快客去上饶高铁站。2015 年 6 月 28 日，德兴高铁站投入使用，却鲜有人坐高铁——车次极少，站又太偏远，建在龙头山，距城区三十五公里。还不如去上饶高铁站坐车。坐高铁，赶时间，拼车就出现了。

德兴—上饶，每个星期，我至少往返一次。我认识二十多个拼车师傅，年长的，六十三岁；年轻的，二十一岁。车有三种：出租车、小车、商务车。我不坐出租车，空间太小，车太脏。认识的拼车师傅中，不知道是否有厨娘老公。我固定约车的师傅是绕二的余师傅，新营的张师傅。这两个人可靠。可靠，就是不撒谎，说几点出发就几点出发。拼车师傅对客人包接包送，没出发接人，就说正在接人，接人的路上就说快到了，想尽办法稳住客人。张师傅在三个月前，出了车祸，在华坛山镇双溪的山塆口，被拉货的大车追尾，幸好车上的人没伤着。车撞得稀巴烂。

等拼车，我就在胖妈早餐店。在店里，吃一碗炒粉，刷一下手机，车就到了。坐在店门口，就可以看见车停在桥头，起身，穿过马路，钻进车里。有好几次，等九点的车，看见一个穿黑裙的年轻妇人吃早餐。女人脸饱满,肌肤雪白,眼睛很有神,也丰满。她吃完早餐,骑电瓶车过桥。我就对祖明兄说:你不要起得那么晚,九点钟,去村头吃个早餐,比什么都有意思。他说:真的?他笑了。我也笑。没有意思的生活,一下子就有意思了。

在店里吃早餐的人,不是很多,三个两个一个,有时一个也没有。雨天,更少。厨娘就逗自己的孩子玩。她公公坐在门口,一言不发,僵硬着表情。是的,我从没听过她公公说话。一个浓眉大眼的人,像一尊金刚木雕。

厨娘微胖,走路,上半个身子抖起来。三岁的孩子爱跑,厨娘抖着肉追,手伸开,作老鹰状,叫着:抓住了,抓住了。小孩就咯咯咯笑起来,笑岔了。这个时候,她抱起孩子,喂小馄饨或白粥给孩子吃。孩子吃一口,抬眼望妈妈一下,扁着嘴吃东西。有客人来了,厨娘就把碗递给她公公,炒粉去了。刷锅,冲水,打开煤气灶,砰的一声,火炸开,锅底红了,筛油下去,加盐,抓一小撮肉丝入锅,干煸,添料酒,干煸,抓一把白菜丝入锅,干煸,捋一把粉条入锅,干煸,辣椒末、大蒜、酱油入锅,干煸,抖锅,又干煸又抖锅,出锅。她把锅煸得邦邦响。锅很沉,她抖手腕,血管粗粗暴出来。锅抖,她的头随着锅抖,扎紧的马尾状头发也在抖。

做早餐,得早起。厨娘差不多凌晨四点就到了店里,清扫,煮一锅粥;擀饺子皮、馄饨皮,买肉剁馅,包200个饺子、300朵小馄饨;泡干粉;焯面;炒酸豆角、剁椒,切姜粒、葱花,切一小篓白菜丝;烧四壶开水;抹一遍餐桌,冲洗碗筷。最早来店里吃早餐的一拨人,是五十多岁的男人们,他们吃了就去做工;再来的,就是小学生,由大人陪着。老师,出远门的人,去镇里上班的人,陆陆续续来吃。年轻人通常是最后来吃的,在店门口站一下,问:还有饺子吗?厨娘说:饺子早卖玩了,要不来碗炒面?

粉、面、粥、饺子、小馄饨,卖完了,厨娘开始收拾碗筷,清扫地面,抹桌面台面灶面,坐一会儿,喝碗热茶,脱下围裙,关上店门,骑电瓶车回家。这时,通常是11点。她还得回家烧饭,一家人的吃喝还得她打点。她老公12点从上饶返回到家,下午1点又去车站附近叫客,还得跑两个单边。开拼车的人回到家里,难得说话。一天要接打一百多个电话,叫客、催客,声带发麻,不想说话,倒头就睡。厨娘给她老公取了个昵称:僵尸先生。

村后新修一条公路,有百余工人在做工,早餐店有了更多的客人。四张快餐桌不够,厨娘买了一张圆桌来,摆在店门口。镇城管队员来了,说:店门外不能摆餐桌,影响村容村貌。厨娘说:村子这么偏,没外人来,我也会及时打扫门前垃圾,确保干净。城管队员说:不是没人来就可以在门外摆桌子,镇里的管理和整治是各个村统一执行的,不能有例外。

这样的管理不符合村里实情,也不符合商户实情,是不是可以改改?管理贴近我们商户,才是我们拥护的管理。厨娘说。

城管队员听她这么说,一下子就躁起来,说:跟你好好商量,你也不听,你反而教育我,是我管理你,还是你管理我?是你听我,还是我听你?

谁也不管理谁,你是服务于村民、商户。你凭什么叫我听你的呢?就因为你身上披了一件皮?厨娘说。

城管队员走进店里,摸起一个碗,砸在炒锅上。碗裂了,锅还是好好的。砸锅,就是侮辱人、欺负人。谁受得了这个气呢?厨娘顺手摸起菜刀,要劈城管队员。幸好,客人拦腰抱住了她。厨娘带着锅碗,叫上她公公,一起去镇里论理。她嚷嚷着说:镇里不给我一个说法,我就剁了他,我才不怕。

她又在门前摆起了圆桌。

有一次,我在胖妈早餐店等车,厨娘对我说:你经常往返德兴上饶,怎么不坐坐我老公的车呢?我们也是老熟人了,你照顾照顾我老公生意。我说:我又没你老公电话,坐不了他车。他发车那么早,我赶不上他发车。

也有发车晚的时候,这段时间,去上饶的客人少,拉客难。厨娘说。她掏出手机,把她老公电话报给我。

星期四早上,我必去上饶。七点钟,我给她老公打电话:我去上饶,你几点出发?

我已经接客人了,你在哪里?我去接你。师傅说。

在桥头等你。我说。

好。十五分钟就到。师傅说。

接了我,还要去哪里接人?我问。

去龙头山,在暖水上高速。师傅说。

等了二十多分钟,车还没来。我打电话问:到哪儿了?

在银山矿,马上过来。师傅说。车从银山矿过来,八分钟足够了。我又等了十八分钟,车到了。我看了一下,车里只有一个女人坐在副驾驶位。我说:一个人也接这么久啊。

遇上两个哈仔,到潭埠桥接他们,他们又不走了。师傅说。师傅脸短,脸圆,头发乱杂杂。到了暖水,往公路桥拐,又开了十几分钟,到了一个小村,接了两个五十多岁的男人。两个男人各抱了一个泡沫箱。我怀疑,泡沫箱里藏了棘胸蛙,冰块冻着保鲜。到了上饶,将近十点了。

过了四个月,店门又关了。店面租期到了。房东不租房了,自己开早餐店。厨娘谈了几次,房东就是不租。厨娘说,那这些东西折价卖给你吧。房东也不要,说旧货摆在店里,影响生意。

门店装修了一下,刷了墙,铺了地板,换了新灶具。招牌倒没换。房东的女儿做厨娘,卖饺子、小馄饨、白粥、粉、面。可生意一直不怎么好。客人到隔壁早餐店用餐了。厨娘四十来岁,嘴巴很伶俐,做事也利索。她离婚不久,没了着落,才想到开早餐店。开了两个多月,店关了,在卷闸门上贴了一张白纸:店面转让,价格面议。半年多了,店门还关着。

生而为橘

玉生被一辆长挂拖拉机带到桑田乡,包裹斜挎在肩膀,手上紧紧抱着一株橘苗,望着茫茫大雨。拖拉机在机耕道上颠簸,如风浪中的摇船。原野在雨中飘忽摇摆,秧苗幼青,鹭鸟在樟树上嘎嘎嘎啼鸣。十八岁那年,他来桑田根竹村做橘工,翻地、打地垄、育苗、嫁接、治虫、除草、采摘、修枝,做了五年。过了清明,正是分苗移栽的佳季,他对东家说:我想回家了,可能以后不会再来了。

东家是个和蔼人,问:好好的,怎么就不做了呢?现在是忙季,工钱好说。

不是工钱的事,东家待我良善,我记在心里。玉生说。

东家便不再挽留了。玉生结了工钱,和各家辞行。根竹村家家户户种橘,山坡上、田埂上、河滩上,种满了橘树。

暮春,四野飘香。到了桑田,玉生搭货车去了南丰县城,辗转一天,回到了上饶县郑家坊。他娘见他饿坏了,烧旺了灶膛煮面给他吃。他爹很是惊讶,说:怎么突然回家了呢?发生了什么事?

哪有什么事发生,就是不想做了。玉生说。

第二天早上,玉生在屋里找东西。他娘问他找什么,他也不说。他找了半个屋子,也没找到他要的东西。他抱着老瓦缸看看,又放回去。他提着腰子篓拍拍,又挂回墙壁。他咚咚咚爬上木阁楼,翻来翻去,找出一个裂缝的木饭甑。饭甑扔在阁楼有好几年了,黑灰色尘垢厚厚,甑底的蒸盘也不知扔到哪里去了。他洗了饭甑,用一个蒲团压下去,成了桶。他娘看他忙手忙脚,问:一个破饭甑还有什么用?

玉生也不应答,闷声搓稻草绳。稻草六根一束,两束搓出辫子形。他搓着搓着,脸上露出了笑容。他想起一双麻花辫子,在一个姑娘的后背垂下去,左晃右摆。姑娘有浅浅的刘海,番石榴一样的脸色。稻草搓了十二米长,扎一个结。玉生用稻草绳把饭甑结结实实地包起来,蒲团下加了“十”字形竹片架,他提起饭甑,在手上翻来转去。他娘在拔鸡毛,大公鸡泡在热水桶里,僵硬的鸡脚抻挺得笔直。他抱着饭甑去院子里,铲起菜地的肥泥填进饭甑。

肥泥很黑,有些细砂粒。久雨之后的泥,湿湿的,滴着乌黑黑的水。玉生取出橘苗,栽在饭甑里。橘苗的根部被一条毛线围巾包着。毛线围巾有七色:红橙黄绿青蓝紫。围巾脱纱了,毛线头像狗尾巴草一样露出来。他托着根部,想把围巾解下来,犹豫了一会儿,还是把它一起埋进泥里。他用手掌把泥一圈圈压实。

饭甑露出了一米来长的橘苗。橘苗独干,尚未分枝,小树冠有九枝斜出,向上收拢。他坐在门槛上,看着树苗。他数了数,苗上有九十七片叶子。这时,他娘叫他:玉生,鸡焖糯米饭熟了,趁热吃吧。

玉生把饭甑搬到菜地,挖泥围在甑边,取出修剪剪橘叶,一枝留六片,留下的叶壮硕厚实。橘苗亭亭玉立。

玉生爹叫尚义,温和厚道。爹问玉生:你不想种橘了,就学一门手艺吧,没个手艺傍身,苦一辈子。

“还没想好。”

“你想学什么手艺,你就问问你娘。”

玉生挑了簸箕去挖塘泥。塘是个野塘,鱼在草须孵卵。鲤鱼在塘边的菖蒲丛里窸窸窣窣响动。野塘鱼多,黄颡在深水里像草鸭一样叫。塘泥污浊,有鱼腥味。塘堤晒满了塘泥。有邻居问尚义:你准备养鱼了? 玉生在清理野塘呢。

尚义说:他从南丰回来有几天了,还没干个正事,鬼知道他想干什么。

挖塘泥是重体力活,挖了三天,玉生疲乏了。他清理院子。他的院子是他太公(曾祖父)开荒出来的,有两亩多地。这个叫杏花堂的小村,人稀荒地多。杏花堂在半山腰的山坳里,只有七八户人烟,老杏树却有三百余棵。鱼孵卵,鸟育雏,正是杏花开的时候,满山满坞红艳艳白灿灿。杏花堂人便以腌杏干、种山种田为业。站在杏花堂,可以看见郑坊盆地如一块巨大的调色板。初夏,盆地泛着稻浪,青蓝之光四溢。山鹰在旋飞,缓缓滑向河边的枫杨林。

玉生在院子北角,掘土挖洞。泥是黄泥,黄黏黏,像烤熟了的番薯。他娘见他这么折腾,说:玉生啊,吃了这么多闲饭,要消力气,不如去挖花生地。他看着自己娘,说:事没做好,心悬着。

什么事呢? 跟娘说说,是不是有相好的姑娘了? 娘说。

等我那棵橘子结果了,相好的姑娘就有了。玉生说。

挖了两天,地洞掘出来了。洞口有圆匾(1.2 米直径)那般大,圆桶形往下深陷,洞深足足有三米。他爹问他:我们家哪有这么多窖藏,平常时日喝的酒都续不上,你得赶快去赚钱,把酒窖藏下去,我等着你的婚酒喝。

玉生说:我多种两担谷子,老爹喝一年。玉生搬起屋檐下的木柴,一层层地堆在洞里,架出一座宝塔形,引燃一把干茅草,呼呼呼地烧木柴。他爹心疼干燥的木柴,说:你这个作孽的,到底要干什么呀?

木柴烧了一担,他往洞里填塘泥。塘泥被晒得松松脆脆,灰白色,有热烘烘的阳光味道。塘泥被他捣得碎碎,用筛子筛了。他爹摸了一把泥,用舌头舔了舔,说:这是世上最肥的泥了,种十年的南瓜不用下肥。填一层塘泥,铺一层豆秆。铺了八层豆秆,玉生挑水灌下去,灌了三担水,塘泥陷下去了,汪出清清的水。他把饭甑摆在洞口中央,继续填塘泥。塘泥填平洞口,刚好露出半个饭甑。

种一棵橘树,你何苦这么费心呢?费心的事,很累人。人活一世,不能太费心。费心的人心里苦。他娘说。

我不知道以后这棵橘树会长得怎么样,我想按照我的想法种下它。玉生说。

挖出的黄土,摊出了一块地,种上了万寿菊、孔雀草、矢车菊。玉生又捡了两板车鹅卵石,用石灰浆(浆,方言中做动词,反复搅拌的意思)的黄泥沿洞穴边砌了很矮的墙。在矮墙下,他种了密密的枸骨树,作篱笆。

玉生去学了石匠。夯墙、打地、砌墙,都是重体力活。师父是山下村的小先师傅。小先师傅有一手做开花石(指鹅卵石或碎石片)的绝活。

小先师傅可以用各色开花石砌出有图纹的墙,墙面平整结实,比水泥墙还坚固。

早上,玉生给师父挑水、种地,和师父一起上工做事。

去师父家之前,他给院子里的菜地浇水、拔草。他种下的各种花草,花开得又美又旺。

第三年,橘树开花了。花淡绿,两朵簇生。花缀满枝丫,绿茵茵,芸香四溢。玉生拿起修剪剪花枝。第一年开的花不留。剪了花枝,剪枸骨树。枸骨树是冬青科矮灌木,叶缘长有勾刺,是乡村的篱笆树,防家禽家畜防猫狗防孩童。篱笆树剪至一米高,成了一个坛。他娘养了三十多只鸡鸭鹅,他不让家禽在橘树下扒食啄食。家禽粪便含盐量高,不适合肥橘树。他跟他娘说:豆壳、土豆皮倒在坛里肥地,菜头菜脚生虫、剩菜剩饭含油含盐,千万别倒进去。

小花圃的花从初春开到秋末。每半个月,他剪下花,热水泡汁,用喷雾器喷洒在橘树上,喷洒在坛地里。花水杀虫。立冬后,霜冻来了,白霜盖野,垂序商陆、芒草、沿阶草、一枝黄、荻、野芝麻、狗尾巴草、芦苇、七节芒等草本,一夜萎靡,秆枯而亡。花圃的花凋谢了,玉生割了草本盖在坛里,给泥焐暖。玉生给橘树修枝,编稻草衣,盖在树冠上。

翌年。橘树结了橘子。果熟。玉生去了一趟桑田根竹村。橘苗是雅兰送给他的。雅兰是他做工时房东的女儿。他辞行时,雅兰说:你在我家住了五年多,我也没什么东西送给你,我去挖一棵橘苗送你,带回你的家乡。根竹的南丰橘可是南丰最好的橘。

天下着蒙蒙小雨。他跟雅兰去挖橘苗。橘苗一坡连着一坡。沧浪水(当地河流名称)在平坦的田畴,汤汤南流。雅兰垂着一双麻花辫,穿着青绿色的短裙,在坡上选苗。苗挺,根粗壮,叶肥厚无虫斑,干茎枝节无虫伤,这是好苗。她那时刚高中毕业,在酱油厂上班。她的身上有一股香气。她骑“飞鱼”牌自行车下了斜坡，从丘陵间的砂石路穿过，骑上田野公路。丘陵上，全是高大蓬勃的橘树，纵横列阵似的交错。玉生站在土坡上，看着她在橘林时隐时现，最后消失在斑斓的旷野。他的心里涌起一阵甜蜜，惆怅的甜蜜。秋天，橘子黄了，青翠的簇叶之下挂满了小黄灯似的甜橘。雅兰骑着车，穿着白色的衬衫，哼着歌，夕阳从橘林斜坠下去。她的脸红扑扑，歌声充溢着橘子的甜浆。玉生见了她，心咕咚咕咚地乱跳。他时时想见到她，但又怕见她。不见她，他又六神无主，心神不定。

他是她家的房客。他住在屋后的偏屋，自己烧饭自己吃。有时累了，他干脆不烧，吃一碗冷饭填胃。他脚上的解放鞋和裤脚，裹着厚厚的泥浆，浑身是酸酸的汗味。他吃了晚饭，洗了澡，才敢去她家厅堂坐。见了雅兰，他才发现自己是一个自卑的人。他怯弱。他不敢抬眼看她。夜深了，他一个人坐在偏屋，看着雅兰的窗户发呆。他很难入睡，即使入睡了，有鼹鼠在啃食他。他心里的鼹鼠是他神龛供奉的神。

到了根竹，玉生才知道雅兰嫁到南丰县城去了，在“南丰百货商场”当营业员。在根竹住了一夜，他去了县城。

他在商场门口就看见雅兰在卖化妆品。他下意识地抹了抹头发,顺了顺衣角衣边。他站在化妆品柜台前,叫了一声“兰兰”。

商场人来人往,人头攒动。可能他的声音太低了,雅兰并没听到。他又叫了她一声。他的脸都涨红了。雅兰转过脸,看见了他,说:玉生,你什么时候来南丰了?去了根竹吗?

我刚从根竹回来,看了你爸妈。玉生说。

你回根竹做事了?根竹好地方,根竹人也好。雅兰说。

玉生从肩上卸下帆布包,取出一个手帕包,对雅兰说:我带回去的橘苗今年结了二十四个橘子,我包了十二个橘子送给你尝尝。

雅兰接过手帕包,说:南丰是橘乡,你还带橘子来,你太客气了。

玉生说:你的橘苗,我种的,你尝尝橘子的味道怎么样。

雅兰剥了一个橘子,一瓣一瓣地吃,说:你的橘子好甜,比我家的橘子还甜。

玉生说:甜就好,甜就好。

送了橘子,玉生去了长途客车站,坐车回上饶。雅兰比以前更洋气了,成了城里人,头发烫了波浪形,长长地披肩。她脖子上的丝巾很轻盈。她的皮肤更白皙。她的脸还是红扑扑的。他想起了那条包着橘苗的毛线围巾。他挖了橘苗,根土松散,他用稻草打根兜。雅兰随手从晾衣竿上取下围巾,说:这条破围巾,也没人围了,包根苗好。

他的橘熟了。那条破围巾也应该烂了,被橘树吸收了。想到这些,他的鼻子突然一阵阵发酸。客车颠簸得厉害,他忍不住探出车窗,呃呃呃地呕吐。他见到了雅兰,他明白,当年决定不做橘工,是对的。他一直默默地喜欢她,但他并没说过。这个世界上,没有人知道他喜欢过雅兰。雅兰自己也不知道。

他喜欢看她的神态,喜欢听她的声音,喜欢闻她身上的气味。她的一切让他心旌荡漾。他再也没遇上过这样的人。他站在柜台前,她的气息再一次灌入了他心肺。他以为自己忘记了她的气息,其实,是气息沉淀了下来,像太阳照在大地上。太阳催生了万物,万物却不见太阳。玉生回到杏花堂,把坛里的土松了一遍,铺上了干草。冬季即将来临,橘树进入休眠期。

玉生入睡没一会儿,做了一个梦。梦见橘树下堆了一个稻草垛,稻草垛被一个女人放了一把火。火蹿出来,烈焰滚滚,把挂满金黄橘子的树活活烧死。橘树剩下一根树桩,像烧剩下的尸骨。玉生惊吓出满身大汗,穿起衣服从台湖村骑自行车回杏花堂。他是个石匠,在周边村子砌墙建房。他几乎不在外村过夜。晚上,东家上梁,很是客气,请石匠师傅、木匠师傅吃酒,烧了满大桌菜。玉生酒量小,平日不喝酒。上梁是建房大事,东家再三劝酒,他便喝了大半杯。酒下去了,脚软,骑不了车,便在东家屋里睡下。玉生一惊吓,酒气全消。他不知道家里发生了什么事,怎么会做这样的梦呢?他想着怀了身孕的老婆,他放心不下。

家里还亮着灯。他老婆肚子疼得厉害,看似要临产。他娘催促他,赶快把老婆送去医院待产。

当夜,他老婆产下没足月的儿子。儿子六斤七两,大手大脚大嘴。玉生从护士手中抱过儿子,很仔细地看,说:我这个儿子长大了,走四方,吃八方饭。

玉生很爱自己的老婆。他老婆是桐坞人,人和善,勤俭持家。他去桐坞冯家做石匠,冯家见玉生勤快,活干得好,人也长得亮堂,便对玉生说:玉生,我的老外婆出自杏花堂,延了我冯家一脉,你不嫌弃我冯家,就在我三个女儿中选一个吧。冯家大女儿二十二岁,二女儿二十一岁,三女儿十九岁,三个都待字闺中。玉生说:冯叔有心,不嫌弃我是干粗活的,等我年底收了账,再请媒上门提亲。

石匠做事要下手(指帮衬师傅干杂活的人),冯家二女儿翠凤给玉生递砖块、拌灰浆。石匠活都是户外活,日日暴晒。翠凤晒得像猕猴桃。翠凤读了初中毕业,便在家里里外外做事了。她膀圆腿长,砍柴挖地的事,她和她爹一起干。到了腊月,冯家让翠凤送工钱来杏花堂。玉生去九牛村收账了。玉生娘在做年豆腐,翠凤也帮着劈柴烧锅,炸油豆腐。烧锅,很讲究技术,火该旺得大火旺,火该弱得靠柴炭聚火,省柴省油。一个上灶炸豆腐,一个烧膛添木柴,两人家长里短,很是有话说。

收了账回来,已是傍晚。傍晚,天乌黑黑地沉,刮着呜呜呜的北风。夜里可能要下大雪了。他看到翠凤在自己家里,他明白了冯家的意思。玉生带了两瓶“全良液”,买了两包桂圆干、两包荔枝干,送翠凤回桐坞。桐坞距杏花堂,说远也不远,说近也不近,有七里路。冯家无子,自己以后得多照应着。玉生这样想。

桂圆多子,荔枝添福。冯家很喜欢这个大后生。

儿子过了满月,玉生对翠凤说:儿子该取名了,你想了什么中意的名字呢?

翠凤说:生儿子你取名,生女儿我取名。这是我们之前说好的。

玉生说:我梦见了火烧橘树才回家,才知道你临产。橘苗出自南丰根竹,就取根橘吧。

翠凤说:根扎深土,橘树蓬勃。

根橘七岁,橘树高过了屋顶,冠盖如席。杏花堂的山溪顺着山湾向东流入饶北河。河里有一种小虾,叫米虾。米虾淡褐色,接近于浅白,虾肉透明,可透视虾内脏。玉生在水潭吊一个笼网,晚上吊下去,早晨收上来,每次可收三五两米虾。单日,米虾炒辣椒当菜;双日,米虾埋到橘树底下当肥。米虾含磷含钙量高,橘树吸收了,抗病虫害强,果汁糖分更足。

院子里有一个小垃圾池,堆菜头菜脚、水果皮、烂水果。绿头蚯蚓极喜噬食水果菜叶,又粗又长,很是肥壮,繁殖力非常强。玉生掏粗蚯蚓,松开坛里的泥团,放生下去。果皮烂出了泥,肥菜地。

玉生爱种菜，早起了，在院子松土、除草、浇水。他种菜，也唤根橘坐在橘树下读课文。根橘坐在矮板凳上，朗朗地背课文、背简单的古诗。

春种一粒粟，秋收万颗子。
四海无闲田，农夫犹饿死。

锄禾日当午，汗滴禾下土。
谁知盘中餐，粒粒皆辛苦。

唐代诗人李绅的《悯农二首》，是根橘每天都要背一遍的。童稚之声，音韵铿锵，琅琅声脆。翠凤对儿子说：农人的辛苦和艰难，只有农人知道，你要牢记《悯农》诗，终生不可忘。根橘长得像翠凤，眉宇开阔，头发又黑又密又硬，大嘴厚唇。橘树高高，绿影婆娑。早饭烧好了，翠凤站在窗下，喊一声：读书倌吃饭了。

4月，山野明朗，烘热之气浸透了万物，催生叶发花簇。锥栗、含笑、粉叶柿、湖北海棠、杜梨、栀子、映山红等乔木、灌木开出了各色的花。杏树被暖阳点燃，满枝满冠都是花朵。万物充盈蓬发的欲望。玉生家的橘树，花香飘散了山坞。黏黏湿湿的、芸香油脂味道的橘花香，日夜不散。一日，县里来了三个林业调查员，循着橘花香，来到了玉生家里，说：你家的橘花太香了，三里外就可以闻出来，真是一树香全村啊。玉生憨厚地笑。调查员很仔细地察看橘树，并做记录。调查员说：一枝树干独上，三米之高旁出九枝粗丫，每枝粗丫斜出九枝中丫，每枝中丫分出九枝中小丫，层层叠高，如九龙腾海。

一棵橘树有如此树形，真是造化。领队的调查员说。他扶梯而上，察看橘花橘叶橘枝，很惊讶地说：橘树易冻死冻伤，易得炭疽病、溃疡病等，红蜘蛛、蚜虫、蚧壳虫是主要虫害，你家的橘树无病伤，害虫也很少，是不是一季打一次化学杀虫剂呢？

玉生站在花圃边，说：花圃种了万寿菊、孔雀草、矢车菊，它们都是菊科草本，3月开花10月凋谢，花期从橘花开延到橘果熟。这三种花十分招惹瓢虫和野山蜂，瓢虫和野山蜂喜欢吃红蜘蛛、蚜虫、蚧壳虫，花汁可杀虫也可治橘病。

调查员听了啧啧称奇，说：这是我见过的最好橘树，嘉木必出佳果。

玉生说:家有贤妻,院出佳果,是凡人之福。

每年橘熟,玉生选十二个橘子包好,寄给南丰的雅兰。十二个橘子三斤,是橘中上品。他也不知道雅兰是否收到。他再也没去过南丰,但美好一直存在。他包得格外细心:草纸包单果,全包在一块布里,装进纸盒,交给乡邮电所。

每年,橘子可采摘一担多,且逐年增多。7月,橘子已灌了浆,皮青釉。赶在灌浆之前,他去山上砍毛竹给树搭架子,竹架搭十二层。搭了竹架,他用苦竹把树丫分开,横架在竹架上。树丫挂满了果,太沉,不用竹架分解重力,树丫会绷断。远远看上去,橘树像一座塔。

屋后有一块黄土坡。玉生在土坡上种黄毛豆。黄毛豆3月栽,6月摘,豆粒饱满,豆壳薄软。他摘五十斤黄毛豆,喷洒了酒精,埋在坛泥下面,浇透水。

橘挂果初期,橘子会凋谢。橘花也是一部分谢一部分开。翠凤每天清扫凋谢下来的花或果,埋在菜地下面。凋谢的果都是生命力不强的,易生虫。橘子初黄了,有孩童来院子里摸橘子吃。初黄的橘子,酸酸甜甜,诱惑着孩童。玉生的娘便守在橘树下。孩童在午饭或晚饭时间来,爬上竹架摸橘子。孩童刚爬上去，就被一双大手抱下来，说：等橘黄了，送你家去，解解你的馋。翠凤从不责骂摸橘的孩子。橘灌浆了，在太阳上山之前，她给橘树浇一木桶水。土凉水凉，树旺。

春分后，橘树丫口冒出鼓鼓的绿头，小疖子一般大。绿头密密麻麻，像橘树爬满了绿头蚂蚁。绿头是芽苞，将沿着阳光和雨水的足迹，抽叶而出。翠凤每天都要看绿头舒展、冒芽、抽叶。她心里有许许多多的盼头，盼叶舒盼花开，盼挂果盼果熟。果熟了，玉生脖子上挂一个大布袋，爬上竹架，从下往上摘，摘下的橘子塞进布袋，递给她。她把橘子倒进箩筐里。这个时候，她的爹娘也来杏花堂，住上三五天，吃橘喝酒。

过了霜降，橘子采摘了。这是玉生家一年中的大事。翠凤早早预备着，她请来爹娘，请来姊妹和外甥，张罗几桌饭。玉生请杏花堂的妇人和孩童，一起来吃一餐。村虽小，十几户人家，但孩童在一起吃饭却是十分难得。他请亲友相邻喝土酒，吃橘子。他给各桌敬酒，说：邻居和睦，才出好橘，不然橘子哪留得到现在吃啊，早被孩子们摸光了。孩童们听了哈哈大笑。妇人们也哈哈大笑。

一年便这样盼着一年。盼着盼着，翠凤发现爹的牙齿一年比一年少，娘的头发一年比一年花白。她有些心酸。她看着根橘，已经和他爹玉生一样高了。

而橘树，一年比一年更婆娑。给橘树喷杀虫剂（花汁水）、埋黄毛豆、埋米虾、焐干草、遮稻草衣、养蚯蚓，这些事，玉生却一直自己干。他不是不放心翠凤干活，而是他觉得干这些活，是他生活中最有意思的事。

根橘大学毕业留在杭州工作。玉生对翠凤说：我一直想把自家的院子围起来，砌上墙，防黄鼠狼防果子狸。根橘读书的时候，我想多赚几块钱，不能穷着孩子，把围院子的事耽搁了下来。孩子出来工作了，我把石匠的工活放一年。

翠凤说：你砌墙，我给你拌砂浆。

玉生说：家里吃口少了，院子里也不用种那么多菜了，我们多平些地，种上几棵莆田枇杷、花厅梨、信丰脐橙，以后我们老了，牙齿掉了，水果还是可以吃得动的。

翠凤说：你牙齿掉光了，你想吃肉，我就把肉捣烂了烧给你吃。

玉生说：真到了肉吃不动的那一天，人活着就没多大意思了。

翠凤说:活着就有意思。我们要有意思地活着,看着子孙绕膝。

过了清明,玉生开始挖地梁,请片石场运来石块,开始砌墙。挖上来的地梁黄土拌上白石灰,泼上清水,拌出黄泥浆,很适合砌石块。黄泥浆固化后,比水泥好。翠凤拌黄泥浆,玉生垒砌石块。

到了夏至,砌墙完工了。围墙有 2.5 米高,盖了斜顶瓦,朝阳的东边开了一扇铁栅栏大门。站在大门口,可以看见灵山大峡谷。峡谷之外是郑坊盆地。初夏已临,禾苗翻起千重浪。院子里,豌豆饱满了,黄瓜垂挂在瓜架下。年初新栽的果苗已涌出新绿。大地年年有着相同的古老,却日日出新吐彩,似乎每一日,都让人感到耳目一新,令人欣喜。

夏夜,邻居来院子里纳凉。这是杏花堂纳凉的好地方。玉生端出方桌,摆上南瓜子、酸枣糕,招待邻居。夏夜多美。晚暮消尽,天边漾起瓦蓝的海浪,北斗星高高悬在山巅之上,山风从山谷滑下来,山下村舍的灯火如寂静的火把,河水泛着清亮的光,更深的天幕渐渐暴出星光,红月亮洒下的却是银灰。杏花堂静谧,唯有鸣虫叽叽。院子里却是另一派气象:孩童骑着滑滑车,溜来溜去;婴儿被抱在怀里,翻着眼睛看星星;妇人织毛衣;男人抽烟、嗑瓜子。

橘树上,山斑鸠咕咕咕地打呼噜。橘树有六个鸟窝。砌了墙之后,果子狸再也上不了树了。它是偷食的好家伙,坐在树上吃橘子,吃饱了还舍不得下树。为了防果子狸,玉生养了一条土狗。土狗强壮,十分警觉,见了黄鼠狼、獾、果子狸等,会猛扑。

土狗见人很乖顺,有了来客,它跳起来,摇着尾巴,嗅客人的裤脚。土狗老了,翻了毛,眼眶里有白白的浊液。它蹲在橘树下的篱笆边,伸出舌头,扇着瘪瘪的耳朵,也不知道它想什么、看什么。

夜凉如水,清风如流。一年又一年的夏季,无非也是如此。橘树在呼吸,呼出的香气充溢橘人的心。

床头墙上挂了十七张照片。玉生可以看到的,就是照片和窗外的橘树。他因为风湿病,已卧床一年多。他的脸肿胀,药物的激素使得他脸肉变形。根橘每年带着妻儿回来,在橘树前拍一张全家福,装裱在镜框,挂在墙上,给爹娘纪念。卧病前半年,翠凤还抱他坐在轮椅上,在院子里晒太阳。晒了太阳,他的脸色会多些红润。他晒不了太阳了,他的腿浮肿,绷破了裤腿。有一次,他对翠凤说:堂客,把墙挖掉下面半截,让我看看橘树。

翠凤请来沙蛋(玉生的本村徒弟)挖墙。翠凤看着墙挖出腐土,泪水止不住地流下来。腐土很结实,硬硬的,有许多泥孔,孔里有死蜘蛛、死虫茧。蜘蛛和虫茧干了,没有肉,只有一层薄薄的壳。墙挖出门的形状,玉生可以看见整棵橘子树。鸟在树上飞,叶从树上落,花从树上谢,橘子在树上黄红。沙蛋把空墙砌了一扇推拉玻璃门。翠凤给他擦洗身子,给他喂饭。翠凤把肉捣烂,煮菜叶肉汤给他喝。

高枕头靠在玉生的后背,他看见7月的狂风在地上打转,卷起枯叶干草,卷起大颗大颗的雨珠。雨珠跳起来,一泡一泡的,被狂风抱着,甩到玻璃门上,啪啦啪啦,雨珠顺着玻璃,流出水布。雨歇了,翠凤去扫院子落叶。玉生叫她:堂客,别扫了,落叶会自己碎自己烂的,风会把碎叶吹走。

院子的杂草还是要拔,这样花圃不会荒废,落叶也要清扫,不然的话,看起来不像个家。翠凤说。

玉生问翠凤:枸骨篱笆有多久没剪了?怎么看起来高高低低呢?

翠凤说:上个月才剪了,有的枸骨长枝快。

玉生又问翠凤:照片多久没擦了?怎么看不清根橘的脸。

翠凤说:早上还擦了。

翠凤扫了院子,蹲在门前石板上,看着院墙发呆。院墙的石缝长满了斛蕨和苔藓。斛蕨又厚又长,肥肥绿绿。不知哪一年长在墙缝的月季,枝蔓重重地垂了下来,几朵小碗口大的红月季花,病恹恹地褪色。

梨树挂着上百个雪梨,天天被鸟啄食。被啄了的雪梨,开始烂,掉下来。鸭子嘬梨肉吃。梨已三年无人采摘了。梨树太高,无人敢爬树。村里没有年轻人。橘树也有三年没有搭竹架了,橘枝往下塌,但枝不垮断。曾有人来收老橘树,挖去育种。但玉生怎么也不肯。玉生说:这棵橘树只会活在我院子里,移走了,它便是一棵很普通的橘树,还有可能不挂果。

收橘树的人信玉生的话。他是懂橘的人。橘有着种橘人的脾性。

橘还没黄红，橘皮还是青黄时，玉生便走了。他看着橘树，呃呃呃地轻叫了几声，眼皮合了下去。他走得还算安详。送他出殡的人，用竹篙打下橘子，捡起来吃。一个上午，橘子一个不剩。翠凤看着空橘树，和满地的落叶、踩烂的橘皮，她拍着木棺哭：玉生啊，才七十三岁啊，怎么就走了。

翌年正月十六，翠凤锁了院子，带上衣物，随根橘去了杭州。

清明，翠凤带着根橘一家子回杏花堂扫墓。橘树在发幼叶，一簇一簇地青翠。过了小满，橘树枝叶婆娑，却只开了很少的花。杏花堂的人很吃惊。橘树年年丰产，年产三担，近四百斤，冠盖有四十平方米。镇里的百岁老人，也没见过这么大的橘树。沙蛋打开院门，见荒草结蓬，花开得很是凄惶。院墙被山鼠打洞，獾在草蓬打窝。

处暑了，橘树叶发黄，黄得很惨白。橘树是霜降之后才黄叶的。沙蛋进了院子，见满地都是橘叶和凋谢的青橘子。他给翠凤打电话：师娘，橘树黄叶了，一个橘子也没生,你快回来看看吧。

翠凤回了杏花堂,清扫了屋子,住了下来。她不明白,好好的橘树怎么会落这么多叶子呢?叶子怎么三五天就黄掉了呢?她给橘树浇水,给橘树填肥。可橘树还是一天天地黄下去。她每天早上扫橘叶,堆在菜地上。第二天,又是满地橘叶。她边扫边落泪,哭:玉生啊,你教教我吧,怎么不让橘叶变黄呢?

扫不完的落叶,翠凤再也不扫了。她天天看着橘树落叶下来。黄黄的橘叶从树丫旋飞下来,轻轻盈盈,悄无声息。橘叶那么轻,像一只只死去的飞蛾。

橘树上,露出了鸟窝。鸟窝有九个。一对喜鹊天天在树上喳喳叫。翠凤去了一趟桐坞。她已有十三年没去桐坞了。她的双亲早已不在,桐坞没有了亲人。她的旧屋爬满了青藤。她忍不住泪如泉涌。她想起玉生第一天来冯家建屋,骑一辆青漆的自行车,车架上夹着一把泥刀。他的胡茬又密又长,腰背又粗又厚。他的眼睛炯炯发亮。她给他盛饭,压了又压。他吃饭,埋着头,嚼得很轻,筷子夹很少的菜。她知道他是个细致、敏感、吃苦的人。那天去杏花堂送工钱,玉生送她回桐坞,她见他买桂圆、荔枝,她心里有一种说不出的甜蜜和踏实。他是一个值得自己托付的人。似乎一转眼,她从闺女踏进了老年。

橘叶落得越来越少了,落得飘飘散散。翠凤没想过橘树会死,即使会死,也不该死得这么快,毫无征兆。翠凤很懊悔,不应该去杭州,该守着院子。橘树没了橘子,似乎整个院子都空了,冷冷清清。屋子空了,她的心也空了。

人有命数,树有命数。人有寿数,树有寿数。有时,人树同命。

院子里的枇杷树、梨树、脐橙,玉生当年掏了小树洞,便种下去,树也长得很壮实。翠凤一直不明白,种橘树,玉生为什么要花费那么大的气力,种了半月之久。她问过玉生几次,玉生回答得含含糊糊。她知道,玉生对橘树深情,橘树是他的另一种亲人,贴在他命里的亲人。

农历九月十三,橘树落下了最后一片叶子。这一天,是玉生的周年忌日。

结霜的人

新营镇的老张，以养鸡养鸭养猪、种菜为生。鸡是黄脚鸡，鸭是白番鸭。猪吃菜头菜脚。禽畜的体物肥地育菜。老张种出来的时蔬，由他老婆拉到集市卖。集市有上千平方米，有日货摊、菜摊、肉铺，也有提着竹篮鱼篓来卖菜卖鱼的。只有买家禽了，我才会去新营买菜，因为要走七里路。出门时，打电话给老张：我要一只黄脚鸡，不要太肥，鸡毛拔干净，内脏不要。

到了集市路口，老张也到了。他停下电瓶车，提着鸡，站在烟酒店门口。在百米远，我就一眼认出他。他个头高，清瘦，衣服穿得松松垮垮，头像个毛楂。黄脚鸡八十块钱一斤，白番鸭一百块钱一斤，拔毛另加十块钱。

买了菜，到集市对面的早餐店，吃碗烫粉。粉烫得一般，调味的剁椒却好吃。新鲜辣椒剁碎，腌制，很是鲜美。街上的年轻人也大多在这里吃，汤粉上盖一块煎蛋，加一份肉丝。有一次，老张送鸡出来，迟了些，我上桌吃粉了。我接过鸡，问：老张，你吃过早餐了？他看着肉汤翻滚的汤锅，说：喂了猪，拔了鸡毛，哪有时间吃呢。肉汤滚着软滑的肉丝，噗噗噗，冒着蒸汽。我说：我们一起坐，你也吃一碗。我拉出半截长条凳，让给他。他说：八块钱一碗呢，挺贵的，我还要回去喂鸡喂鸭，鸡鸭吃食大。

我请你吃，要加什么料，你自己直接加吧。我说。

他坐了下来，对烫粉的妇人说：来一碗肉丝粉，肉汤多添半勺。

吃完了，他又要了一碗粉，端给他老婆吃。我一起付钱，他死死拉住我的手，说：你买我的鸡，是看得起我，你请我吃早餐，那是万万不敢当。他的手刚硬有力，拉得我手生痛。

骑上电瓶车，他往一村去了。路面有些破烂，坑坑洼洼，他骑得歪歪扭扭。路两边是收割后的稻田，褐白。田埂上，马塘草结着穗头，直挺轻摇。这是初冬的田畴，略显开阔，杂色，田泥被霜冻出一个个洞孔。地锦稀稀。山斑鸠在稻草上啄食。田畴的尽头是一座驴形的山。山并不高,但延绵,霜红霜黄了的树,在阔叶林中很是挑眼,映照了山坡。山下有百十户人家。我没有去过那座山。山后便是我常去的罗家墩。这一带,是大茅山山脉西北部余脉,山不太高,海拔300—600米,山梁连着山梁,弥眼都是阔叶林或毛竹林或针叶林,山坞众多,人烟稀落。山是浓墨重彩的颜料堆积体。

老张很客气地约我:你去看看我养鸡的地方,一个山坞就我一个人和上千只鸡鸭,有的鸡不回鸡舍,在树上睡觉。

有时间,我一定去。我说。但始终没去。那个山坞距镇有五里,有些偏僻。再说了,去一个从未去过的地方,如同见一个陌生人,需要机缘。贸贸然去,就唐突了。我随性,不喜生硬。

老张育有一儿一女。女儿外嫁了,儿子高中毕业,读了本省的大专。在读大专时,他儿子以各种名义,向他要钱,这个月说要交专业选修费,下个月说要交英语辅导费。老张没读什么书,觉得儿子想学,多花费也是应该的。一年读下来,儿子连带学费、生活费一起,花费了七万多块钱。他问了一下,同村读大专的,花费四万多块钱,就够了。暑假,儿子也不回家,说和两个同学一起合伙开个奶茶店,叫老爸给五千块钱。哪有那么多钱给呢?他一个养鸡养鸭的人,省吃俭用,一年也就余三两万,儿子读了一年书,还蚀了一年老本。他给儿子打电话,儿子也不接,过了三五天,也不回个电话。他用他儿子同学电话打过去,一打就接。他就觉得儿子有什么事瞒着他。只有要钱了,儿子才给他打电话。

好好的一个孩子,怎么变成这样了呢?老张叫女婿过来,无可奈何地说:大顺,你就这一个舅子,我就这一个儿子,我一个目不识丁的人,说不来什么话。你代我去南昌,找找荣昌。他有好多事瞒着我,不和我说实话,十天八天地要钱,他要钱去,到底干什么事了?钱是要用的,但钱也惹祸。你和荣昌有话说,问个实话出来。

大顺是个油漆匠,在义乌、温州一带做了十几年油漆,处事比较老练。他去了南昌,去了四天,才把小舅子荣昌带回来。荣昌高高瘦瘦,白净,头发棕熊毛似的,一双大拖鞋拖得叽叽啦啦。看了这个样子,老张心里来气,说:你这副样子,哪像个学生,街上打流的,就是这副样子。儿子低着头,坐在椅子上,看着长短不一的脚趾,吐着烟圈。老张的老婆就拉老张,说:儿子回来了,是高兴的事,大顺,叫春英过来,把孩子一起带来,吃个团圆饭。

大顺就给春英打电话:荣昌回来了,妈烧了饭,叫你和孩子一起过来吃饭。他又对荣昌说:你骑个电瓶车,去接一下你姐,安全第一,慢点骑,知道不?荣昌推出电瓶车,应了声:我也想姐姐了。

老张的老婆去捉鸡捉鸭了。鸡鸭散养在山坞,会跑会飞。她就扛了一个抄网去,扑鸡鸭。她走远了,大顺对老张说:爸,去年10月,荣昌申请了校园贷,贷了两万,和同学开文具用品店,店里生意不好,开了两个月又关门了。校园贷利息按25%算月息,他哪有那个能力去还债。

书也不好好读,去做什么生意了。这个校园贷,不是贷,是在吃人,专吃穷人的孩子。这个不知天高地厚的孩子,还没出社会就欠下一屁股债。我要打烂他屁股。老张说。

利息是月月还了,本金还一直欠着。这次去南昌,我找了放贷的人,谈妥了,还一万本金,算是了结。谈不拢,那我就去派出所报案,去起诉。放贷的人也同意了,双方签了字。这个事就这样过了，一万块钱，我已代付了。你也就别责备荣昌了。他还是个孩子，不懂事。年轻人吃了亏，就长大了。大顺说。

荣昌读的大专学校，在南昌郊区，每天有十几个做校园贷的年轻人，在校园打转，发名片、加微信、在厕所食堂奶茶店超市等场所张贴广告。放贷的人还请学生喝奶茶，吃凉皮。一个电商专业二年级的学长，就怂恿荣昌贷款，合伙做文具。校园贷不用抵押、不扣身份证，很多学生贷了。荣昌班上就有六个学生贷了，其中一个，贷款下来，赌网络足球，一夜输光，还了两个月利息，没钱还了，不敢和家人说，又不知道去派出所报案，从宿舍楼四楼跳下来，当场死亡。光学二年级的一个学生，还不了款，逃了，不敢回家，换了手机卡，再也没了音信。

读了两年，第三年实习。荣昌读的是光学专业，在上饶经济园区实习了一个月，他就不实习了。说是实习，其实就是做流水线上的配件工人。他回了南昌。毕业前，南昌市高新区公安局发函给老张，函告：张荣昌因放校园贷，涉嫌违法，被刑拘了。老张拿着函告，手抖着，仰天，喊：这到底是怎么回事啊，我的天！他拿着一把菜刀，捉一只鸡就剁鸡头,捉了六只鸡就剁了六个鸡头。他老婆捡着鸡头,说:你发什么疯啊,拿鸡出气,鸡又没犯死罪。

我不剁鸡头,就把儿子的头剁了。校园贷害了他,他又用校园贷害别人。是非不分,读的是什么鸟书。老张张开了喉咙说。

荣昌被判了八个月。过年了,荣昌还在进贤服刑。邻居没见荣昌回来,问老张:荣昌怎么还不回家,赚钱也太用心了。你这个儿子真是懂事。老张佯装笑脸:他请不了假,还要过两个月回家。荣昌坐牢的信息,被老张一家人封死了。一个坐过牢的人,在乡下很难娶上媳妇,即使女方看中了,也要多花十几万块钱。

一个年,老张过得灰头灰脸,都不敢出门,天天窝在山坞,喂鸡喂鸭。鸡鸭吃野食,仅仅吃野食是不够的,还得吃玉米或麦子或谷子。老张买陈玉米,一袋吃一个星期。玉米撒在空地,呼噜噜地呼几声,鸡就蹦跳着过来,性急的鸡干脆飞过来。山坞有一条很窄的小溪,四季长流。在溪边,芒草长得丰茂,个个草蔸比箩筐还要大,一蓬蓬。草太盛,山坞便无人耕种,人也不来。老张养了鸡之后,鸡钻进草蓬,吃虫,也吃草屑。啄了三年,草蔸被啄烂,芒草彻底死去。没了芒草，鹰鹞就来了，在空中久久盘旋，　个俯冲急速下来，偷袭鸡鸭。没了草蓬可钻可躲，鸡惊吓得急跳。

第一次买鸡，见老张，他还是满头黑发，理个平板头，腰板也直挺。两年过去，他的头发白了大半，腰背也不那么挺了。我不愿走那么远的路去集市，就打电话给他，请他送鸡上门。

端午，新营组织了龙舟赛。洎水河绕新营而过，在胡家桥底下筑了河坝，很适合划龙舟。新营在明代建村。朱元璋与陈友谅在鄱阳湖大战，朱元璋行军至德兴，见洎水河边有宽阔河滩，三五万人可安营扎寨，村子遂名新营。新营即新的营寨。看了龙舟，晚上在新营吃饭。餐馆很小，只有两间房，一间厨房一间待客。2018 年上半年，我常来这个餐馆吃饭。这是一个夫妻店，老婆做下手，丈夫烧菜。那个时候，店主女儿刚刚幼师毕业。现在，店主做外公两年了。吃了饭，出店门，遇上了老张。他打着一把伞，站在路边，和一个中年男人说话。他见了我，就走近我，说：你有没有门路，给我儿子找个事做。我儿子回家两个多月了，我暂时不想他外出找事做，莽莽撞撞的，怕他做不着调的事。

我是个外地人,除了卖鱼卖肉的,谁也不熟啊。我说。我说的是真话。现在的年轻人,与上一代人不一样,低工资的事是不会去做的,即使饿着,也不去做。镇里无所事事的年轻人,比较多。

老张的鸡,运动量比较大,肉嫩,汤汁鲜。有两家餐馆常年买他的鸡。鸡好,餐馆卖价高。老张嘴拙,他只会说:自己家的走地鸡,鸡苗也是自家孵的。有一次,我对他说:我想买两只鸡苗,养鸡玩玩。过了两个月,他送来了鸡苗,说:鸡苗真舍不得卖,你是老顾客了,我才卖。这么好的鸡苗,哪里找啊。他抱着鸡苗,舍不得放手。他双手抱着,鸡苗蠕蠕动,唧唧叫。黄黄的毛,好看。

小鸡养了两天,就不见了。我到处找,也没找到。一个晒衣服的妇人问我找什么。我说找小鸡。妇人说,小鸡被松鼠吃了。老张知道小鸡被松鼠吃了,击打着自己手掌,说:你也不看住小鸡,枉费了两个土鸡蛋。我说:哪会放下事,去看守小鸡呢。

小鸡都要看守,看到半大了,才让它四处乱跑找食。老鼠要吃小鸡,松鼠要吃小鸡,鹞子要吃小鸡。养鸡不容易。老张说。

霜冻来了，冻得手指伸不直，坐久了腿麻，眼睛发花。中医说我气虚不足，用黄芪炖鸡，吃几次就好了。第二天早晨，我决心走路去老张养鸡的山坞选鸡，没给他去电话。过了新营，过田畈，还没走到田畈一半，见老张骑着电瓶车，提着九只鸡，往集镇这边来。问他，他说送鸡去城里，餐馆临时要了，要得比较急。又问我去哪里。我说：想去你养鸡场选鸡。他歉声说：要不等我送了鸡回来，要不改天吧。

田里的霜结得厚厚，马塘草彻底倒伏了。田埂上的两棵山乌桕黄得树叶透明。田沟里的水，结出了冰。霜冻了泥浆，倒竖出一根根柱状，针孔大的冰晶花开了出来。几块油菜田，秧苗发青。我走得浑身发热，脚板发烫。老张右脚踩在地上，左脚踩在电瓶车踏板上，手上戴着厚厚的遮风手套，嘴巴哈出一股股白气。他的头发全白了。我说：你头发怎么白得这么快？老张脱下手套，摸摸自己的头发，摸出很多霜，说：这是霜，霜太重了，天蒙蒙亮，我就起床喂鸡喂鸭了，霜结在头发上了。我看看他后背，衣服上也结了白霜。

我把他衣服上的霜拍下来。他抖了抖衣服，又摸自己头发,把霜摸下来。摸了霜,他看看手。手没霜了,他说:你随时来。

那你赶紧送鸡去,我改天再来。我说。他右脚撑了一下地,骑着电瓶车拐过镇街角,往县城去。他弓着背,骑得慢,在有人的地方,不停地按喇叭。我想,他养鸡的山坞,一定背阳,霜结得深重。

镜子中的人

小村终于有了理发店。小村叫竹鸡林,有百来户人家。村后有一座筲箕形的山,针叶林层层交叠。山坞箢形,有百余亩之大,烂田长满了莎草、芒草、知风草、红蓼,林缘地带有茂密、肥绿的阔叶林。村子落在山垄口,村太小,养不起一个理发师傅,何况大多数年轻人去德兴市区或新营镇理发了。要在村里理发的,是老人和孩子。村里有一个理发师傅,七十来岁了,右脚有点瘸,在他脚下,没有一块路面是平整的,走路一颠一颠,肩膀摇摆得厉害。男孩子头发遮耳了,大人领着孩子去师傅家里。师傅打水、洗头、推剪、电吹。洗脸架挂着两条黑毛巾,油蜡蜡,与抹布没区别。师傅收费低廉,理一个头收六块钱。毛巾太脏,孩子理了一次发,便不去了,嚷嚷着要去集市理发店。

大人就自己带毛巾，哄着孩子去理发。老人很喜欢老师傅理发，省得走路，刮胡子的时候，靠在摇椅上，可以安安静静地瞌睡几分钟，刮胡子还不收费。我去理过两次，理发间在厅堂，墙壁上挂一块四方玻璃，玻璃下是一张长条桌，桌面摆放着推剪、手剪、牛角梳子，抽屉里有剃须刀、香皂、刮毛刀。客人坐的摇椅，扶手皮套裂开了，翻出里面的鬃毛。师傅理发很仔细，左手压着头，右手推剪，推过了，还按按头皮。理完了，还问：鼻孔毛要剪吗？

前年（2021 年）10 月，村路边的矮瓦房有人在装修。瓦房有两间，是以前作厨房用的。十余年前，房主建了楼房，瓦房便关了门。装修的人是一个年轻人，带一个中年师傅。年轻人粉刷墙，中年师傅翻屋漏（补瓦，预防漏水）。巴掌大的房子，装修起来干什么用？我也看不懂。年轻人戴眼镜，留了络腮胡，矮敦，头发直竖，穿着有电影明星头像的绿汗衫，两只手臂文着麒麟。房间打了吊顶，安装了吊灯、空调。瓦房改餐馆，也太小了吧。我这样想。村里有两家小餐馆、两家早餐店，生意挺不错。村子在公路边，南来北往的客人会来吃饭。

过了一个多月，瓦房门口挂了一块亚克力店牌：艺秀发艺。每天傍晚,我路过店门,去河边散步,会看看店里。戴眼镜的年轻人要么坐在椅子上玩手机,要么给人理发。

我闭在村里,也不想外出理发。要理发了,我去艺秀理发店。年轻人问:是洗吹还是吹剪?我也弄不懂什么是洗吹、什么是吹剪。我回说:把头发剪短,冲洗一下。

好嘞。请坐这边椅子。年轻人应和了一下,从墙上取下一件蓝色遮发布,抖了抖,围在我脖子下,又问:老板,理什么发型?

剪短了就可以。我说。他从抽屉里拿出电推剪,嘟嘟嘟,推了起来。他说,你头发好软,推慢一些。他边推,边抖落遮发布上的头发。他戴着口罩,我也戴着口罩,口罩像一道闸门,隔绝了两人的脸。隔壁一栋民房,响起了莫文蔚唱的《当你老了》。音量调得太大,震得耳膜嗡嗡嗡响。风压低了树梢,叶落在门玻璃上。

这些天冷,手脚被冻僵。店里开了空调,红红绿绿黄黄紫紫的纸筒在转动。我受不了空调,额头被冰闭紧了似的,很想打喷嚏又打不出来。我无话找话,问他:师傅,你叫什么名字?

丁丁呛。他说。

叫什么？我又问。

丁丁呛。他说。

我笑了起来，这个名字有点特别，很有意思。年轻人说他出生那天，正好有出殡的队伍经过镇医院门口，铜锣敲得很响，丁丁呛丁丁呛。他老爹打听了一下，说是百岁老人出殡上山，这是莫大的福缘啊。他本来就姓丁，他老爹就给他取名丁丁呛了。

每次路过理发店，我就想起他的名字，忍不住发笑。丁丁呛。过了年，我又回到了村里。正月，天下起了暴雨，春雷咕隆咚咕隆咚滚下来，放山炮一样炸响，天咕咕咕地裂开缝。暴雨倒泄下来。我穿了雨披、雨鞋，去桥底看涨水。过了公路，下石埠头，便是公路桥洞。这是我经常来的一个地方。河水在桥墩下回旋，冲出深深的水潭。鱼就聚集在这里。一个穿藏青色羽绒服的年轻人，也站在桥洞下，打着雨伞，望着河。我咳嗽了一声。他也没回头看我。雨声如瀑，哗哗哗哗。水从桥梁往下流，肆意地流。我走了过去，打了招呼：年轻人，抽根烟吧。我摸着烟，等他接。

年轻人回过身，看我。我一下子惊讶了。他是丁丁呛，满脸淌着浑浊的泪水。一个流泪的人站在河边，想干什么？我连忙递烟过去，说：过来，过来，那里淋雨，桥下没雨，你陪我抽抽烟。

他也不回我的话，又看着河面。河水黄浊，浪滚浪。啪啪啪啪啪啪啪，暴雨击打着河面。我拉过丁丁呛的手，说：过来，抽一根烟，一起抽。他犹疑了一下，接过了烟，说：我还没抽过烟。

男人总要坏一次的，抽了烟就算坏了一次。我说。我摸出打火机，给他点烟。他手抖着，抖着厉害。我拉过他，坐在桥洞下的麻石上，又说：你现在看到的河水，晚上就到了鄱阳湖，河水越急就流得越快，跟下坡的大货车一样，载重越大，越不好控制，只管轮胎跑了。我也喜欢看河水，看河水流啊流，万般事就放下了。

丁丁呛抽了几口烟，呛得厉害，把烟扔了，说：烟苦。

我们一直聊，暴雨歇了，还在聊。他说他有个女朋友，是黄柏塘人，昨天跟他提了订婚的事，要六十八万彩礼。六十八万的彩礼金在黄柏塘不算高，不好再低了，再说了，收彩礼又不是卖小猪崽，可以几个回合下来砍价，不然，女朋友父母脸上挂不住，会被村人和亲友讥笑。他拍拍手，摊开，对我说：哥哥，哪去找这么多钱啊？不是要逼我死吗？你知道吗？活人被死钱逼得穷途末路。

丁丁呛以前在义乌开小理发店，他理发，女朋友洗头。两人在一起也有好几年。义乌客人多，收费也高一些，收入还可以，一年下来，还存个六七万块钱，比亚迪也买了一辆。女朋友是他初中同学，初中毕业，丁丁呛去学了理发，女方去学做面膜。跟师父做了三年，他自己开了店，门面一间，女朋友跟他一起做事。店开了三年，遇上了难以克服的事情。门关了三个月，又做了半年，又关了半个月，连房租和生活费都保不住，就退了店面，回到了德兴。在家玩了半年多，没了生活来源，玩不下去了，四处找地方开店，找了两个多月，找了十几个镇，也没找到适合的地方。以前，大村和小镇，没人开理发店，人少，赚不了钱。这两年，这样的地方都开了理发店。最后找到竹鸡林，开了艺秀发艺。店小，档次低，半年房租加装修，花了三万多块钱。丁丁呛最后一笔积蓄用尽了。女朋友已二十六岁，家人急死了，想尽快结婚，五一或十一，就得办婚事。一个女人到了这个年龄，就像熟了的南瓜，赶快摘了，藏到床底下，不然，鸟天天啄。过了这个年，女朋友和丁丁呛谈了三次，他也应承不了。没钱，用什么应承呢？他又不能骗她，又不能含含糊糊应付她。她对他好，很想和他结婚生孩子。他知道。理解她。理解又有什么用呢？好好的女人，他想多赚些钱，结个体面的婚，养着她，不能亏待她。丁丁呛父亲是个种田的，也急，早想儿子结婚了，可没那么多钱，东拼西凑也就七八万块钱，凑上丁丁呛存在家里的钱，也就二十来万。老爹去舅舅姑姑家，借钱，也就借了五六万，凑不了六十八万。彩礼钱是不能欠的，一万一扎，六十八扎堆在八仙桌上，当面清点。订婚给女方亲友包礼金，还得三万多，烟酒还得万把块。这个婚，订不下去。

德兴彩礼数黄柏塘最高，高得离谱。其他乡镇低。丁丁呛说。

天擦黑了，丁丁呛才有了笑脸。他说：谢谢哥哥啊，陪了我一下午。德兴人管大男人叫哥哥，不分年龄。我说：该谢谢你，让我自自在在坐了一个下午。我难得这么自在。

晚上，又是大暴雨。河水涨得更高了吧。

第二天早上，我去早餐店吃馄饨，看见丁丁呛开了店门，在清扫地面。木头沙发上坐了两个年轻人，有说有笑。还有一个绿头发的年轻女人靠在门边剥柚子吃。很少有不理发的人来店里坐坐。店需要热闹，图个人气，除了棺材铺。早餐店有小女孩在吃炒粉,抱着一个大碗,穿一双黑色平底鞋,脸大,身上罩着一件中年妇人的黑衣服。她敦实矮胖,大口吃粉条。我一下子没了食欲。

三月小阳春,太阳黄黄。人昏昏欲睡。春困人乏。桃花梨花在山脚下开得有些夺目。泡桐结了圆筒形的荚果,剥开荚,是芝麻状的青籽。我去理发,边走路边嚼青籽。丁丁呛正在给孩童理发,很客气地招呼我:你先坐坐。我站着,看贴在墙上的价目表:

洗吹 15 元

剪吹 20 元

直吹 50 元　女士

黑油 60 元　男士

烫发 68 元　女士

染发 78 元　女士

拉直 88 元　女士

我只知道洗吹、剪吹。上次理发,他收了我二十。事实上,每次去理发,我都这样招呼师傅:师傅,给我剃个头。

看样子,我是固执的人,冥顽不化,拒绝向时尚文明进化。二十八年前,发贵兄给我介绍女朋友,第一次单独见她,她跟我谈牛仔裤,我真是一头雾水,如坐针毡。付出极大的耐心,坐了半个小时,我就走了。隔了十余年,我在市房管局电梯遇上她,就两个人,她问我:你还认识我吗?我笑了一下,摇摇头。其实,我一眼就认出她了。她微笑着说:看你的样子,你活得非常好。我又笑了一下。

我这样的人只适合山居,或村居。理发时,我问丁丁呛:婚订了吗?丁丁呛说没订,女朋友去义乌摆摊烤串了。我说:钱是其次的,首要的事是生个孩子出来。有了孩子,一切事情迎刃而解。丁丁呛说:不想生,没钱,孩子遭罪。我侧脸看看丁丁呛,说:你傻不傻,你女朋友的父母是通情理的人,你有了孩子,夫妻努力,过生活要不了几个钱。外公外婆见外孙,眼珠都要笑掉下来。

那我在她家里会一辈子抬不起头。丁丁呛说。

这样的事,必要时必须明目张胆,必要时必须暗度陈仓。你知道吗,暗度陈仓是三十六计中的妙计。妙计就得用。我说。

理发镜上半块半圆形,下半块正方形,钉在白墙上。

镜子之下是一张长条形的妆台，摆着七八种洗发剂、啫喱水。三个抽屉半拉出妆台，放着吹风机、电推剪、一次性刀片、长剪。丁丁呛侧过半边脸，从镜子中看我说话。我像个罪犯一样，老老实实坐在推拉椅上，低着头，任凭丁丁呛摆弄我的头。

剪完了头发，丁丁呛解下系在我脖子上的遮发布，抓着两只布角垂着，抖了抖。他给我洗头、吹头发。最后，他用手指很仔细地理顺额发。我说：不用摸了，出了门，再顺的头发都会乱。我站起身子，对着镜子，拉拉衣领，摸摸鼻梁两边的老年斑。丁丁呛也直挺着身子，对着镜子，拉拉自己的衣角，抖一抖衣服，用手指压压边发。他留起了络腮胡，黑黑，浓密。黄框眼镜显得有些大，压着颧骨，看起来，他的脸短而宽。

问了一下，艺秀虽小，但一天也有三百来块钱收入。店里无其他客人，理了发，我坐了一会儿，杂七杂八地聊。我说：你赶紧把女朋友接回来，千万不能让她一个人在义乌，靠得住的年轻人不多。

女朋友和我在一起这么多年，她不会变心的。丁丁呛说。

有些事可以自信，有些事没办法自信。我说。走出店门，看看天色还早，我去村里溜达了一圈。村里有一条三百来米长的街，巷子有三条。说是街，其实是村民外出的路。各家小院大不，种了枣树或柚子树或梨树或橘子树或石榴树。枣子还没红熟，石榴裹着硬邦邦的皮。太平鸟、暗绿绣眼鸟、红嘴相思鸟在梨树上啄梨。梨是天桂梨，也叫麻壳梨，品相丑，肉白鲜甜。被鸟啄了的梨，正滴着浆水。露出肉孔的梨，在溃烂，肉黄如泥。1965 年，铅冶炼厂在竹鸡林落户，生产工艺落后，造成二氧化硫及铅、锌等重度污染，附近山冈、耕地，连油毛松也长不了一棵，山上只长菝葜、金樱子等生命力极强的攀缘植物，田地也无法种植菜蔬。2007 年，厂迁移到别地改造生产。旧厂房拆除，数年治污，竹鸡林才有果树繁枝。

过了半个月，艺秀关了门。丁丁呛去义乌接女朋友了。门关了八天，开了。但女朋友没接回来。女朋友不愿回来，烧烤做得挺好。

中午、傍晚，村里年轻的男男女女，都喜欢在理发店坐坐。天热，有冷气吹。店里有一张布沙发、两张推拉椅、一张矮板凳。也不知道这些男女怎么坐下去的。矮板凳是丁丁呛用来吃饭的。吃饭了,他把矮板凳端到门外,对着空荡的大马路坐着,低头吃。丁丁呛吃住都在店里,自己烧自己吃。大多时候是吃面条或蒸包子。他吃辣辣的面,汤浮一片红油。他来不及烧饭了,就从小吃店买炒粉或饺子或汤面吃,或叫外卖。

有一个三十多岁的妇人,有事没事就去店里洗头。她老公开加长东风货车,天天跑货。过了晚上九点半,无人理发了,他就玩手机,玩到十一点了,他关门熄灯。他偶尔也蹲在门口打电话,打很长很长的电话。有一天晚上,我和朋友在外喝茶,过了十一点才回来,看见他四脚朝天躺在沙发,对着手机怒吼。

中秋那天,我去新营镇集市买菜,见艺秀的店门还没开。去新营镇集市,有公交车,车票一块钱。我走路去,要四十分钟。从新营回来,艺秀还关着门。我敲了敲门,无人应。我拉开窗瞧了瞧,也没瞧见人。问了房东,房东说丁丁呛回家过节了。

门便一直关着,到了腊月也没开。房东清理了东西,把门面租给了另一个人。房东说这些东西做店租抵给了他。除了两台空调、一张木沙发,房东把其他东西卖给了收破烂的人。墙上的理发镜蒙了灰尘,白白的。我拿了一条毛巾,抹了抹镜子。我很正经地端详自己的脸,老年斑更黑了更大块了。我对房东说:这块镜子卖给我吧。镜子挺好。

三十块钱。你要就端走。房东说。

镜子钉在阳台上,我一次也没照过。一张老脸,没什么值得照。

艺秀店来了两个装修师傅,贴地砖、粉刷、贴粟黄的墙纸、窗户改得更大。六天,店就装修完工了。店牌换了木质的,绿漆写了"王记卤菜店"的招牌。卤牛肉牛肌腱、卤羊肉、卤牛鞭羊鞭、卤口条猪耳猪头肉猪尾巴、卤鸭翅鸭掌鸭脖鸡爪鸡翅鹅掌。男人做卤菜,女人卖货。

翌年 3 月,在卤菜店隔壁,开了一家"悠悠理发店",老板是个年轻人,但生意一直很冷清。不知为什么。

我也没在村里理发了。买菜了,顺便在街上理发。

村头的早餐店一直很忙。餐馆又增了一家。餐馆老板在温州开了十三年小餐馆,去年开不下去了。老板说,外面生意难做,没有好做的生意。他们都是长期在外面谋生的人,谋不下去了,才会回到村里。村子比往年热闹了很多。我有着说不出的悲酸。怎么会这样呢?不这样,又能怎样?

第三辑

时序画像

种子落土，埋在泥里，
长出了树，树开出了花。

一些花开在高高的树上

春天打开万物的迷局，山巅之上，苍鹰在孤独地盘旋。细腰蜂也在盘旋，三五只，围绕着一树花盘旋。花是白花，一朵朵缀在叶腋下。双河口至桐溪坑的溪谷两边，垂珠花树从粗粝的石缝或乱石堆暴突而出，一干独上，分出数十枝丫，叶披而下，在4月初，垂下白花。叶花映衬，如雪落于青苔。

公路沿着溪谷在群山环绕。每个星期四上午、星期五上午，我在这条山中公路往返：德兴—上饶，上饶—德兴。我坐的是拼车，开车的师傅也很相熟。我们用市井的方式，交流人间消息。但大部分时间，我靠着车窗，眺望向后逝去的山坡，沉默着。山并非高耸，坡却陡峭，山峦一层层堆叠，叠出圆笠状的山尖。溪谷南部的山腰之上，是广袤的毛竹林，山腰之下是乔木与灌木混杂的阔叶林；北部山坡是原始次生林，密匝、厚实。入秋之后，原始次生林黄叶飘飞，树木显得稀疏，露出嶙峋的石峰。山，是时间的另一个窗口，以色彩彰显季节的原色。

垂珠花开，返回时，我有时会在铁丁山停下，沿公路徒步。垂珠花树属安息香科植物，花香浓郁。铁丁山有五户人家，其中有三户常年大门紧闭。有中年妇人在树下摘花，兜着布裙，剪下花，塞入布裙。妇人说，花可做花茶，泡茶时，撮几片花下去，口舌不长疮。这里是荒山野岭，以前没有住户的。问了才知道，住户是山坞迁出来的。那个山坞距公路有五里，有一条机耕道进去。我一直没有去过那个山坞。山坞还有一座很小的寺庙，只有一个僧人，自种自吃。机耕道路口有一座石砌的四角凉亭，路人在此歇脚。站在凉亭，可以眺望整个南坡。

坡上散了稀稀树叶的高树，开满了白花。树的冠部分出伞状的枝条，花铺在上面，如铺满了棉花。在视觉中，花呈絮状，其实不是，是呈珊瑚状。问了许多人，他们也不知道那是什么树。我爬上坡，入不了林。林太密。一个开翻斗车的师傅，在一块茅草地翻着车斗，倒泥土。他说，那些开花的高树，叫萝卜花树。

往前走半公里，右转进去，有一个山塆，有很多萝卜花树，你可以进去看看。开翻斗车的师傅说。他是毛村人，对这一带地形十分熟悉。

他说的山塆，其实是一个弯来弯去的山垄。山垄有一条荒草萋萋的小路，小块小块的梯田都荒废了，长满了茅荪、虎柄、野芝麻和酸模。山边有数十棵萝卜花树，高高地举起白焰似的花。花朵如白珊瑚，又像萝卜丝，花萼略带阴绿色。我一直往山垄里走，走了约三里，有些后怕。山垄太深了，空无一人。我控制不了自己的双脚，继续往山垄深处走，越往深处走，开花的树越多样。我知道那些是什么树。是栲槠（学名丝栗栲）、甜槠。

栲槠的花如新叶，淡黄泛白，簇拥而生，圆盖一样罩在树冠之上。这让我想起乡间酿豆腐，煮沸的豆浆泛起一层泡沫。栲槠花就是沸起的泡沫。有一次，我去婺源太白，见沿途的丘陵开满了栲槠花，同学俞芳说：壳斗科木本开花，都是穗状花序。她的话让我惊讶。栲槠和甜槠都是壳斗科锥属植物，花都是穗状花序。甜槠的花偏白，花萼偏黄。

春阳下,山是沸腾的山。树在喷涌,喷出了花。生长之树,注满了热情。

在栲槠花凋谢之际,油桐花开了。在大茅山,无论是南麓还是北麓,油桐树十分常见,长得也高大。尤其在大墓源,油桐花横切北麓,如一座巨大的屏风。一夜,满山飘雪,终月不融。油桐花素白,繁盛如雪,被称为“五月雪”。2021年5月,我去大墓源下的一个小村,在村后的山路边,有数十棵油桐树。我拾级而上,看油桐花。

天微雨,石阶湿漉漉。雨窸窸窣窣,零星的水珠从油桐树滴落下来,滴答滴答。一个年过七十的老人走在我前面,肩上搭一个棉布缝制的长布袋,低着头往山上走。布袋不知装了什么东西,半鼓半瘪。他脚上的布鞋半湿半干,他的头发半黑半白,他身上的衣服半灰半麻,他的脚步半轻半重,他手上的伞端举得半斜半正,落下来的油桐花打在伞布,滚下来,落在背上,滚下来,飘飘忽忽落在台阶上。油桐花从台阶上一级级滚落。我捡起几片花瓣,缓缓站起身,大叔停下脚步,站着,回身看我。我看到了他的脸,菩萨一样的脸。

油桐是一种非常倔强的树,即使是十分贫瘠、难以蓄水的煤石堆，它也旺盛地长。它落叶早，开花晚，差不多和山矾、木荷同季节开花。在远处，木荷花不可见——花藏在叶腋，花朵小，被树叶遮蔽了。而山矾不一样，花小朵，缀枝，满枝白花，盖住了树叶。

德兴是覆盆子之乡，也是中草药之乡。北宋药物学家寇宗奭撰《本草衍义》（刊于公元1116年，即北宋政和六年）20卷，载药物几百种，详尽阐述药性。其载覆盆子："益肾脏，缩小便，服之当覆其溺器，如此取名。"乡野的黄泥山多覆盆子，花期5—6月，果熟期8—9月。其实，在低海拔的向阳山地，覆盆子、金樱子、悬钩子等蔷薇科小灌木，在3月末就开花，6月就结了青果，圆铃一样挂着。我去采覆盆子。青果多毛，酸涩。采下的覆盆子，摊在圆匾晒三个日头，装入布袋抛抖，再用圆匾翻抖去毛去叶苞，装入酒缸焐酒。这是乡间小酒馆的制法，也是我的制法。

双溪村多黄泥山，也多覆盆子。我去采摘。在公路边，看见一棵树铺满了白花，花大朵大朵，白绸结似的。树在山冈的顶上。我爬了上去。那是一棵大叶青冈栎，枝丫横生，却并没开花，开花的是缠在树上的藤萝。我不认识这种藤萝，藤粗黑，叶圆且肥厚，花排列成伞房状，单瓣，宽倒卵形。

有些藤本在树上寄生,如薜荔。有些藤本缠树而生,如络石和忍冬。树,是它们的骨骼和营养源。它们在树上开花、结果。这给了我们假象。其实,所有的树都会开花。即使是毫不起眼的白背叶野桐、盐肤木、楤木,也有漫长的花期,只是花色暗淡,或花藏在叶丛,不易被人瞩目。它们在不同月份开花,只有花色彰显或色彩艳丽或芳香浓郁的花,才会被注目。

《诗经》有名篇《伐檀》。“坎坎伐檀兮,置之河之干兮。”远古的先人砍伐檀木,抬到河岸上。河水清清,泛着涟漪。在大茅山,黄檀也很常见,尤其是在马溪溪谷,黄檀斜出,半边树冠压在溪面之上。黄檀是落叶乔木,春寒彻底结束了,它才从休眠中苏醒过来。到了 6 月,黄檀才开始发新叶,边发新叶边开花,圆锥花序顶生或生于最上部的叶腋间,花期很短,结出豆荚。

当然,四季都有木本植物开花。油茶树在霜降时开花。枇杷在小寒时开花。枇杷是被人类驯化的树。我不知道有没有野生的枇杷树。蜡梅、茶梅、结香、木棉也在冬天开花。在大茅山山脉,过了 7 月就鲜见木本植物开花了。

山呈现出一派严肃、庄重、渐衰的样子。山色墨绿,看起来很凝重。树一层层地往山尖延伸,(在视觉中)树不再是树,仅仅剩下色彩。

色彩随着时间渐变,霜叶泛红泛黄,秋已深沉。花以果实的形式续存了下来。山民有捡拾栲槠子的传统。栲槠子即木栗,又称苦槠栗、尖栗、珍珠栗。霜熟,栲槠的壳斗开裂,落下栗子。栗子椭圆或扁圆,绛红色,泛着金属的光泽,摸起来润润的,溢出包浆似的,个头和色泽,与桂圆核接近。它是猴子、松鼠和林鸟的至爱食物。山民背一个竹篓上山,蹲在栲槠树下,拨开落叶捡拾。一棵高大的栲槠,产百斤以上的栗子。入冬了,栗子拌沙子放在铁锅里翻炒,或浸在盐水里煮。山民焐着火熜,挨在门边,剥熟栗吃。或者剥壳磨浆,做豆腐。我还记得,三十年前,在上饶县城读书时,德兴占才的同学带一麻袋的熟栲槠子去学校,我们围着木箱大快朵颐。熟栗松脆,满口生香。在物资匮乏的年代,栲槠子是山民度春荒的粮食之一。

我也跟乡人去捡栲槠子。水坞有一条幽深的山垄,栲槠树挤在垄里,挤得密不透风。那里曾有数户山民,在三十年前外迁了。走路去很近,不足十里。树上长的,终究落回地下。树上长了多少叶,树下就积了多少叶;树上结了多少果,树下就落了多少果。叶与果,也终究会腐烂,化为腐殖物。这是刚刚入冬,地燥,落叶烘出舒爽的气息。地上都是栲槠子,无需拨树叶,就够一双手忙活了。

大地进入沉睡。我坐在栲槠树下休憩,零星的栲槠子落下来,打在落叶上,啪嗒一声,轻轻弹起,滚到水沟里。我仰起头,望着树冠,树叶斑杂。我想起王维的《秋夜独坐》:

> 独坐悲双鬓,空堂欲二更。
> 雨中山果落,灯下草虫鸣。
> 白发终难变,黄金不可成。
> 欲知除老病,唯有学无生。

天宝九载(750年),王维离朝屏居辋川,为母守丧。辋川便成了他的皈依之地。他归化了山水。一个被山水浸润久了的人会返璞,通透如玉。何谓通透?就是不痴妄、不纠结,如一盏暗室之灯,因油而燃、随油而枯。《秋夜独坐》便是他晚年枯坐之作。空堂,是每一个人最后的归宿。

世界喧哗,终归寂灭。

捡拾回来的栲槠子,洗净,锥子扎一个孔,入锅煮盐水。

腊月了,祖明兄约我去富家坞吃晚饭,说:今年最后一次去富家坞吃羊肉了,早点去,爬爬山、走走路,随意走走都是舒服的。

我们三点来钟就去了。大茅山北麓如横屏,翻动着尽染的深冬山色。入了村口,有妇人在剥油桐籽。油桐黑黑,烂了壳。妇人坐在竹椅上,掰壳,抖出油桐籽。我问:现在还榨桐油吗?

当然有啊,桐油比菜油贵呢。妇人说。

祖明兄说:我们可以办一个桐油厂,大茅山的油桐籽捡起来,至少可以压榨十万斤桐油。

桐油是个好东西。我说。桐油不仅仅可以做漆剂,还可以做防水剂、防腐剂等。

富家坞的前山,有大片大片的油桐林。油桐落尽了叶子,山显得空无。大山雀在唧唧叫着。小溪边的草丛,落了许多油桐籽。它们已经烂壳了。油桐籽富含植物油脂及氮、磷,有些林鸟吃油桐籽,吃了,又消化不了。鸟成了油桐的播种者。油桐雌雄同株,繁殖力惊人,生命力强大,很快满山遍野就有了油桐树。油桐籽在土壤表层也可以生根、发芽。

种子落土,埋在泥里,长出了树,树开出了花。花开得高高。

黄　渡

常记溪亭日暮，沉醉不知归路。

兴尽晚回舟，误入藕花深处。

争渡，争渡，惊起一滩鸥鹭。

《如梦令》是李清照在黄渡写的。我恍惚，我这样误以为。李清照写《如梦令》在汴京或青州，还没有南渡。我恍惚，是因为五只白鹭正在眼际低低地掠飞，掠过枫香林，落在银港河与玉坦河之间的洲地乔木林，数叶扁舟横在埠头，被枫杨树掩藏着。

碧泥田自然村有一块旱田，油菜已收割，揉了油菜籽，秆倒伏，糜烂出油滑的污水。而大多数的田，鹅肠草萋萋，素黄。鹅肠草命短，早春发芽、初夏枯死，枯死了，草就缠缠绕绕，一团乱结，一截截烂在湿泥。地莓正在开花，白花团簇，盖在鹅肠草上。白蝴蝶贴着地莓花飞舞。白蝴蝶飞起来，没有声音，暗自扑闪扑闪，扇开翅膀又收拢。不足三十亩的旱田，有千万只白蝴蝶在飞，紧贴着草地，也紧贴着女贞树。一棵老女贞树被雷劈了半边，新长的女贞树有了十余米高，垂下雪白的花。白蝴蝶贴在白花上。

哇，怎么有这么多白蝴蝶？陈志发兄说。他憨憨的，戴着近视眼镜，望着鸥鹭飞过的枫香林，低下头的刹那，看见了草面上飞舞的白蝴蝶，一下子惊讶了。是的，只有在近处，才可以看到白蝴蝶在飞。假如它不飞，停在地莓上，仅凭眼力，无法分出哪是白蝴蝶哪是地莓花。地莓花就是白蝴蝶，白蝴蝶就是地莓花。这是庄周的另一种梦蝶：俄然觉，则蘧蘧然周也。

所见的白蝴蝶是菜粉蝶，别名菜白蝶，幼虫就是菜青虫。菜青虫几乎令所有人讨厌，青青，胖胖，有疙瘩一样的触须，卷在菜叶中间啃食，留下一具叶脉勾勒的叶僵尸。当然，所有人除了溪钓者。菜青虫啃食了，鱼正孵卵，柚子花香满园，钓鱼人去夹菜青虫，用筷子夹，塞入竹筒。马口、白鲦、鳜鱼、鳊鱼、须鲶、鲫、鲤、宽鳍鱲等溪鱼，极其喜食菜青虫。鱼钩插入菜青虫,流出的虫汁足令溪鱼垂涎,奋不顾身咬食。鱼和人一样,贪吃。

当然,我是不会讨厌菜青虫的。胖虫破蛹,如梨花绽放。一条虫,就开出一朵白花。我种了一畦卷心菜,不打虫,也不摘菜,就让卷心菜长菜青虫。菜青虫最喜欢在卷心菜、白菜孵化了。菜粉蝶停在梨树上,就是梨花;停在柚子树上,就是柚子花;停在大叶女贞树上,就是女贞花;停在少女的头上,就是栀子花。它是蝶,也是花,随物赋形。蝶低低飞,雨来了,就躲在叶背,隐身不见。

旱田有十几块菜地,种了白菜、黄瓜、茄子、辣椒、番茄、空心菜、四季豆、南瓜、冬瓜。老妪分番薯苗,老翁种番薯苗。老妪递番薯苗给老翁,老翁接了,栽在泥洞。一个上午,他们都没有说话,一个低头分,一个低头种。不说话,也是美好的。两个中年妇人在挖地、除草,挖着挖着,扛起锄头回家去了,扔下半块地。雨来了一会儿,淅淅索索,地面没湿,河面也没湿,雨又走了,扔下空旷的原野,和树梢的白鹭。白鹭招摇,翩翩而舞。

路到了银港河边,便断了。河续上路,可往北,可往南。乔木阔叶林如一道篱笆,在河畔扎紧。久雨之后,河水浑浊、静流。鲤鱼在跳,咕咚咕咚,没有水花。黄渡,渡口在哪儿呢?在水里。被拦河坝抬升起来的水淹没了。淹没了的,还有古老的记忆。

黄渡是海口镇的一个村,有夏家、程家、齐家、董家,背靠斜长绵亘的丘陵,临银港河而生息。陆路交通不发达的时代,德兴有三码头、三十一渡。黄渡既是码头,又是渡口。上个世纪七十年代之前,乐安河河运由黄渡发端,粮食、木头、茶叶,以及香菇木耳山茶油等山货,在黄渡上船,入乐安河,进昌江,经鄱阳湖,通过长江转运各地。河走千里,源头仍在。银港河是黄渡的脐带。碧泥田村街约百米长,楼房高高低低,村户喜种菜蔬和果树。果树有石榴树、柚子树、枇杷树、梨树、桃树、橘子树、米枣树、板栗树、杨梅树。米枣种得特别多。枣树是一种特别的树,幼树看起来就很苍老的样子,皮糙、皲裂,枝丫苍劲,半年苍翠半年秃。街上有化肥店、杂货店、邮政代寄店。半个上午,也没看到买货的人。七八个老人在杂货店门前下象棋、打扑克牌。一个中年妇人敞开手上的塑料袋袋口给一个中年男人,说:这个杨梅很甜,早上摘的,你抓一把吃吃。边说边向男人睨眼。男人拉开袋口,挑拣又黑又大的杨梅,向女人睨眼。男人塞了一个杨梅进嘴巴,又塞了一个杨梅进中年女人嘴巴,诡异地笑了。

女人脸上荡漾起了涟漪,目送男人嚼着杨梅往小路走。小路弯过一片樟树林,穿过旱田,就到了银港河。河的对岸是一道阔叶林茂密的丘陵,无村户。青绿、翠绿、墨绿的树冠,构成了绵长的弧线,与远处的山峦相融。男人在和一个挖地的女人说话,女人的锄头柄撑着下巴。男人往挖地的女人嘴巴塞了一颗杨梅。女人说:杨梅好甜。女人仰起嘴巴,男人又塞了一颗杨梅。女人笑了,咯咯咯。

在不远处圆形的丘陵之侧,则是齐家、夏家、程家。丘陵与丘陵合围出一块块田畴,多数的田被撂荒。种了稻秧的田,绿水泱泱。

临河的田,种不了水稻。7 月后,田无水可灌。河低田高,引不了水,便一直旱着,旱得草焦黄,似乎对草吐一口气,就可以燃起来。越旱,草田的蚱蜢越多,一蓬蓬飞。种下的农作物大多是耐旱的,如红薯、豇豆、芝麻、黄豆。6 月,发端午水,银港河滔滔上涨,淹没了旱田,淹没了半截高的树林,看起来,树林是浮在水上的,山丘在水底下飘移。树林就像一片积雨云,厚厚的,罩着。

黄渡人拖出楼上的龙舟,在银港河赛龙舟。他们的头上扎着黄绸布,穿着黄绸褂,划动桨板,喊着:冲啊,冲啊,往前冲啊!船头的后生赤裸着上身,肱二头肌鼓起来,擂起来鼓,喊着:赛起来啊,加油啊,赛起来了,姑娘看过来呀。鼓响如雷公,烈风阵阵。

村里的姑娘们穿得花枝招展,在岸上唱了起来:

锣声哟,密密哟
鼓声稠哟
端阳佳节赛龙哟舟
锣声哟,密密哟
鼓声稠,鼓声稠
端阳赛龙舟
嘿,端阳赛龙舟
粗胳膊的小伙显身手
哟哟嗬
大嗓门的姑娘喊加油
哟哟嗬嗬

银港河不仅仅是河,更是血气。河,让男人血脉偾张,让女人浑身酥软。唱龙舟曲的姑娘,眼睛里喷出了一条宽阔的河。黄渡人已多年没赛龙舟了。年轻人远走他乡,做工去了,做买卖去了,做手艺去了。生活给每一个人启示,给每一个人引导。

鱼潭是黄渡的一个自然村,在银港河与玉坦河之间的洲地。洲地狭长,丘陵连绵,被树林、竹林覆盖。海口董氏分出一支,在鱼潭落户,繁衍百余年,有了这个村子。村临河。十几个男人在杂货店打扑克牌。四个人打,七八个人在围观。在村中,没见到其他人了。河畔的乔木有数十米之高,遮住了村户。一个年轻男人跟一个中年男人买鱼干。鱼干60元一斤。鱼干两面黄,是柴火灶熏烤出来的。鱼干生吃,香脆。鱼干只有一袋,中年男人称了称,三斤三两。中年男人收了钱,说:白鲦、马口、小鲫,都是好鱼,是我偷偷网上来的。中年男人个头矮小,不苟言笑,嚼鱼干嚼得很响。

网拉在河埠头。埠头有两个女人在洗衣服。一个年轻妇人,一个中年妇人。年轻妇人见有人拍照,镜头正对着她,很羞赧地挪了挪身子,拉了拉胸口的衣服,又蹲下去，撅起下腰，搓洗。衣服浸在水里，荡了荡，年轻妇人站了起来，提衣服。衣服啪啦啪啦滴着水，落在水面，白鲦一群群追逐水滴。她穿白衣，裹得紧紧。她的脸饱满而白，鼻梁很挺。埠头有一棵柳，柳在摇曳。风也虚无地摇曳。梨树一丫结两个雪梨，鼓鼓囊囊，树叶半遮半掩。一只小䴙䴘在河中央游着，翘着头，在寻找什么。我暗想，我若是鱼潭人，我不会外出做工，无论工价多高，也不去挣。我吃得枇杷下山，吃杨梅；杨梅下山了，吃米枣；米枣下山了，吃雪梨；雪梨下山了，吃橘子；橘子下山了，吃柚子。柚子下山了，枇杷开花。一年又尽花又开。河里那么多鱼，天天摸，天天吃。吃不完的鱼熏烤，送给不摸鱼的人吃。即使不摸鱼，我也要天天站在埠头，看白鲦追逐。

至鱼潭，银港河开阔了，河水青绿，漾起大波纹。两岸的青山焕发出一种年轻的神态。扁舟弃于老樟树下，舱蓄满了雨水。昆虫的幼虫在水里蠕动。灰椋鸟在樟树上、柳树上、梨树上，嘁嘁嘁地嘶叫。不知道它们是受了惊吓，还是在求偶，嘶叫得不正常。青山未老，也永不老。老去的是人，是树，是屋舍。坍塌的旧屋，爬满了络石藤、薜荔藤。紫苏在路边旺盛地长，不问枯荣。

下游五公里，便是银港电站。拦河坝横截了水流，蓄出了宽阔幽深的湖面。站在坝顶，看不见一个村子，湖面浩渺，水青蓝。坝头有一栋三层的屋舍，早年住在里面的职工有的进了城，有的返了乡，有的不知去向。院子被一道铁门关着，但并没有上锁。一条壮壮的老狗被铁链锁在窗户底下。它不叫，趴在地上看看来人。它倦于吠。一条被锁链镇压的狗，不叫是明智的。也许它曾性烈，热衷于看门。现在，它趴在臭气熏天的窗户下，更像是在装死。只要有人给它一碗狗食，它就满足了。狗不会有理想。碗里的狗食被一群鸡(十一只)争食。狗也懒得叫，看着鸡争食。狗趴出了一个泥坑。

门窗估计是被人偷走了，整个屋子是空拉拉的，到处是鸡粪鸭粪。院子里的桂花树、樟树、梧桐树，油绿油绿地旺长。

坝底下，河很浅很浅，泄洪口在喷出柱状的水花。河床露出了滩石，嶙峋。一个中年男人在钓鱼，三米竿子四米五的鱼线。我一看就知道他是钓鱼老手。他是古山村人，大半时间在外省做事，回到古山，钓鱼是他唯一的事。从水里，我提起他的鱼篓，抖了抖，有十七条马口、白鲦。

水浅,湍急,是马口、白鲦、宽鳍鱲、鳜等溪鱼栖息的地方。河水在凹陷下去的河床,歪歪扭扭地流,平平整整地流。滩石上,裹满了水苔,有的还长出了小叶楠和蕨衣。

泄洪口淌着激流,喷射似的。有五个地笼(一种渔网)埋在深水处。我把地笼拉上来,卷起来,抛在下游的一棵树上。有很多东西,我非常讨厌,地笼是其中之一。古山人对我说:昨天,就在那一块石滩的水流,有一个人钓了一条八斤重的鳜鱼。

鳜鱼吃马口、白鲦、鲫等小体型鱼。小体型鱼游到堤坝,斗不了水,便聚在这里。鳜鱼逐鱼而上,日日饕餮。石潭是鳜鱼的藏身之所。到了冬季,赤麻鸭、绿翅鸭、鸳鸯、潜鸭等水鸟,数百上千只,聚集在坝底,啄食溪鱼。下游五里,往右弯过洲地丘陵,银港河与玉坦河汇合,始称乐安河。这是德兴最壮阔的河。

瓢泼大雨,突然而至。我们在破房子躲雨。房间无门,里面堆着方木料,为防洪预备。电瓶、鱼竿、渔网,杂乱地堆在屋角。还有一大袋玉米,是钓鱼打窝用的。雨卷了风,风卷起了雨,夹裹着抛撒。河面跳起密密麻麻的雨珠。大雨使得天地昏暗。

新麦记

梅生来电话,问:明天割麦了,你要不要来啊?

当然要去。我早早就去。我说。

麦田在樟坞,只有两块,约一亩。樟坞只有鸡窝大,一共才六块梯田。一条半米宽山道,从山脚往上绕,横穿过第三块田,又往上绕,入了一块略微斜缓的山坡,梅生掘土平地,筑了一栋黄泥黑瓦的三家屋。三家屋是赣东北传统山地民居,地梁石砌,夯黄泥(掺杂芦苇秆)墙,圆木柱架木梁,钉木椽,盖黑瓦或黄瓦,一个厅堂和两个厢房、两个偏房。厢房住人,偏房作厨房或杂货间,木板楼梯从杂货间架到阁楼上,阁楼堆放棉絮、箩筐、打谷机等器物。

樟坞只有两户人家,另一户早些年搬迁到桐溪坑去了,做了卖家用杂货的营生。梅生这一户,只留了他和老婆，女儿外嫁到浙江开化去了，儿子去了市区买房，开了间店面，卖窗帘。这栋三家屋是梅生手上做的，住了三十多年，他舍不得离开，留在樟坞种田种菜，出笋挖笋，出茶采茶，日子也还算过得去。他有四块田，轮着种，免得长草。田长草，和坟头长草没什么区别，让人心里不免生出凄惶。二十年前，一家六口人的吃食，全指望这四块田。

前年初冬，我第一次去樟坞。机耕道从上乐公路铁丁山路口往山里伸，岭高崇峻，阔叶林浓浓墨绿，枫香树、火棘、山乌桕翻飘着红黄之叶，稀稀地翻飞、飘零。涧水吟鸣，却不见山涧。机耕道长约五里，卧在山谷如巨蟒。机耕道尽头是一个废弃的林场，一排砖结构的一层瓦房年久失修，如报废的火车头。一条山道斜入山坞，樟树遍野，叠岭而上，便到了樟坞。梅生把翻耕了的田，挖出一块块田垄。块状的田泥，他用锄头捣碎，匀了平整，垄边往下缓斜。一块田，挖了四块等宽的田垄。我说：老哥，你这是种油菜吧？

不种油菜，山雨多，油菜倒伏得厉害。种点大麦。老哥说。

田畈里，都没人种大麦小麦了。很难得见到有人种麦。我说。

谷子都吃不完，谁还会种麦？我种麦，是想做米糖，能卖几块钱就多得几块钱。闲着也是闲着。老哥说。

我们边聊，边往他家里走。喝茶去。他说他叫梅生，他老婆叫梅花，天生就般配着。见了他老婆，就觉得他的话说得恳切。他老婆清瘦，脸略圆长，身略高，虽是六十来岁的人了，皮肤还是比较白，走路也不拖泥带水，看起来就是清雅人。梅生中等身材，粗壮结实，肩胛骨厚厚地耸出来，脸大鼻大额宽。他老婆端出一碗热热的清茶，炒了南瓜子，放在八仙桌上，提了个篮子，摘菜去了。梅生说，以前樟坞是没有住户的，有了林场，才有了人。他是林场护林员，就在樟坞建了房，守着林种着田。林场解散后，他留在樟坞。

喝了茶，梅生又去割田埂上的茅草。茅草又密又长，黄黄又哀哀，被雨水冲得往下倒伏，蓑衣一样挂在田埂上。割下的茅草，压在田泥里。割了的田埂，铲掉草根。

严冬了，突来了一场雪。我爱人给我打电话：你赶紧回家，带几件大衣去，德兴比上饶冷，没大衣不行。我搭了车，就急急地回上饶了。住了一夜，又回德兴。路过铁丁山,我想起了那个种麦的梅生。我径直去了樟坞。

山中的雪更大一些,路上铺着雪,树上也积了雪。雪被冻在树叶上,脆脆硬硬。滴答滴答,林中落着融雪之声,清脆、响亮、疏落。山谷空静。很多树落尽了叶,枝丫横斜,遒劲坚挺。偶尔一声鸟叫,悠远、空灵。孤鸣之鸟,必是高远的良禽。事实上,雪下得并不大,稀稀拉拉,但下得时间长,才有了山中积雪。机耕道上有一排两行的梅花状兽迹。落叶覆盖了落叶,雪覆盖了雪。

麦苗从雪田抽了出来,璎珞似的,油油绿绿。苗一指长,叶肥茎挺。在株距之间,铺了一层茅草。雪盖在茅草上,显得蓬松、细密,露出晶体的雪粒层。山道有点滑脚。上了山坞,闻到了燃烧的松木香。瓦檐在滴着水,屋脊两边铺着少量的雪,檐边已无积雪了。

梅生在烧泥炉,架起吊锅,在焖肉。我说:十点不到,就准备午饭了,也太早了吧。

早饭午饭合一餐,省了好多事。他说。

山里人入冬后,开始用吊锅,焖肉至半熟,加白菜、萝卜、圆圆粿、豆腐泡、荷包蛋,加辣椒干、生姜块、大蒜头、冬笋片、山胡椒叶,等等,一起焖。松木片生火,炭头焐红,慢慢焖。圆圆粿是上饶、玉山、广丰、德兴、横峰等地特色农家菜,白萝卜、红萝卜、红芽芋子、香菇等剁烂,掺红薯粉,搓团(土鸡蛋大),蒸熟。圆圆粿可切片红烧,可与白豆腐一起煮,是至上美味。

吊锅焖了一个来小时,满屋子菜香。就着热锅,喝点小酒,吃得浑身发烫。再冷的冬天,也不觉得寒。火,对于山里人来说,是不可或缺的一种陪伴。从出生到终老,山里人离不开木柴。梅生的檐廊下,码着高高的木柴。木柴被劈成片或块或条,木质白白或黄黄或褐褐,毫不掩饰地露出燃烧的欲望。那是人最原始、最彻底的欲望。木柴被燃烧了,彻底释放了野性,化为白灰,或结出敦实炭头,才算走出了树木的生命,与人的生命融合为一体。

新拔的大白菜、萝卜入了吊锅,我起身告辞了。梅花大嫂很客气地挽留我吃吊锅,说:这么深的山里,一个月也难得有人来,你是个稀客,怎么能不吃饭呢?

谢谢。下次来,下次来。一定来。我说。

翌年,4 月中旬,木荷花开。木荷,土名肿树,意即长得非常快,储水量大,看起来很肿胀。木荷花与野山茶花无异,白得纯粹且放肆,花瓣肥硕,香满山谷。我去樟坞看木荷花。野樟树林往往有高大密集的木荷树。大麦已灌浆，穗针直竖了起来。荒了的四块田，长了很多鸭跖草、婆婆纳、龙葵、早熟禾、野荠、蒲公英、鬼针草，田埂上长地菍、地锦、牛筋草、马齿苋，各色小花拥挤在一起开放。山边水沟则是葱郁的香蒲、苘麻、红茎商陆，盖了沟面。

大麦在山坞中央，墨绿一块，阔叶挺挺。落山风滚下来，大麦摇起一阵阵波浪。梅生在菜地扦扁豆架，哗啦哗啦地破毛竹。我对梅生说：老哥，你割麦的时候，记得告诉我，我来帮你收麦。

梅生说：你千万别收麦，麦针刺得肉疼，请你来看看就可以。

临走，梅生送我一捧野麦穗，说：野麦早熟，烘烤干了，当茶泡起来喝，治小孩盗汗。

野麦哪来的？我都没看过野麦。我说。

种了大麦，就有野麦。野麦剪了，大麦就开始黄熟。梅生说。

这个，我还真不知道。以前，我还以为野麦跟马塘草、竹节草一样，随地长呢。在十来岁时，我家种过大麦、小麦，也没见家人剪野麦。可能剪了，是我不知道罢了。

到了6月底，大麦黄熟了。梅生给我电话，说麦田没有被野猪拱，麦穗都弯垂下去了，明天就割麦。

大麦有穗针，密密长长，如一绺长胡须。小麦无穗针，麦秆也低矮一些，颗粒也小一些。我到了樟坞，梅生已割了一块田，一捧一捧地放倒在田里。他说，天泛白，就起床割麦了，天凉快。他穿着厚厚的劳动服，肩上搭了条毛巾。他用打谷机脱粒，踩着机械板打着麦子，转动着手腕，嗒啦嗒啦。打了一捧，去田里握一捧，接着脱粒。他老婆提一个篮子，选麦秸。她选取的麦秸，剥了麦衣，又圆又白。她用麦秸编麦秸扇和麦秸帽，或做蒲团。

我对梅生说：我来递麦子，你脱麦粒。在田里，来回奔走着捧麦子给梅生，走了二十几趟，气喘吁吁，坐在田埂上，双腿发酸。

看我窘样，梅生笑了。我说：少年的时候，割稻子，捧一天稻禾也不累，现在真经不起折腾。

你没有锻炼。肌肉是下贱的，越受累越强健。梅生说。

还没到晌午，麦子脱完了颗粒。他把麦秆铺在田里。另一块麦田，明天再收割。他站个马，扁担压在宽宽厚厚的肩膀上，挺起腰部，挑起麦子，抖一抖腰身，扁担咔嚓咔嚓响两声，箩筐下沉。他稳稳地踏步，上了田埂，走在山道，挑麦子回家。

麦子倒在卷席（晒稻谷的竹器物）中间，呈一条山梁线。他老婆端起竹笟，笟麦子，摊开晒。晒了一会儿，麻雀就来了，低着头猛吃。我对梅生说：我买八斤生麦子，带回去自己晒。

自己种的东西，哪有那么金贵。八斤麦子哪用买，你自己直接装。说起来，你也是看着麦子长起来的。梅生说。

麦子晒了四天，收进了土瓮里，用了两斤麦子泡麦芽。麦子用阴阳水泡，泡了六天，麦芽有了4—5寸长，芽头青黄。我泡米（22斤），泡了半天，掺杂麦芽一起，用大饭甑蒸。蒸熟了，倒进25升容量的土缸里，轻轻压实，中间掏一个酒瓶底大的洞，加入两小瓷勺石膏，盖了缸盖，封紧，缸移放在楼梯间底下。

过了十八天，打开缸盖，看见一坛清清汪汪的水。取一根筷子蘸一下水，尝尝，鲜甜。点起柴火灶，倒缸水三分之一，慢慢煎水慢慢熬水，熬出了糖稀，又加缸水三分之一，继续煎熬，熬出了糖稀，最后的缸水全入锅，慢慢煎熬。糖稀变白变稠，筷子可以卷起糖稀。退了明火，灶膛余温烘糖稀。锅冷了，水消失，锅底白白一团。这就是米糖。称了称，米糖有九斤八两。

我打电话问梅生：我煎的米糖偏黄，没有纯白，什么原因呢？

梅生说：不是石膏少了半勺，就是熬糖时火烧旺了一些。

新麦出的麦粉，做出的面食非常好吃。我不会做手工面，也不会包饺子、馄饨。我还是磨了两斤麦。不用机器机，用石磨磨。一手拉磨，一手抓麦子塞磨眼。坐在磨架上，一圈圈拉磨，麦粉从磨空筛下来，落在圆匾上。麦粉黄中带白，扑着麦香。含有阳光、雨水的麦香，带有野草的气息。

麦粉糙糙的，调二两入碗，打两个鸡蛋下去，加水调稠，用汤勺舀入肱骨汤里，做面疙瘩。香软糯糙，是我很喜欢的口感。

又泡了一斤麦子，泡麦芽。麦芽炒熟，收入玻璃罐，泡茶喝。

入了秋，天几乎不下雨了。樟坞的麦田长出了稀稀的草，半青半黄。狗尾巴草高高翘起穗头，晃着。有风也晃，无风也晃。其他四块田黄着，一副破败不堪的模样。地菍结了黑黑的浆果，摘几个塞进嘴巴，吃得嘴唇黑紫，甜到了舌根。香蒲自下而上发黄，棕黄的花棒如一根热狗。麦茬烂在田里。

马褂木披起了黄叶，析出麻白。油桐结出了黑黑的桐子，皱裂出了缝隙。梅生背一个竹篮，每天到山外的村子卖米糖和麻骨糖。收了麦，除了种点菜蔬，他也没什么事。米糖是米价的三倍。一天走下来，可以卖二十来斤米糖。村人买了米糖，留着做冻米糖。冻米糖是各家各户要做的，用米糖熬回糖稀，搅拌熟米花熟粟米熟芝麻熟花生，放在豆腐箱里压榨，切成一片片，包在白纸里。吃冻米糖了，取一包出来，一边喝茶一边吃。

吃冻米糖，已是腊月了。该秃的树秃了，该砍的木柴砍了。年迈的老人熬着寒，眼巴巴盼着春天来。春天不是说来就来的，也不是说可以盼来的。秃了的老树，处于一种僵死的状态，对一切都无动于衷。在树的王国里，老树僵而不死，发达的根系在地层吐纳。

雪又来了。那块麦田没有翻耕。雪很小，树叶、田里、瓦檐等没积雪。接下来，是冰冻的日子。梅生的屋檐挂起了冰凌。我们不称冰凌，称胡铁钉。胡铁钉既冰冷又坚硬、锋利，是一把以冰锻打的尖刀。一座山，似乎成了一座空山，连鸟也难得见到。水被冻住了，也不流淌。很多树被冻死了。

除了风声，唯一的叫声就是梅生灶膛的火，吡吡吡，炸出火星。

有人伐木，有人打井

辛丑年己亥月初，下了第一场冬雨，时断时续三日，烈时如炒豆，缓时如撒灰，气温急转直下，穿起了毛衣。我给远方的朋友去信：山中草本皆枯，冬雨不尽，归途更远。

又阴两日。暖阳出来了，我急不可耐地去雷打坞。机耕道晒干了，低洼处仍有积水，山鹪鹩在柃木树上嘘嘁嘁、嘘嘁嘁地叫，银荆的针叶变得素白（在空阔的荒地上，像一个孤独的老人）。一辆平头大货车往山坞扎进，车速很慢，车轮在积水处偶尔打滑。大货车像一只被扯断了翳翅的蜻蜓。半年了，我还是第一次见大货车进山。司机穿圆领的厚绒衫，头圆圆的，脸乌黑。他坐在驾驶室，很敦实，和树桩差不多。

过了中土岭，眼际的山梁多了一条黄土机耕道。在冬雨之前,那里是一片密密的杉树林,巴掌宽的小路也没有一条。我心里一紧:是不是有人砍木头了?我多次去那条山梁,钻密林而上,蓬头垢面而回。

冬雨加速了枯草腐烂。垂序商陆、酸模、竹节草、红蓼,烂在草田里。野鸦椿红透了叶子,蔫耷耷低垂。荒地上的野芝麻,叶茎乌黑,死得非常彻底。地势略高的两块草田,鼠尾粟哀黄、倒伏,冬水泡透了草根。双斑绿柳莺在草蓬里嘻叽叽地叫着,探头探脑,啄食草籽。我扔一个石头过去,它们呼噜噜,呈扇形飞向山边树林。平头车弯过草田,停在枫香树林右边的旱地。旱地原先是一块番薯地,现已被建筑垃圾铺满、压平,成了临时停车场。

吱吱吱吱,吱吱吱吱。电锯声从山梁传下来。沙啦沙啦,树木倒塌的声音格外沉重,似乎树木不是倒在地上,而是倒在我心头上。枫香树林下,一个穿黑装的青年男人在大声地打电话,一个披着黑色大氅、着白外套的女人紧紧挽着青年男人的手,看着倒满了杉树的山坡。一片枫香树叶落下来,落在大氅上。电锯声割裂着寂静的山谷,显得突兀且粗暴。

两条翻着新鲜黄泥的机耕道,从两边山垄包抄上去。

山坡像一个锅盖头。我从山沟上去,登上山梁。两个伐木工人在山梁伐木。山剃得光光的,树、藤、竹全被电锯吃了。我给伐木工人散烟,说:你砍杉木,杂木得留着,没了杉木,杂木长得很快。

杂木又没什么用,当柴火烧都没人要。伐木工人吸着鼻子,吸着纸烟,说。

杂木长起来太好看了,百看不厌。我说。

看老婆我都看厌烦了,树看不厌烦,我就留着杂木。伐木工人说。他端起电锯,吱吱吱吱,继续伐木。锯刀挨着树根吃进去,黄木屑飞起来,杉树岿然。他用手猛推树,沙啦,树倒下了。他锯树丫,锯树头,横切一锯,分为两截。树截面紧缩着年轮,一圈圈,树脂沿着树皮层渗出来。树脂白白的,如刚刚上锅的姜糖。我摸了一下树脂,黏黏的。树屹立在山坡上,招展蓬松厚密的绿冠,远看像一座绿塔,近看像一匹绿瀑。树一直屹立着,该有多好。我用手指丈量了杉木的胸径,问:有 15 厘米粗了,得长多少年?

25—30 年,这块山地肥,树长得快。伐木工人说。

下了山麓,见两个人在山塘下的菜地打井。菜地没种菜,种了两株橘树、一株山樱、两株细叶楠、一株山乌桕、一株桃树、一株罗汉松。树苗矮矮的。我看不出种树人的章法,选树种没有逻辑,可见种树人是个随性的人。菜地北角竖立了一个 3 米之高的井架,三根杉木撑起一个三角形,中间一根横木安装了转轴,转轴连接一个摇把。一个打赤膊的男人摇摇把,绳落进井洞,把簸箕摇上来。簸箕装满了黄泥。我见过打井,但都是机器打的。我对摇摇把的男人说:我来摇摇把,你拉井绳,可以省力一些。

一簸箕泥有什么重的。摇摇把的男人说。我觉得他不像个打井人,像个开船的舵手。他慢慢摇,转轴干涩,木质摩擦木质的声音也干涩,嚓嚓嚓响。井绳咿咿呀呀地拉动转轴,簸箕慢慢提上来。井洞里的人在说:黄泥冒水了,好冷。

我探头一看,井洞里的人满头黄泥,衣服全是黄泥。他抬头看我,泥浆脸上露出两只乌黑黑的眼睛。井口直径约八十厘米,被篾竹片箍着,绷紧。被篾竹片绷紧的井口,不会落泥,也不会塌方。摇摇把的男人抱着簸箕,把黄泥倒在枫香树林里。井已经打了 3 米多深,井下有微弱的光线。泥浆脸的人用木鞋掌圆形井壁,啪啪啪,掌得很用力。

摇摇把的人说:冒水了,就不打了。再等两天,天干燥了,水就没了。现在冒出的水是雨水,不是泉水。

井下的人嗯了一声,说:那你把我摇上去吧。

井上的人摇摇把,转轴嚓嚓嚓,转得很慢。井上的人说:餐餐吃那么多,死胖死胖,我摇得手发酸了。

我拉开架势,拉井绳上来。我感到手很沉,不是拉人上来,而是拉一艘沉船上岸。沉船把我往下拽。摇摇把的人说:不是你这样拉的,竖直了绳子拉才用得上力。我又叉开双脚,拉绳子,拉了两把,我抱住了井架,说:这样拉,我会一头栽下去。

摇摇把的人憋足了气,胀起嘴巴,鼓着腮帮,一只脚斜陷在泥地,一只脚半曲,摇摇把。井绳慢慢往上升,井口露出一个泥头。我一把拉住他的胳膊,他抱住了转轴,爬上了井口。我连忙生了一堆火,给泥浆脸的人烘烤。干枝噼噼啪啪地炸出水气,烧得旺。我问摇摇把的人:在这样荒僻的地方,打井干什么用?

打井当然是为了喝水,不喝水打井干什么。摇摇把的人说。

这么荒僻,平时没人来,打井了,也没几个人喝得上。我说。

你到这个山坞来干什么？摇摇把的人问我。

看人伐木。我说。

你会口渴吗？摇摇把的人又问。

凡是人，都会口渴，没有不口渴的人。我说。

既然你知道这个道理，还问我打井为了什么。摇摇把的人说。

你就喜欢杠人，别人是好奇，随口问问嘛。泥浆脸的人说。

我给他们发烟，边抽烟边说话。摇摇把的人穿上了厚棉衫，挖了簸箕大的地洞，捡了两块长条石，横在洞口上，问我：你中午和我一起吃饭吗？我多加点米下去。

谢谢了。我看你做了饭，我就回去，路不远。我说。

穿厚棉衣衫的男人拿了一个干锅去山塘洗米。他略弓着腰走路，很快，急匆匆的样子，转眼就消失在枫香树林。电锯声还在吱吱吱地响。火堆很旺，泥浆在脸上脱壳，衣服上的泥浆也干燥了，泥浆脸的人把衣裤脱下来，往树上拍打，抖一抖，除了泥印，衣服干干净净。他的脸膛很宽，额头很陡峭，眉毛粗如松针，胡楂长长，厚唇大牙。我问他：你是职业打井吗？

打井谋不了生,现在还有谁会打井。他说。

你怎么想到在这里打井呢?我问。

我爸叫我打的,我就和我哥来了。他说。

你爸怎么想到在这里打井?我又问。我发烟给他,他推让着。

我爸说,这么大的山坞,没一个饮水的地方,怎么对得起这个山坞。二十年前,来这里做事的人很多,水很洁净,随处可以饮水。现在撂荒了,山地和田都无人耕种了,水却被养鱼的人污染得厉害,过往的人找不到地方饮水。他说。

他哥抱着干锅回来了,他往洞口添干枝,烧火。一会儿,洞里堆满旺旺的火炭。他哥把干锅架在长条石上,从帆布包里拿出两块巴掌大的咸肉和一小袋子梅干菜,埋在米里。他哥问我:你吃过这样的饭吗?

吃过。这叫造饭,不叫做饭。加一把大蒜头下去更香,没有大蒜头的话,也可以放两个小番薯下去。我说。

我拖了一根杉木过来,说:坐在木头上吃饭,会更有意思。

他哥嘿嘿地笑了,说:加蒜味黑豆辣酱更好吃。

干锅扑腾着蒸汽。灰眶雀鹛在林缘灌木林嘁嘁嘁地叫着。两个伐木工人空手走出山垄,一个人说:砍木头太累人了,工价又不高,明年出门打工了。另一个偏矮的人说:砍一吨一百二十块钱,工价不算低,比做石匠强,中午吃老板一餐,还算划得来。两个打井的人,看着伐木工人晃着手走出去。干锅在呜呜响。

我出山垄,那辆平头车不见了。车辙深深陷在机耕道,三角形塝口被车碾烂了。平头车在这里掉头,但塝口太窄,需要不断地移位,才能摆正车身。

过了两日,我再去雷打坞,那一片山光秃秃了,杉树的枝丫盖满了山坡。山沟被挖掘机掏了一个约六十平方米的水池。一台抓机横在山腰机耕道上,抓杉木装车。平头车拖着满车杉木,往中土岭走。中土岭有一块临时开挖的空地,成了卸料场。山梁上,留着十余棵杂木,高高大大,勾画出低矮的天际线。

两个打井的人还在打井,见我挑着一担小树苗出山垄,问我:你怎么会有这么多小树苗,都是一些下树(指非常普通的树,抚育价值很低)。

我说:栽栽看,我不想这些小树死了。

挖机耕道，有很多小树被挖了出来，大部分小树被黄土盖了，还有一部分倒在路边，根须很新鲜，应该可以种活。我沿着机耕道，把那些小树苗捡起来，有山矾、木荷、木姜子、山胡椒、女贞、杜英、甜槠、花榈木。在一块被取了土的山坳，种植下去，挖洞、滚浆、培土、压实、浇水。一担树苗种了一个整天。入冬，是栽树最佳季节，树冬眠，水蒸发量小，根须盘结在泥土，来年春即可发叶芽。我对这些小树，有了许多念想，它们或许终究成林。在我离开这里的十余年之后，我或许什么都不记得，除了这一片树林。树对人的回赠是默默生长，什么话也不说，长出如席的冠盖，挺拔于山野。一个白发苍苍的老人站在自己曾栽下的树前，望着遒劲的枝丫、绵实的树叶，会感慨。

一辆大头车在中土岭装木头。六个中年人装车：三个人在车下，三个人在车斗。车下的人把木头竖直，靠着车栏板，车上的人把木头拉上去，直叠在车斗。

一根长约四米的木头约一百二十斤重，装一车木头每人工价两百四十元。他们以装木头上车为生。他们是新岗山镇人，孔武有力。木头是树的尸体。他们天天扛树的尸体上车，被运往浙江东阳，一吨卖六百块钱，然后被分割成木线条或木板。装一车木头(约四十吨),需要六个小时,中途歇气五次。歇气了,他们坐在路边大石块上,叉开脚抽烟。新岗山有一个自然村,职业是装木料上车,六人一个班组。他们都是好饭量的人,一餐吃四大碗。其中一个被称为"力王"的人,说:装了一车木头,非常疲乏,回家就睡觉。但他还是天天装车,他贪图工钱是现钱,装了一车就收。他个头偏矮,精瘦,肩背厚实,一次可以扛三百八十斤木头。他说他哥力气更大,可以扛四百二十斤重物,装车装了三十多年。

在枫香树林打电话的那个年轻人,给装车人发钱。他是包山伐木的老板。他说,砍了十亩山,挣到手的钱不足一万。他给我细算,一亩杉木林砍三千吨木料,开路、雇工、租地、承包费、运费、餐费,花了六万多,哪来的钱挣呢?复栽、抚育还得一大笔钱。我说:你为了这万把块钱,把一片山砍光了,太狠了吧。

这个年头,挣钱太难了,有得挣比空手好。年轻人说。那个披大氅的女人搂着他腰,叫他给她买苹果手机。女人有些娇媚,三十来岁,嘴唇涂得红红。

太阳晒了十来天,杉树枝条晒得半青半黄。山坡黄哀哀。山沟乌黑黑的肥泥(有厚厚的腐殖层)袒露了出来。潮湿、疏松的肥泥,在树林荒草之下,沉睡了亿万年,树不断地被砍,草年年死,而肥泥一直在,滋生万千生物,涵养一切根须。有肥泥在,万物就生长。我又挖来被机耕道路压倒的小树,栽在山沟,撒了我自己采的三斤多花籽(野芝麻、蛇床、蒲儿根、蕙花、寒兰、花菖蒲、石蒜等植物种子),拌上细沙,随意抛撒。没有树没有草,对这样的肥泥,是多么辜负。

枫香树落了大部分树叶,树丫上稀稀拉拉的红叶,很壮丽。矮脚樟茶结了一坠坠红果,析出浆水的光泽。矮脚樟茶又名短脚三郎,属于紫金牛科灌木,枝条柔韧斜横,在乔木林下或低地阴湿地带生长,入了深秋,红浆果饱胀,似乎果皮包裹的不是浆水,而是火焰。在色彩较为单一的冬季山野,矮脚樟茶的红果最为夺目,红得毫无瑕疵。我常常想,自然之中有本真的生命质地。万物生活在本我的自由世界。

水井打好了,砌了石壁,围了井栏。水很清,但不深(约一米深井水)。一个铁桶吊在井栏上。井口被两块火烧板(一种花岗岩板)盖着。一只棕褐黛眼蝶在火烧板上扑腾,扑来扑去,不动了,被风吹翻了身子,冻死了。它活到了入冬,真是不容易。大部分的蝶蛾在霜降前后便死了。入冬的山坞,有一种让人哀伤的干净、纯粹、肃穆和寂静。活着和死去的,都让我由心敬重。

这样存世

祖明兄对我说了好几次,富家坞有一对老夫妇,烧的羊肉和红烧肉特别好吃。我将疑。祖明兄是一个不挑食的人,何况他大多时候是一天吃一餐。有饥饿感的人,吃什么都是好吃的。这是他第一次向我推荐餐馆,我又将信了。

富家坞很偏远,在花桥镇。1993 年,我去过。2022 年 5 月 18 日,祖明兄说:下午去挖马铃薯,你要不要去?

当然要去。我说。

三嫂开着车,往花桥走。我疑惑,不是去界田挖马铃薯吗?走错路了吧。三嫂说:去富家坞,晚餐预订了。

一个山坞往森林深处伸进去,七八栋铜矿职工房破旧不堪,外墙污浊。四个老人坐在凉亭里打扑克,五个老人站在旁边看。祖明取了锄头,我们一起在路边菜地挖马铃薯。土鸡蛋一般大的马铃薯,一株有五六个,缀在根须上。土黑黑,油滋滋。三嫂说,这个马铃薯种是叔叔自家留下来的,几十年了,只种这个种。

菜地有二十余米长,挖出的马铃薯摊在路上。土是田沟掏上来的淤泥,腐殖物丰富。三嫂用蛇纹袋装马铃薯,我用蛇纹袋装土。三嫂说:你装那么多土干什么?

我说:这个土适合育苗。

一株七姊妹攀爬在竹架上,花红艳,团簇。入村口,我一眼就看到了。七姊妹是藤本蔷薇的一种,一个枝头花开七朵,嫣红、小朵。我取了剪刀,跳下墙根,剪了一条老枝,放进蛇纹袋。

上个世纪九十年代,富家坞因产铜而兴盛,铜矿被兼并后,厂区迁走,职工也散了,留下空壳房和数十户不愿迁走的老职工。餐馆就在一栋盖瓦的土砖房里。说是餐馆,其实就是农家自烧,一餐只烧一桌。房前有一个约两百余平方的院子,檐下码着一人多高的木柴,院子中央种了四棵桂花树,荒草萋萋,院角有一棵十米之高的枇杷树,结满了黄灿灿的枇杷。枇杷无人采摘,想必太酸。我拿了一根竹钩，拉下枝丫，摘了三挂。蜘蛛丝蒙了我一脸。正是梅雨季节，土房墙长满了苔藓，窗户板发黑。

屋内很暗，白炽灯的光线被墙体吸走了一部分。羊肉、红烧肉上桌了，水煮鱼、炆鸡上桌，粉丝、四季豆、空心菜上桌。羊肉是红烧的，以苹果去膻味，以桂叶桂皮做香料，肉烂而不糜。红烧肉是焖出来的，油而不腻，肉香浓郁。炆鸡汤汁金黄，清淡，入口即烂。鸡是三黄鸡，老夫妇自家孵化、散养在院子吃野食的。

回到住地，已是晚上九点半了。我用竹筛筛土。土有蚕豆大的石粒，筛出来，继而把筛下的土，分在红、蓝、绿三个塑料桶，压实，浇透水，又把七姊妹斜刀剪了五截，扦插在蓝桶，又选了七个饱满的枇杷，埋在绿桶，搬到阳台。然后把挖来的马铃薯摊在饭厅地面。红薯怕冷，挖出的红薯要窖藏或藏纸箱；马铃薯怕热，要摊开通风。乡谚说：怕冷的哥哥，怕热的弟弟。红薯也叫番薯，个头比马铃薯大。我从抽屉摸出六十颗黄豆，浅埋在红桶。

给蓝桶三天浇一次水，一次浇小半碗，表层土黏湿了。

过了半个月，七姊妹黄了三截扦插枝。又过了半个月，黄了的扦插枝黑化了。有一支扦插枝在刺基部，发了一叶芽。芽小，浅棕青，像绿蜻蜓的翅膀。每天早上起床，我就蹲下去看芽叶，滴几滴水下去。七姊妹长刺，刺与刺的间距约三厘米，刺尖、坚硬，呈锥状。滴了八天的水，芽舒展开了，有了椭圆形的叶。叶之上的一个刺基，冒出一支茎，茎紫红色。我去渔具店买了两盒红蚯蚓，倒在塑料桶里，埋了两个苹果下去，养蚯蚓。蚯蚓松土，苗须发得壮。

给红桶两天浇一次水，一次浇小半碗。浇了三次，黄豆破土发芽。芽黄黄，茎白白。又过了两天，发出了绿叶。我拔了豆芽，洗净，炒了豆芽菜。我又埋黄豆下去，发豆芽苗。

一日，台风来了，暴雨卷起。雨是会咆哮的，哗哗哗，把桂花树冠卷成一团。台风横扫，扫出路面水浪。雨灌满了塑料桶。我用水勺把桶里的水舀了出来。第二天早晨，蚯蚓死在泥面上，横七竖八，卷曲着。它肯定死得很挣扎。它感到窒息了，钻出泡烂了的泥浆，被水淹着，溺水而死。

三个基部发了叶，茎长成了斜枝。另一截七姊妹扦插苗，一直青着，芽叶不发。6月就过去了。天溽热。太阳是一个烤炉，烘烤着大地，野芝麻晒得软软，酸模焦黄下去，去年冬种下的九棵马褂木死得不留余地。我加大了浇水量，两天浇一次，一次浇一碗（约半斤），晚上浇。晚上暑气尽消，浇水不伤苗。苗吃肥，越肥苗越壮。我买来油菜饼，泡浆发酵十天，用勺子摭出来，埋在根部。

我也有外出的时候。一次，我去黄岗山，算不准时间，便托付同楼的人，记得给苗浇水。到了黄岗山，夜里我给他打电话：水浇了吗？一个桶泼洒一碗水。

七姊妹长了一寸多长了，叶子密匝有致。我回了一趟老家，邻居送给我两斤牛腩，说：野外吃草的牛，杀牛也没注水，难得买到这么好的牛腩。我收下了，带了回来。饭厅窗户下，还有十来个马铃薯。捏了捏，马铃薯十分新鲜，皮还是土黄色。去年，在集市买过一次马铃薯，拳头大一个，放了三天，拿起来，皮烂肉烂，成了一泡肉浆水。我再也不买集市上的马铃薯。

牛腩焯了水，用砂钵装文火炖，加二两生姜，炖两个小时，加花椒、鲜红土辣椒、盐、四个马铃薯，炖半个小时，熄火焖。这是晚餐唯一的菜了。这个砂钵，用了八年，无论去哪里暂居，我都带上它。煮砂钵粥，炖鸡炖鸭，少不了它。富家坞挖来的马铃薯，是土种马铃薯，易熟，粉甜，不糜烂。我就想着，年底了，去富家坞买十来斤马铃薯，自己种。马铃薯易种，腊月种，5月挖，野长。我想起了富家坞的那株七姊妹，竹架上应该爬满了花。我给祖明兄打电话：你定个时间，我们去富家坞吃晚饭。

那里的菜好吃吧。明天就去。祖明兄说。

七姊妹盘满了竹架，花垂了下来，形成花瀑。种七姊妹的，是入村那户的大姐。我对大姐说：前两个月，我剪了一支老茎，拿去扦插，已经发叶了。

活了就好，下一年可以开花了。大姐说。

你这株七姊妹，是哪来的？很少有人知道七姊妹。我问。

从浙江丽水剪来。我有亲戚在丽水生活。亲戚女儿嫁到宁波慈溪，她女儿剪来丽水扦插的。我见花漂亮，花期又长，剪来一支扦插。以后也会有人剪你栽的七姊妹扦插。这是生命在繁殖。大姐说。

大姐六十多岁，梳着齐整的短发。她是个爱种花的人。她门口右边的水池旁，种了朱顶红、雏菊、夜来香、百合、月季，一钵钵摆在菜地矮墙上，很是惹眼。我说：你的花种得真好。

她哪会种，都是我种的。她负责看花。大姐的爱人应答我。

谁种都一样,有花看就可以。大姐说。

我扦插的七姊妹能长到你这株这么高,花开得这么艳,该有多好。要长得这么高,少说也要三年。我说。

会有。会有。大姐说。

餐馆前的枇杷早落尽了。伯劳、太平鸟、暗绿绣眼鸟在枇杷树上跳来跳去,喊喊叫。一株黄瓜藤爬在围墙上,挂了四个白黄瓜。我摘了两个,给厨房烧菜的老板娘,说:烧一盘水煮黄瓜,这是你家的土种黄瓜,肯定好吃。

老板娘将近七十岁,油烟呛她鼻。她爱人低着头给她烧锅,往灶膛里添木柴。她的厨房,和她的厅堂一样,有些杂乱,物什没有归类,随意摆放。她略有歉意地说:乱乱的,你去喝茶吧。

你要招待客人,也够忙了。杂乱一些,可以理解。我说。

站久了,腰受不了。唉,又想赚几个钱,硬撑着。老板娘说。

因为你的菜好吃,我们来到了富家坞,见识了好地方。我还剪了一支花苗,带回去扦插,明年就会开很多好看的花。我说。

老板娘咯咯咯地笑了。

是这样的,人与人相识,需要缘分,人与植物与动物相识也需要缘分。这种缘分,就是我们情感的起源。与我们情感相通相融相系的东西,是我们存在于世的重要部分。他们和它们,构成了我们的外部世界,也构成了我们的内部世界。

8月初,我陪家人外出游玩。住地也没有可托付浇水的人。我把三个塑料桶移到洗手间,防暴晒。玩了八天回来,桶里的土已板结,黑出灰白色。豆芽干死,如晒死的蚕蛹。七姊妹全干了,茎发白。我拔了出来,根须都枯焦了。根须为茎为叶输送水分、营养,撑起了脆弱的生命。失去了水分的补给,生命也失去了。我给三个桶,注满了水,再次泡浆。

桶摆在阳台,一直空着,无苗可育。我仍然三天浇一次水。过了半个月,倒长出了三株绿萝、一株牛筋草、一株萝卜。我也懒得拔了,既然它们来到了这里,就由它们自生自灭。每一株植物都有自己的命运,和人一样。

一次,来看我的朋友,提了六个大石榴来。石榴红皮,籽又大又白，鲜甜。我掰了半边石榴，埋在红桶。水果店的果品，大多是嫁接树的果实，果籽很难发芽。它们的种子，被阉割。

腊月，雪后，天阴冷得厉害。前五年，我不怕冷，不用电热毯也不用空调，还不穿毛衣、羽绒服。现在，我怕冷。这是衰弱的征兆。祖明兄说：明天去富家坞吃羊肉，再不去吃，得等明年去了。

我欣然。我剪了七姊妹老茎回来，扦插在蓝桶上。冬季扦插和移栽植物，成活率更高一些。植物在休眠期，无需浇水，开春后即发芽叶。我去买了两盒红蚯蚓，倒在桶里。

过了正月，我回到住地，发现绿桶长出了一棵枇杷幼苗，两片带绒毛的叶被一根茎撑起来。我每天关注气温，气温低于10°，晚上用脸盆盖在塑料桶，防止幼苗被冻死。枇杷苗长得很快，一个多月的时间，长得有细烟粗。枇杷散了六片叶，其中一支扦插的七姊妹长出了幼叶，红桶也冒出了一株羞答答的幼苗。

倒春寒来了，冻得我睡不好。晚上，我搬进三个桶，摆放在床边。睡不着了，我坐起来，看这三株幼苗。早上，又搬到阳台,用手指给它们滴水。

2月20日,我用直尺测量了一下,枇杷苗已有27厘米高,散了九片叶(其中脱落了两片),独干而上,十分挺拔;七姊妹长了八枝斜茎,最长的一枝有12厘米,最短的一枝有5厘米;石榴苗有7厘米高,有了幼树的形态。从苗可以看老。苗形,定了以后的树形(在没人干预的情况下)。

下雨了,我就移三个桶,靠在窗户底下。我不能让桶灌水。幼苗会烂根而死。暮春,易滋生虫卵,我泡茶叶水、烟丝,洒在幼苗上。烟茶水灭虫。

一年多时间,育了三株苗,还不知是否会存活。但不会过于在意。我是这样想的,到了腊月,就把它们移栽到地里。它们会在我手上活下去,树苗长成树,藤苗爬满墙垣。

邻居见我育苗,说:你还育什么苗呢?去苗木市场买几根回来种,更方便。要什么树苗就有什么树苗。你还真指望自己的苗结果啊?说不定结出的果,又酸又涩,摘下来也没人吃。

我也不回答。育一棵苗,太难太漫长了,需要足够的细心、耐心,和养婴幼儿一样。哪粒种子发芽,哪株扦插苗发叶,是造物主的意愿。造一物,是时间和爱。作为见证人,我与它们一起存世。

过了2月,翻挖了屋后一块菜地。菜地荒废多年,长了许多牛筋草、地锦。这些草,埋在泥里,把育出的苗移栽了过去。三天浇一次水。木本植物的幼苗历经三个寒暑,方知是否存活。我得照顾三年。

桶里的黑泥,又拌了油菜饼肥下去,发酵半个月,我埋了六个野柿子下去。野柿子需要三年才长种芽。不知道这些野柿子会不会发芽。七天,给黑泥浇一次水,泥嗤嗤嗤地吸着水,吐出水泡。想想,还是泥土好,可以循环孕育、培植生命。没有比泥土更神奇的东西了。

两亩方塘

朱潭埠的矮子师傅赤膊下塘，抱个簸箕，在抓鱼。鱼有鲫、花鲢、鲤鱼、鲩鱼。塘水很浅，就剩下塘底一洼水，鱼拥挤着，很难游起来。矮子师傅用簸箕铲下去，捺上三两条鱼。鱼拱着背，尾巴甩起来，一把泥浆甩在矮子师傅脸上、脖子上、胸膛上。他也不抹一下泥浆，泥浆就那么任性地淌下来，一直淌到裤腰，像烫软了的荞麦面。鱼入箩筐，吧嗒吧嗒，跳起来，跳了三五下，不跳了。鱼不大，鲩鱼约一斤半一条。问矮子师傅：鱼这么小，启塘是不是早了？霜降才过了七天，鱼也不好卖。

还谈卖鱼？天干了三个多月，一滴雨没落，塘没水了，鱼很快要死光光了。看不懂这个天。鱼拿命熬着，熬不下去了。他答。

塘堤上，三株南瓜旱得半死不活，叶半青半黄，南瓜结到拳头大就黄老了。苦竹搭的南瓜架晒得发白。十几株辣椒、茄子晒得蔫蔫，叶秃了大半，辣椒一个也没结，茄子结了几个，很瘪，弯翘得似镰刀。一排苦荬菜秃了秆，几片叶子在秆头焦黄。

一个早晨，抓了浅筐鱼。他抱起筐，装在摩托车上，从机耕道出了雷打坞。筐滴下泥浆，他的身上也滴下泥浆，泥浆在地上滴出三条泥线。回了家，鱼入了木桶，他洗了澡，拉着木桶去集市卖鱼。

矮子师傅不矮，五十多岁，4—10 月，他打赤膊。他说，衣服穿在身上，刀片刮一样难受。他身子黝黑，陶瓷锅的那种黑。他脸却白，出门就戴斗笠。斗笠可遮雨遮阳，还可当蒲扇。他头发短，也稀疏，鬓斑白。鱼塘在机耕道与山的夹角——山的最低处，也是机耕道的尽头。尽头是一处坟地，和一块黄泥地。黄泥地种了番薯和芝麻，再过去，是无尽的针叶林。一条防火道把针叶林一分为二。

初夏，他站在塘堤上，剥苦荬叶、南瓜叶给鱼吃，也去黄泥地剪番薯藤给鱼吃。这个山脚，我三五天去一次，去看环颈雉。有一个环颈雉家族栖息在这里，有时看见一只，有时看见三只，有时看见一窝，母鸡带着七八只小鸡，咯咯咯叫着。稍有动静，它们就飞得远远。机耕道两边和坟地，有许多草。它们吃草叶也吃草籽。我带晒干了的剩饭去，撒在路边。他早起，是割草喂鱼。我早起，是去雷打坞溜达。就这样，我认识了矮子师傅。

鱼塘并不大，约两亩，毗邻小畈荒田。矮子师傅说，这小畈田种不了，几年前，出水的小渠被工地填埋了，抬高了地势，旱季又没了水可引，田就这样荒了。他挖了自己的田，筑了塘堤，养起了鱼。我说：与塘相连的那两块田，你可以租来，可以多养一些鱼，收入也高些，花去的工夫都是一样的。

那是我哥的田。他荒着，也不租给我。哥不如邻。唉，这是我最后一块田了，不能让田废了。三年不用，田就废。矮子师傅说。

大暑一过，天就没落一个雨滴，塘水日浅。入了秋，塘尾露出了厚厚的泥浆。泥浆日晒，干燥、皲裂，有了乌龟壳的裂纹。黄鼠狼在塘堤打洞，捕鱼吃。鱼游在水里，哪看得见黄鼠狼呢？黄鼠狼缩在洞口，鱼游到浅水，它就扑过去，咬住鱼鳃，拖到阴凉的地方吃。它啃鱼头，啃鱼背，啃鱼尾，鱼腹却不吃，扔在淤泥上。剩肉和内脏被白鹡鸰、乌鸫啄得干干净净，剩下一副完整的鱼骨。

随时可以看见白鹡鸰、乌鸫，在塘边活动。它们啄螺蛳，啄死鱼，啄小虫。矮子师傅用水管从荒田的水坑接水过来，续塘。水坑蓄水量太少，续了半个来月，水坑也没水了。他也不去割草喂鱼了，把家里摘下来的菜头菜脚、瓜皮，带来喂鱼。有一次，矮子师傅问我：你爱钓鱼吗？

以前爱钓鱼，已经十多年不钓了。我说。

喜欢钓鱼的话，你就来塘里钓。昨天晚上十二点多，我抓了一个偷钓的人。他也太不识相了，钓了我八条草鱼。他说。

这么偏的地方也有人来偷钓呀。何况，鱼也不大。我说。

嗯呀，偷钓的人用几条蚯蚓就把鱼骗上来了，才不管我割鱼草有多难。睡在床上，我都想着明天去哪里割鱼草。他说。

没了水续塘，干得越发快了。山坞常有野猫出没。野猫不是弃养猫，是山灵猫，比家猫体型小，抓鸟、抓蜥蜴、抓蛙、抓蛇、抓野兔吃。野猫非常隐蔽，藏在草丛或林下，突然袭击。它有非常灵敏的嗅觉、视觉、听觉。塘水浅下去，它盘踞在机耕道边的杉木林一带。鱼游到塘边，野猫跃下去，抓上鱼来，叼到杉树下吃。野猫捕鱼，我看见过两次。矮子师傅看过三次。他用竹竿扑打杉木林和杂草，驱赶它。他扑打了几次，野猫的鬼影也没看到。

捞了三天的鱼，塘没鱼了。浑浊的泥浆水，沉淀了七天，一洼水清清澈澈。矮子师傅说:投了五百块钱鱼苗，鱼卖了一千四百六十块钱，还划算，还划算。他嘴边翘着烟，拖着一双鞋跟烂开的黑胶鞋，又说:一年买酒的钱有了。

塘彻底干了。最后一块淤泥半干半湿，冒出了很多气孔。淤泥也晒白了。地锦和红蓼，冒出了尖芽。白鹡鸰在泥面上，呼溜溜地跑，溜冰似的。矮子师傅收了南瓜架，翻挖了一遍塘堤，种上了白菜、白萝卜、菠菜、大蒜、芹菜。从一里外的山塘(另一个山坞)挑水来，浇菜。三天浇一次，浇了六次，雨来了。雨下得不透，刚好湿透了泥层，塘里没水蓄。塘泥软化了，葱油饼一样。软化了的塘泥，露出了浅浅的兽迹:梅花状的五趾脚印、前三后二的五趾脚印、马蹄饼状的三趾脚印。鸡爪印很多，大大小小，虚虚浅浅。塘边长满了牛筋草。牛筋草散开，贴着地面。泡桐叶、枫香树叶、苘麻叶、盐肤木叶、乌桕叶，落在塘泥上，蚀孔腐烂，叶脉完整。

水蓄了半塘，正月已经过了。芹菜摘吃完了，白菜萝卜也砍了大半，根还留着，烂菜衣也风干了。矮子师傅就给我抱怨，说野兔吃了好多白菜萝卜，啃几口，也不吃完，烂根。他吃下的白菜萝卜，都是兔子先吃了的。他舍不得菜烂在地里，把吃不完的白菜萝卜，做了泡菜。他说：你要吃泡菜了，跟我打个招呼，自己的泡菜干净，也酸爽，用咸肉炒起来好吃。

没砍的白菜萝卜，都开了花。白菜花黄，萝卜花白。这是初春原始的底色。山峦俊秀了起来，一浪浪地青绿，从山脚往山顶漫上去，野山樱花白艳艳，覆盖了山崖。簇新的木荷率先从杂木林里涌了出来，灰胸竹鸡再也控制不住自己，从早晨到黄昏，一直鸣叫。

去山里的人，有了些恍惚，还没缓过神，豌豆已经开花了。改变自然世界的，从来就不是别的，而是时间。时间给每一棵草、每一棵树、每一寸土、每一个生灵，打上了生命的烙印。机耕道下的塘边，是一个斜坡。坡上的桂竹冒出了笋芽，八天之后，笋长得比人还高。矮子师傅在掰笋。

他喜滋滋的，说，桂竹种下去四年了，第一年长笋呀。笋长了六根，他掰了较小的两根。

你今年还要养鱼吗？我问。

有点不想养了，去年天那么旱，鱼还没长开，就启了塘。费了那么多工夫，一百斤谷烧都没赚到。他说。

不养就可惜了。这个塘好，塘堤种菜，水中养鱼。我说。

你这样高看这个塘，那我还是养吧。也就五百块钱鱼苗，工夫值不了钱，玩了也就玩了。鱼不赚钱，赚鱼吃也可以。他说。

第二天，矮子师傅扛着锄头，去雷打坞铲塘边、糊塘边。塘糊结实了，不渗水。塘堤又翻挖了一遍，种了莴苣、苦荬、南瓜、黄瓜、丝瓜、空心菜、莜麦菜、苋菜。这些菜，叶茂盛，可喂鱼。塘堤有一米多宽，泥肥，菜疯长。在黄泥地，全栽了番薯。去年的芝麻，才收了两斤多。芝麻被鸟吃得所剩无几。他也没办法。他扎了五个草偶赶鸟，竖在芝麻地，鸟照吃，还在草偶上结窝。

去集市买菜，我顺带买了十几根莲藕，掰断，扔进了鱼塘。藕是莲科多年生水生草本植物，喜温喜水，有肥泥就生长。一块方塘没有水生植物,塘面就太干净了,失去了塘的韵味。我也跟矮子师傅说,塘边上还可以栽几棵番茄,番茄好看又好吃。矮子师傅把头摇得像个拨浪鼓,说:鸟吃番茄,鸟吃番茄。

有一天,一个香屯人骑四轮电瓶车进村卖树苗。树苗有柚、番石榴、桃、梨、柿、木槿、栀子花,苗是小苗,拇指粗。我选了三棵梨苗、两棵柿苗、六棵木槿、四棵桃苗,借了一把小锄头,去雷打坞了。挨着塘边,在机耕道之下的坡,栽种了树苗。我喜欢柿子树和木槿。我每去一个地方客居,都要栽木槿。木槿易栽,抗病虫能力强,花期长。花可食,可赏。木槿花一层层开出来,是一件赏心悦目的事。如同告示:怒放的生命多么美。

清明,藕茎挺出了水面,圆绿肥厚的叶撑了起来。叶还没完全展开,如小绿伞,亭亭而立。矮子师傅买了五百块钱鱼苗,放入鱼塘。泱泱绿水,塘一下生动了起来。白鹡鸰站在绿叶上唧唧。

早上,矮子师傅骑一辆摩托车,去界田三岔路口割草。那里有几块田,前几年有人种草养鱼,后来鱼没养了,草年年长。他去一次,割一担,鱼吃三天。草浮在水面,鱼躲在草下,窸窸窣窣。

6月底,暴雨涟涟,下了八天。洎水河轰轰隆隆,浪头翻涌席卷。楼下,掉了三个麻雀窝。被雨打掉的。有一个窝,还有五只雏鸟毙死。放晴了,去雷打坞,矮子师傅在翻挖塘堤。他说,小田畈像个湖,鱼跑得差不多了,菜也淹死,白劳无功。

塘中还有不多的鱼,矮子师傅也不去割草了。三五天,割一次番薯藤,扔进塘里。鱼成了塘里的闲云。差不多有一个多月,矮子师傅再也没来过雷打坞,马塘草、狗尾巴草覆盖了菜蔬,塘堤成了草堤。牵牛花爬上了瓜架,花幕垂下来。

在集市买菜,我看见活的白鲦、野生泥鳅、蚌、螺蛳,就顺手买一些,放入鱼塘。白鲦在水面穿梭来穿梭去,跳起来吃水蝽、水蟑螂、水蜘蛛。莲藕叶终于盖水面了,花苞从茎丫抽出来,朝上空挺直,日出而绽,露出粉红的花朵。

又旱了,入了仲秋,下了一场阵雨。阵雨很热烈,雨珠猛追猛打,下了半个多小时,骤停。塘水终究还是浅了下去。

塘半干半枯,露出了几块淤泥,已霜冻了。鱼沉在塘堤,或钻入塘泥。也有鲩鱼死在淤泥上,比巴掌大一些,被霜冻得硬硬,成了鱼的木乃伊。鱼眼被鸟啄食,成了两个黑窟窿。矮子师傅挖了六担番薯,把藤和根扔在塘中央。番薯机粉,卖二十块钱一斤。栽下去的树苗,活了十一棵。我高兴。矮子师傅说:栽下去的树,经过三个寒暑,才知道是否活了,现在判断不了,言之过早了。他是山民,也是树民,懂得栽树。树和人相似,需要经历严寒酷暑的煎熬。

雨水又活跃了起来。自然世界随之活跃起来。泡桐开出了粉粉的花。花油白油紫,一个月后,结出了蒴果,剥开蒴果,露出一包青籽。芝麻粒一样的青籽。木槿也开花,风摇,花枝也摇。

这一年,矮子师傅没放鱼苗了。他说鱼会在塘中的番薯藤下孵卵,不启塘,鱼就会越来越多。“任由鱼自己吧,由鱼命。”他说这个话,既坦然又无奈。好天气多,坏天气也多,好天气总是多于坏天气,可遭受几天坏天气,就让人无法承受。他管不了天气,也就管不了鱼塘。“没有水源,又没法排水。鱼没法养。”他说。

矮子师傅的话有道理。可什么是好天气,什么是坏天气呢?从哪个角度判定呢?天气都是好的,也都是坏的。

无所谓好坏。

雷打坞是一个大山坞,有一片高大的香枫树林。林边有十几块大菜地。鱼塘缩在山脚,很少有人来这个角落。矮子师傅在黄泥地种上了花生。他挖花生,我捡花生。他剥生花生吃,嘴角溢出白浆。

又一年春,桃树开了花,梨树开了花。又一年秋,柿子树挂了红红的柿子。这一切,与我想象中的,是一个样子。

童　家

大茅山北麓山梁似马脊,峰丛是椎骨,花岗岩石如鼓如钟,向北向西延伸。山梁凹处下,便是黄歇田(高山小村,因楚人春申君黄歇隐居于此而得名)。公路斗旋,坡徐缓。山麓偶有白树间杂在绿林。三个多月的干旱,有些树缺水而被旱死,树白叶白,叶却不落,死而不僵,站立而朽。山谷中,十余家人烟堆在烟霞里。竹涛汹涌,白云出岫。山谷落坡处,溪涧潺湲,小桥通往两户人家,果树林围出一个院落。院落飘来阵阵蜜香。

院落的矮墙上,摆了三只蜂箱。我站在柚子树下,对着敞开的木大门,唤了一声:有人在吗?讨碗茶喝。一个六十来岁的大嫂走出大门,很客气地扬手招呼:进来坐,进来坐。我并没进去,而是往蜂箱走。我说:鸡鸭养了这么多,还养了蜂,让我羡慕。

一个六十多岁的大哥,从屋后拐过屋角,走了过来。大哥穿着一件军绿色的厚单衣,卷着衣袖,脚上的黄胶鞋裹着一层黑泥;头发稀疏,露出光脑门,鬓发却厚,蒙着一层霜白。他微微笑。我问老哥:我经常路过这里,却不知道这个地方叫啥。

"童家。儿童的童。"

"你姓童?"

"姓廖。我爱人姓王。年轻时,住在黄歇田底下,二十三岁那年,和我爱人结婚,第三年,我白手起家,做了这栋瓦屋。你进去看看,梁柱都是粗木料,楼板榨得结结实实。我天天扛木头,扛了半年多,才有了这些粗木料。"

"吃了很多苦,打下了家底。你还养蜂,一箱蜂一年可刮几斤蜜?你这个蜂蜜肯定好。你种的菜肯定好吃。我中午到你家吃饭。"

廖师傅扶着蜂箱,说:今年还没刮蜜,还不知道能刮多少蜜。

蜜以冬蜜为上好,性温、味香。我说。

蜂养了八箱:果树林有三箱,屋后针叶林边有五箱。

蜂箱是圆木桶，倒立着，盖着棕衣防雨防寒。廖师傅掀开蜂箱盖，一窝蜂结成团，拥挤在继箱上。蜂门有极少的蜂进出，也有几十只蜂冻死在巢门口，四脚朝天。此时，已严冬，大多数蜂被冻死了。我由此推想，大茅山没有蜂鹰栖息。蜂鹰是以蜂为食的猛禽，有蜂鹰的地方无法养蜂。严寒，是动物的劫难。昆虫被冻死，一些林鸟因缺食而亡。哺乳动物被迫下山来到村舍窃食，如猕猴。

童家，是大茅山通往大茅山乡、花桥镇、龙头山乡、李宅乡的必经之路，也是北麓通往梧风洞的必经之路。2018年6月底，我在黄歇田农家，吃过一次晚餐。餐后，月初升，山谷一片银辉。坡落处，群山环抱，谷口敞开，呈瓠瓜状。白毛家犬独坐溪桥，对月轻吠。溪水声嘟嘟嘟，与虫共鸣。当时，并不知道这里叫童家。在路边草坪，与友对坐，沐浴月华，可以感知深山的呼吸。山贴在人的心肺处。不远处的洎水河谷，村舍散布。星子繁盛如斯，忽明忽暗，不灭，星光融合在一起，形成光河。光河无疆，山梁是唯一彼岸。天空圆形，有着蓝色的拱顶。山上阔叶林，泛起霜白之光，以至于森林更清亮更黧青。山巅不再高悬，而是层层堆叠且纵马向东而去。狗叫了几声，不叫了，卧在梨树下，闭眼瞌睡。柳蝉在枣树上，嘶嘶哑哑猛叫，歇斯底里。月亮悬在中大，山谷形似水井。

大嫂，中午，我想在你家吃饭，你吃什么我也吃什么。我说。

没什么好菜招待。王大嫂说。

你自己种的大白菜，好吃。辣椒炒土鸡蛋。我说。

院子约有半亩之大，一块菜地临溪。数日暴雨，积雨云坍塌下来，雨直泄。雨虽歇了两日，泥浆却沉积在菜地的畦沟。菜地被竹篱笆围着，有八畦，种了白菜、白萝卜、芹菜、菠菜、芥菜等。菜种得肥绿，不枯叶不萎叶。白菜是大青白，叶散而挺，茎玉白叶淡青。辣椒过了霜降就下山，秆枯叶谢。廖师傅种的辣椒，挂满了枝丫，叶绿秆挺，辣椒也饱满。我摘了十几个，对廖师傅说：这是土辣椒，吃起来没有皮，拍几个蒜瓣下去，煎辣椒，肯定好吃。廖师傅拔白菜，拔了三株，放进圆篮，说这个辣椒一直由自己留种栽种，几十年了，就吃这种辣椒。

呼噜噜。廖师傅呼了呼，鸡鸭就围了过来。他剥白菜叶给鸡鸭吃，剥萝卜叶给鸡鸭吃。狗眼巴巴地望着他，摇着尾巴。

白菜留下了菜心。廖师傅说，入了寒冬，百吃不厌的是一碗白菜心，用山茶油清炒。

山边是几块水田，因久雨，田里有了积水。白番鸭在啄食。田里有螺蛳、蚯蚓、死虫。我数了数，白番鸭有八只。屋后有一条逼仄的山垄，灌木很密，有油茶树、宽叶野桐、茶树、木檵等。据廖师傅说，山垄中的小路，可通往两个山坞。在三十年前，那个山坞常有狗熊嚎叫，吓得人不敢单独上山干活。廖师傅在大茅山生活了六十多年，没有看见过狗熊，没有看见过狐狸、猴子，麂子、野猪倒常见，早些年，豺也见得多。他读书不多，却是一个通情达理的人，对大茅山的见识也广。他种树砍树，种竹砍竹，养蜂，孵香菇，挑货，采药。山里的事，没有他没做过的。

厨房屋顶升起了柴火烟，白白淡淡。王大嫂用饭甑蒸饭，饭面垫了白菜叶，蒸米粉肉。远远就闻到了饭香和肉香。一个南溪（山下河边村）客人来到廖师傅家，六十多岁，裹着厚厚的黄棉袄，说话声音很轻很细，和廖师傅聊天。我劈了木柴，坐在灶膛前烧锅。

王大嫂从菜柜里摸出鸡蛋，一手抓四个，抓了两手。我说：炒鸡蛋有五个蛋足够了，省着。

五个蛋？少了，不好招呼客人。王大嫂说。

王大嫂，你会做乌糯粿？龙头山的乌糯粿是山珍绝品。我问。

掌勺的龙头山人都会做。中午做乌糯粿，太匆忙了。王大嫂说。

乌糯粿是德兴独有的传统特色吃食，发源地就在大茅山北麓的龙头山乡。粿皮原料是山蕨根，磨碎沉淀出淀粉。山蕨是金星蕨科植物，属于古老物种。《诗经·国风·召南·草虫》记录了采蕨——“陟彼南山，言采其蕨”。蕨衣鲜炒或晒干炖肉，是南方人的吃法。唯独龙头山人在冬季挖蕨根（地下茎块），捣烂、磨浆、沉淀，晒干封存。乌糯粿以山蕨淀粉为原料做粿皮，包肉馅（也有包菜馅或鲜蘑菇馅），状如大饺子，用大蒸笼蒸熟。乌糯粿出笼即吃，凉了即粿皮硬化。出笼的乌糯粿，晶莹剔透，色如水晶。龙头山人制山蕨淀粉讲究，沉淀三次，去除了杂质，晒得彻底。

龙头山是大山区，少田缺粮，在物资匮乏年代，挖山蕨根制淀粉，以补充营养。这是山区人的智慧，也是一种生存方式。毗邻龙头山的李宅、花桥，虽有人会做乌糯粿，蒸出来却乌黑黑，与红薯粉作粿皮无异，原因是淀粉只沉淀一次，含有杂质。在2000年前后，教育职工食堂做的乌糯粿很出名，我每次去德兴，就去食堂蹭饭吃，只等那一盘乌糯粿。2017年秋，我和祖明兄在德兴，传金兄很盛情地说，要吃乌糯粿，去龙头山。他开车半个多小时，带我们去吃乌糯粿。现在，传统的乌糯粿已经非常少了。鲜有人上山挖蕨。挖山蕨、洗山蕨、磨山蕨、沉淀淀粉、晒淀粉，样样件件都是劳力活，也是细活，很少有人为吃一碗乌糯粿操心了。龙头山以做乌糯粿为业的人，还恪守传统，不会去辜负远道而来的客人。

我烧灶膛，王大嫂烧菜。菜四个：米粉蒸肉，炒菜心，炒油冬菜，辣椒炒蛋。小菜四个：霉豆腐，剁椒，泡萝卜条，酸大蒜。我打开饭甑盖，说：饭香，中午要吃两碗。廖师傅夹起一瓣大蒜，抛入嘴巴，吃得脆响。王大嫂嗔怪廖师傅：有客人了，也不知道拿酒出来，筛筛酒，敬客。那个南溪来的客人，自己去香火桌取了瓶装酒，启了瓶盖，自筛自喝。

临走，廖师傅抱了两蛇纹袋白菜萝卜送给我，还有一塑料袋芋子。他说：你喜欢吃，多带些回去。

过了三天，我去大茅山马溪看山色。日晴，万山明净如洗。路过童家，我去廖师傅家。他家门锁着。不知道廖师傅和他老婆是下山玩了，还是走亲戚了。暖冬返春，光秃秃的梨树上竟然开出了两朵梨花。盘山公路呈螺旋形，往崇山叠岭深处蜿蜒，山腰之上，槭树红叶炽燃。阔叶林覆盖了视野，密密匝匝，渺渺远远，山从天空中浮出来，山谷的低处游荡白雾。槭树，是五裂槭或柞裂槭。

山坡有许多五裂槭，间杂在小叶荆、大杜鹃、白檵木、山胡椒树、山毛榉、白背叶野桐、盐肤木、乌饭树、野山茶之中，槭叶红若炭火。风摇树，叶飘旋，绕树而落，树是落叶的圆心，依圆形而铺展。间隔三五百米，便有一棵粗壮槭树，直挺而立，破密林扶摇而出，横枝旁溢，形成一个塔形的冠盖。徒步了约有两公里，不见一个人。山巅如垛。公路两边积了厚厚的落叶，红白黄褐棕，风安排了落叶，杂乱而有序。山崖横直，劈立百丈，崖石黧黑，一棵十余米高的柞裂槭耸立，（视觉中）印在山崖，如一张石屏风，雕刻了红蜡梅。白背叶野桐飘着几片枯白叶，如送葬人戴在头上的白帽，让人不忍直视。

断流数月的马溪，奔崖直下，注入桐溪，水浪滔滔。暴雨冲刷而下的泥浆，横流路面，又被冲走，留下泥白。双溪湖在南麓森林缝隙时隐时现，明净、壮阔，如一面天空之镜。

久旱之后，多有绵雨。绵雨之后，多降大雪。碎雪从山尖往下刮，芦花似的，漫天而散。越刮，雪朵越大。雪落一夜，天阴了一日，太阳出来了，漫山遍野白。廖师傅拿一个竹篦，登在木楼梯上给屋顶篦雪。楼梯靠在瓦檐，横木档裹着棕衣(预防滑脚)，雪一层层篦下来。雪冻成了雪团，落在地面，砸得飞溅。王大嫂扶着木楼梯，仰起头，对廖师傅说：篦了雪，砍几棵白菜晒一晒，泡冬菜。

溪羸弱，没了流水声，水仅没了脚踝。裸露出水面的石块，积了雪层，看起来，和白豆腐无异。溪腾起了白汽。据大茅山的山民说，这条溪有娃娃鱼(学名大鲵)。大茅山众多山溪，有娃娃鱼栖息。有好几次，我从南溪村溯源而上至黄歇田(约八里)，找娃娃鱼，均无发现。娃娃鱼藏在溪边石缝或石洞，昼伏夜出，为肉食性动物，以鱼、虾、蟹、蛙、蜥蜴、青螺、水蛇、水老鼠，及水生昆虫等为食。廖师傅对我说：入了冬，娃娃鱼就冬眠，过了惊蛰才出来吃食，找娃娃鱼要在夏天晚上，听到婴儿啼哭一样的声音，就是娃娃鱼在叫了。它在求偶。

翌年3月底，又去了童家。梨花初绽，桃花初放。两个孩童在院子里跳绳。绳子一头绑在树上，另一头被男孩拉着，穿绿衣的女孩在跳，如一只蜻蜓。一个年轻妇人（廖师傅儿媳妇）在剁菜头菜脚，喂鸡鸭。廖师傅在翻挖菜地。去年冬种下的白菜萝卜，老空了心，花也结了籽。那块菜地，泥黑泥黑。我站在桥头，并没走进院子。老廖看看桥上的人，继续挖地。他也许不记得我了，也许还记得。我从裤兜里摸出手机，给王大嫂打电话：王大嫂，你今年去山上采茶了吗？

过几天采茶。哦，是你呀。你要茶叶，就给你留着。王大嫂说。

你还记得啊。你记性好。我说。

记得。年冬，你在我家吃了一餐饭。王大嫂说。

你和廖师傅身体都还好吧？我说。

都还好着。王大嫂说。我看到她站在门槛外接电话。大门被柚子树掩藏了半边。田边的两棵野山樱白如雪。一只白番鸭从田埂飞下来，落在溪里。溪是季节性溪流，春涨秋落。因为蜜香，我来到了童家村的廖师傅家，有了一饭之缘。我们一生之中，与无数人共餐，有一饭之缘的人，却非常稀少。这就是万法皆生。

此 处

白际山脉与怀玉山脉自东向西游去，掠起滔天浪头。浪头板结且无声。山脉与山脉挤压，有了断裂带，这就是银港河谷。河谷较为狭窄、斜长，地势略显平缓，横贯浙江开化、江西德兴，形成一条深嵌崇山峻岭之中的走廊。银港河主要支流之一叶村河，南出古田山，山谷九曲八回，水流跌宕沉吟，出叶村，众山欲东，峰峦绵亘，小桥横截。油料林场就坐落在河岸的东坡之上。叶村河在古樟树林，急速回落，浅港村头筑坝蓄水，有了一片溪湖。

油料林场始建于上个世纪六十年代，有三十余住户。住户来自浙西北，烧土砖，夯黄土墙，筑低矮的屋舍，以种山油茶、茶叶为业。他们从浙江的建德、龙游、开化、常山等地，背着包裹，挑着箩筐，拖家带口，或投奔或逃粮荒，来到这个大山区，挣一份糊口的家粮。赖永忠的祖父从新安江迁至古田山下的古田村，数年后又外迁二十里，在油料林场落了户。赖永忠生于斯长于斯，1989 年中师毕业，在德兴中南部的界田、香屯、绕二等地工作。上个世纪九十年代，农垦系统的基层单位解散，油料林场的住户外迁新岗山镇或入城。芒草、灌木占领了油料林场，不多的数块农田被莲藕侵占，在仲夏，摇起绿叶红花。

叶村、茨源等邻村的少数山民，见油料林场荒芜如废墟，买旧房建新居，开荒围篱，种菜蔬种果树。油料林场是新岗山镇在占才乡的飞地，距德兴城区约七十公里，人迹罕至。赖永忠三五年回一次，在自己紧锁的老屋大门前站站，在村头看看新起的民房和仅剩的三五栋瓦屋。2023 年 7 月 17 日上午，他见商陆遮盖了屋檐，黑果缀在枝丫上，又圆又大，白茅和蛇莓覆盖了石门槛，他仰头叹了一声：怎么会这样呢？后山上，埋着他的祖辈。他的院子被牛筋草、苎麻、青葙、蓼、一年蓬、小飞蓬、鬼针草，潦潦草草地涂改了久远的记忆。

榨油坊和油茶籽烘焙房彻底坍塌，瓦砾断砖杂乱，长起了白背叶野桐、构树、油桐，和一丛丛的芒草。种油茶、榨茶油，是林场主业，丰年可产五十多万斤山茶油。霜降第二天，近百号林场人（不分男女老幼）挑着箩筐或背着竹篓，上山摘油茶子。摘油茶子的人在脖子上挂一个大布袋，爬上树，摘下的油茶子塞进布袋，布袋越塞越沉，垂压着颈脖，满了布袋，倒入箩筐。四个满布袋，倒满一担，一担油茶子有两百来斤。油茶子晒得半个月，壳裂。林场人白天干活，晚上用手分拣油茶子。油茶壳尖利，会割破手指。分拣油茶子的人，都有一双粗粝、硬实、刚毅的手。入了仓库，油茶子开始烘焙、碾碎、团饼，压进榨桶。榨油是人工的，用圆木榨杆撞击尖木契，挤压油饼，茶油从槽沟流入大木桶。榨油是最耗体力的重活，即使是大雪天，也是赤膊上阵，汗水湿透每一个毛孔。山让他们借住，他们替代了山，度过苦厄，让一代代的人来到了人间。

在油料林场，我只看到三个村人。一个白发苍苍的老大爷，在菜地拔草。十年前，他从叶村迁居而来。一个头很大、腿很短的中年妇人，盘腿坐在竹椅上，头发有些蓬乱。一个鬓发霜白的老婆婆坐在轮椅上，她从茨源迁出来，子女在浙江做工。赖永忠每见一个人，就说：我是这里人，十六岁离开的。

在自己出生之地，赖永忠已无法确认自己的身份。他是一个莫名的人。梨树上，挂满了梨，被纸包着。路边的枣树和枇杷，爬满了葛藤。枣树和枇杷，还是四十年前的树，却成了野树。老电站荡然无存，一步之宽的水渠仍在，水流卷卷而去。水坝被洪水夹裹而下的砂砾淤塞，遍野芦苇、矮柳。柳树上，菟丝子缠绕，夏蝉不失时机，吱呀吱呀，叫得山野很虚空。悬铃木在岸边石墙下，喷涌而出。

河里，溪石斑、马口鱼在集群斗水。巴掌大的河石，褐黄。水波跃动又凝固。映射在河中的阳光也是如此。鱼见了人涉水，四惊而散，躲进石缝。站在水坝上，望着逝水，我想起保尔·瓦雷里（1871—1945，诗人、文艺思想家）为安德烈·丰丹纳写的《致悬铃木》（罗洛译）：

你巨大而弯曲的悬铃木，赤裸地献出自己，
白皙，如年青的塞西亚人，
然而你的天真受到欣赏，你的根被
这大地的力量深深吸引。

在回响着的影子里，曾把你带走的

同样的蓝天，变得这样平静，
黑色的母亲压迫着那刚诞生的纯洁的
根，在它上面，泥土更重更沉。
……

谁在此时遗忘，谁将被大地抛却。与油料林场隔河相望的，是一座延绵的茅草山。十余年前，山上的油茶林被流转山林的人连片砍伐，栽种红花油茶树。红花茶树在海拔 800 米之上高山野生，长于低草地带。红花茶油是占才乡特产，秋阳之下，油茶树开出红花如挂花灯笼，漫山遍野。油茶子落地，山民拨草捡拾。流转山林的人取得了补贴资金，却不栽种红花油茶树，山成了一座荒山，在三五年内，被芒草、芭茅和灌丛统领，野猪落草为王。这是当地人说的。当地人很愤慨，说：几十万斤油山被毁，畜生才干。

回油料林场看一看，是老林场人的心愿。但真正回来看的人很少。建林场的人，大多八十多岁。说实在的，即使回来走走，也没什么可看了，除了长满荒草的土地和颓圮，只剩下叶村河了。

在油料林场生活了数十年的浙江人，已完全融入了占才乡,与当地人通婚,说占才土腔,酷爱占才地地道道的蒸菜和辣椒。

德兴市人口三十余万,有将近三分之一源自浙江的建德、淳安、龙游、开化、常山、龙泉、永康、义乌等地。在上个世纪中叶,德兴在每个乡镇发展农垦基层组织,以浙西北、浙西南为主的浙江人从银港河谷进入德兴,在农垦系统开荒种田、上山伐木、种茶种菇,还有一部分人加入了特种工业企业。书法家朱履忠的父母于 1958 年从义乌来到花桥镇,在农垦基层工作,住茅棚,开荒、伐木。朱履忠的岳父则自龙游而来,扎根大山。

水根祥的父亲也是来自龙游,在界田的王家农场做农业技术推广员。他父亲读过书,会育种,会施肥,会灭病虫害,无需干重体力活。他是种田的好把手,带着徒弟,看管着千亩稻田。余晓辉的父亲则是投奔亲人而来。余晓辉的大姑嫁在新岗山,她给在开化生活的弟弟写信:新岗山田多地多山多,人口稀少,餐餐有大米饭吃,你来吧。这个在开化饿得两眼发直的弟弟,揣着信,拖家带口,翻山越岭,来到了新岗山板桥林场。刘传金的父母从龙泉来,到新营镇的八十源入户。每年,刘传金在腊月或正月,都要回龙泉,登上高高的龙泉山,探望舅舅、叔叔等至亲长辈。龙泉市是世界香菇种植发源地,他的父母也把种植香菇的技术带到了德兴,以种菇为业。

1955年,杭州市淳安县兴建新安江水库,1958年新安江水电站合龙之前,政府对库区三十万居民(淳安县、遂安县)实施移民,有三分之一移民至江西。据《德兴市新安江移民志》记载:计划迁移德兴的移民人数为5838人,自迁和非计划移民人数为1890人,总计1573户、7728人。当时,德兴市仅十来万人。库区移民被安置在各乡镇,以村组为单位,或编户入组,分得田地山林。

香屯镇茅坞,是一个移民自然村。1997年,我第一次探访。茅坞地处山脚下,较为偏僻,山坞有一畈农田。村人以种藕、荸荠和时鲜菜蔬为业,骑车拉到城区集市卖。村户建在山边,户户有三层楼房,街巷整洁,有路灯,后山是广袤的针叶林和阔叶林。茅坞人在后山开垦了十余亩地,种植橘树,橘子卖了,所得归村小组因公(村里路面维修,买路灯,缴纳路灯电费,买扫帚)支出。这是一个富裕、自治、文明、崇礼的村子。他们都来自淳安。当时,一个年长者(小组长)带我走遍了茅坞。他说,刚来茅坞安家,田是烂冬田(贫瘠、无法排水),菜地也不多。他们挖排水沟,在田里压茅草(肥田的一种方式),种出了香屯亩产量最高的水稻。

我去过三次茅坞。最近一次去,是2022年冬。

花桥镇的昭林桥,往右通往龙头山,往左通往富家坞。富家坞路口,往右有一条机耕道,通往一个很深的山坞。山坞散落着十余户人家。山坞有斜长的田畴,山坡上的阔叶林遮天蔽日。我去山坞的那天,暴雨如注。我从没见过那么大的雨,雨珠如豆,密集而有力垂打下来,视野白白一片。雨线垂落,形成无遮无拦的雨幕。禾苗油绿,被雨水淹得时而浮起时而倒伏。我站在铁路桥下,桥面雨水冲泻而下,哗哗哗,振聋发聩。高铁列车穿过,桥在震动。大雨之下的铁路桥,在战栗,在惊悚,好像被巨大的命运所逼迫。我穿一件汗衫,感到巨大的冷,抱起了双手在胸前。我在头上顶了一片大荷叶,浑身湿透。山溪汹涌,咆哮着泥浆水。泥浆水黄黄。雨下了两个多小时,才歇了。我徒步一里多,到了一户人家。户主是一对老夫妇,见了我这个“雨人”,连忙泡姜茶,旺了一钵炭火,给我烘烤衣服。大叔七十多岁,脸瘦削、白净;大婶也是七十来岁,头发斑白,说话很柔和、温雅。大婶一开口说话,我就听出她有建德口音。她说1963年她随丈夫来落户花桥,生了一儿一女。儿子和儿媳常年在义乌,儿子开厂车拉货,儿媳做质检员。她初三毕业的孙子在家,躺在床上玩游戏。

居住在这个山坞的人,大多数来自浙西北,林场解散后,去了花桥镇或城区建房或买房。也有一部分人去上饶市或南昌安家。大婶说,她已很多年没有回建德了。她的父母和兄弟姐妹,在这二十来年,相继病故。人不在了,那个想回去的地方就不在了。不在了也就是消失了,水滴一样在太阳底下蒸发。

衣服烘干了,天还是潮湿的,散着蒙蒙水珠。雨下得突然,雨珠却需要很长时间消匿。大茅山横亘在眼际,没入云海。

我有一个堂姑,小我两岁。十六岁的堂姑,从上饶县郑坊镇嫁到德兴市界田的一个农场。每年正月,她和她丈夫回郑坊,带很多山货去。她招呼我:你经常去德兴,也去我家走走啊。堂姑丈个头偏矮,手脚粗壮,身板很结实。我没去过堂姑家,甚至没去找过。2021年夏天,堂姑女儿因直肠癌病死于杭州。堂姑女儿二十八岁了,还没结婚。

大学毕业后，和同学恋爱，遭到堂姑强烈反对，便再也没了结婚的想法。堂姑在我妈面前一直哭：为什么要反对啊，我真是该死，我该死，该死啊。我妈也跟着哭。

在德兴，我去过很多林场、老矿区。这些地方，还有第一代浙江移民居住。他们在深山白手起家，生生不息。他们重耕读，勤劳，仁义。他们是无法返乡的人，也是不会返乡的人。他们是随风散落的草籽，融入泥土，生出了根须，开枝散叶。但他们以及他们的子嗣，都不会忘记自己是浙江人的身份。那是脐带之地，血脉的古老源头。血脉的古老源头，在人的身上，是一种非常神秘的东西。相当于典籍中用典的出处。这就是所谓的宗典。比如我自己，祖上来自义乌傅家村，至我十四代。我也会念叨这个从没去过的地方。其实，傅家村与我的生活毫不相干。

在德兴安顿了数十年的浙江人，德兴既是故乡也是异乡，浙江既是异乡也是故乡。故乡即异乡。在我们的世界里，有此处，有别处。在此处生活，才是一种更具力量的生活，甚至耗尽全力。

大地上世袭

星江流着流着，脸上荡漾起了春风。星江横截。3月初暖，野花迁来河岸，苦槠树垂下一串串穗花，蒲儿根黄黄，铺满了田埂和草滩。河谷沉寂，只有河水一浪一浪，扬起振聋发聩的涛声。雨季远没有到来，仍有绵雨酥酥，毛茸茸，被风牵着雨线，横荡每一寸大地。公路桥从坑口的石枧自然村横跨，进入绵亘的森林。六年前，并无桥，以驳子船撑渡。三米宽石阶从大樟树而下，没入星江，缆石如磨盘，撑渡人掌一支篙，渡人渡货也渡牲畜。渡边村，遂称渡头村。村有五户，临河高踞半山坡，被老樟树、枫杨树、苦槠树、苦楝树、朴树、糙叶树等掩藏。酥雨筛下来，细密、杂碎，半截山梁浮出雨雾。

无论晴雨，每天早上五点，程锡源骑一辆摩托车，从石枧骑往渡头。摩托车停在晒谷场,他边走边用单筒望远镜瞭望河面。石枧至渡头的河段,约三里长,中华秋沙鸭、青头潜鸭、鸳鸯、绿翅鸭在此栖息。他是石枧人,手脚粗壮,身板结实,头大脸圆,皮肤铜色。初春,冬候鸟陆续北迁,他每天来河边,与候鸟默默告别。

2021 年 11 月 12 日,我就来过渡头村。我见到了三个村民。一个中年妇人坐在门槛上,手上掰着油桐子,眼睛盯着陌生人,面无表情。她的脸肥硕,棉袄又厚又大,手使劲地掰油桐子,掏出棕黑色的籽。似乎油桐子是她的敌人,敌人必须受到暴力的惩罚、彻底的虐待。籽落在簸箕上,壳扔在柚子树底下。壳堆得高高,又霉黑又腐臭。一个七十多岁的老人在劈柴,圆木段竖在石块上,他举起斧子对着圆木心劈下去,木柴裂开。他耳背得厉害。我对着他的耳朵大声说话,他也听不见,咧着嘴巴微笑。一个中年男人在院子里修自己的摩托车。院子是泥巴地,牛筋草伏地而长,商陆烂叶烂茎,金樱子的刺蔓攀爬在杉木上。杉木有十几根,刨了皮,横堆着,长出了菌类。菌小朵小朵,枯白色。一条半米宽的小路,出了村头,便去向不明。村边有数块菜地,种了白菜、菠菜、芥菜、白萝卜、荠菜、葱、大蒜、韭。菜地用竹篱笆围着，菜葱绿。菜地之下便是斜缓的荒坡，长着刚竹、箬竹、野茶、杜鹃和鹅肠草、马齿苋、紫花地丁。带我进村的人，便是程锡源。他说外地人很难找到下河的路。路藏在刚竹林里，是他用刀劈出来的。

2002 年冬，来自南昌的摄影家在渡头村发现了中华秋沙鸭，常年在浙江做手艺的程锡源，便在每年的 11 月初回到石枧，等候中华秋沙鸭的到来。他买来望远镜，每天来到河边巡察。鸳鸯第一批来到，随后是绿翅鸭、斑嘴鸭，到了下旬，中华秋沙鸭神不知鬼不觉地来了。他详细地记录时间、羽数、种类。他是鸟类行踪知情者和追随者。越冬候鸟北迁了，他又带着物什去浙江做手艺。他是生活的候鸟，在异乡觅食。

刚竹林里的小路，仅容得下一双脚。太窄了，婆娑的竹杪往路中间斜弯，形成了人高的窝棚。竹茬倒竖，很戳脚。山腰之上，鹅掌楸或山乌桕从阔叶林倒悬而出，黄如染布。长源溪从斜深的山谷循林而出，在石拱桥前注入星江。一口水潭锅底状，清澈见底，波氏吻鰕虎鱼贴在潭底，扇尾摇鳍，令我想起阮籍。每年汛期，有钓客来渡头，坐在石拱桥上钓溪鱼，一根钓竿每天可钓数十斤马口、宽鳍鱲、白鲦、翘嘴鲌、棒花鱼。这让我神往。用程锡源的话说，鱼拥挤在长源溪出水口，往上斗水。走了一里多山路，才下到河边。十二个鸟类摄影家躲在遮阳布搭起的鸟点，拍水鸟。我也去看他们拍摄，从镜头里，可以清晰看见百米之外的水面，中华秋沙鸭成双成对出游、嬉戏、啄鱼、争食。青头潜鸭与绿翅鸭、斑嘴鸭混杂在一起，在深潭潜游、抖翅。

事实上，到了（隐身）河边的樟树林，看到了辽阔的河面，就知道这段河流，是鱼类、鸟类和哺乳动物（鼬科、猫科）的栖息胜地。星江筑坝，拦截蓄水，到了冬季，江水羸弱但潺湲不息，一滩一滩的青灰色砾石（石灰岩）裸露出来，岩石的凹槽注入了水流，涓涓细细，回旋之处，有了深达数米的水潭。无水可斗的鱼，在水潭里作逍遥游。高处水面的石滩，长起了矮芦苇、白芒、知风草。两边的河岸被香樟树、木荷、黄山松、枫香树等高大乔木统领。鸭科鸟类在高树上夜宿，在草丛休息，以鱼虾为食。这里是天然的鸭科鸟类避难所。鱼多，哺乳动物（鼬科、猫科）便寻迹而来，捕鸟捕鱼。

河床约三百米宽，裸露出了一半之多的河滩。河滩平阔，并无采挖，白白的细沙淤积。中华秋沙鸭、鸳鸯等越冬候鸟来了,鸟类摄影家也如期而至。他们来自北京、广东、上海、浙江等地,在出发之前,给程锡源报车次,程锡源就开车去火车站接他们。坑口距火车站约二十公里,出村的公路弯弯绕绕。出了村,是一片瓠瓜形的田畈,秋稻已收割,田畈素白素黄,泛起青青浅浅的草色。

水坝劈立,高三十余米,水坝之上是湖村。渡头村有一条古驿道通往湖村,因了水坝,已了无踪迹,被荒草掩埋。山体圆尖如斗笠,苦槠、甜槠、山毛榉、野山柿、野山茶、油茶树遍野。时不时传来“咯咯咯,咯咯咯”的鸣叫声。这是白鹇在叫。白鹇以种群分布、栖息,有自己的领地。偶然抬头举目而望树林,见白鹇翩翩而翔,滑过树梢,落在油茶树下。它尖尖的喙,啄裂油茶壳,啄食油茶子。油茶子油脂丰富,它百吃不厌。事实上,山中无路,翅膀就是路。春季,草疯长,人迹近无,草吞没了路。偷捕鱼的人只需一条竹筏,在星江行走。他们带着丝网、戴着头灯,往水潭或深深的河面撒网。程锡源吃了晚饭,便打着强手电,去驱赶偷捕人。程锡源说,没有鱼,便没有稀世之鸟;没有稀世之鸟,坑口便失去了魂。

石拱桥与村舍之间,有一片二十余亩的荒地,已三十余年无人耕种，长起了桂竹、芒草、野枇杷。临近腊月，上千只短尾鸦雀便迁徙来到这片荒地。在江西，短尾鸦雀是不常见鸟，日常难觅匆匆行踪。棕黄的头，锡白的喙，褐灰的羽，刷把一样的尾，看起来很是娇俏。数十只，一蓬蓬集群，在密竹丛，嘘哩哩，呿哩哩，羞赧而肆意，叫得山野更空，远山更苍莽。我穿过芒草的时候，短尾鸦雀呼噜噜低飞而走，嘘哩哩惊叫着。在它的眼中，我无疑是个不速之客，身份可疑。

对岸是延绵群山，山并不高，海拔600余米，阔叶林披垂直下。柞裂槭、五角枫、乌桕燃起了山野。山梁窄、山谷宽，斗状的山垄直通山巅。山脚下，樟树、枫香树、苦槠树突兀而出，横排得十分拥挤，阔然而开。稀林之处，可见青灰色嶙峋的斑岩。落单的（没有南迁）白鹭与白鹡鸰，在河中砾石上或伫立或快速移动。在冬季，它们与水鸟伴生，啄食小鱼小虾和死虫。知风草顺着北风，起伏不定。河面多么干净、清爽，一目了然。鱼儿高高跃起，哗啦一下，落回水中。数十只斑嘴鸭、绿翅鸭散在潭面，把秋山推出细细的波纹。程锡源举着望远镜，从上游往下游“扫射”，一旦“扫射”到陌生人，就上前“盘问”：你是哪里人？为什么来这里？他还不忘叮嘱每一个来渡头的人：不能下河，说话尽可能低声。鸟比人聪明。中华秋沙鸭可以看到三百米开外的人。见人即飞，闻人声即离。它习惯了无人打扰的生活。

垂珠花开，春暖。星江日涨。坑口人撑竹筏，运农家肥去对岸山坞种菜。坑口村口两棵老樟树、两棵老枫杨树。江水浑浊，泛起了树渣、落叶、木枝。心心念念江鱼，我才又来到坑口。渡头村，我只看到那个耳背的大叔。他在挖地种辣椒种丝瓜。去往石拱桥的小路，芒草长得比人还高。那个鸟点，已被江水淹没了半截。遮阳网浮在树丫上，如沉船留下的一块帆布。

坑口与石枧毗邻，屋舍相连，有村户百余，村街临河，屋舍垒石砌砖，小巷深入后山森林。杂货店是唯一聚人的场所。四个妇人在打麻将，门口站着七八个中老年人，说着当地土话。他们在议论什么。在十五年前，我带过一个实习生，姓侯，就是坑口人。坑口人酷爱酿谷烧，喝了谷烧就下河打鱼。这次送我来坑口的师傅，就是坑口人，三十多岁。他说他在星江一口气可以游两千多米。他壮实如牛。他父亲曾是坑口小学教师，后调入县城。他一直跟着奶奶在坑口生活、长大。我徒步去渡头，他就脱了衣服，从公路桥上跳下去，迎浪而上。

因为豹猫，7月下旬，我再次来到坑口。程锡源在浙江衢州谋生活。程旺根给我带路。程旺根是坑口护林员，每天骑摩托车进山两次，在各山各村巡查。五年前，他开大货车，送货线路是义乌至重庆，往返一次半个月。他送了二十多年的货。原来的护林员年满六十，程旺根接了护林的活。他的脸黝黑，额宽鼻大，浑身有着桐油一样的"包浆"。过了公路桥，往渡头村后山坳走，去鹊坑。坑即洼地。鹊坑就是群山中的一个大洼地，长源溪从村边流过。溪约三米宽，水流湍急，马口、吻鮈、小鳈，在激烈地斗水。机耕道到了鹊坑，便是尽头了。路的尽头，给人悲伤之感。翻过森林覆盖的山梁，下一道坡，便是长源。长源十八村，村村三五户。

程旺根说每次去渡头、鹊坑，加起来也见不到四个人。山民早早去山田做事，到了饭点才回家。甚至，一个人在山田做一天农事。他们长期处于无语、失语的状态，不善言，以微笑迎接每一个人，但论四季更替。

坑口四周的群山，多眼镜蛇，多豹猫，多白鹇。在数年前，还有黑熊出没村舍。狐狸也常见，在田垄、山垄、森林游荡。蛇会隐身，隐身在草丛、树上、水里。还会隐身在衣柜、土缸、晾在竹竿上的衣服口袋里。妇人收衣服，放在床上叠，见口袋鼓鼓，伸手掏，掏出一条蛇。土缸存放黄豆或芝麻或零食，缸盖没盖实，蛇盘在缸底，伸手抓黄豆，抓出一条蛇。山民不怎么怕蛇。蛇医会医治蛇毒。在田间被蛇咬，以浮萍、水芋、扛板归、何首乌等草本，嚼烂，敷在创口。在山上被蛇咬伤，以半边莲、七叶一枝花、小金刀叶、蛇藤等，嚼烂，敷在创口。被蛇咬伤了，处理了创口，被抬回到家中请蛇医处理。创口以清水反复处理，外敷草药。最好的处理方法是清洗了创口，以燃烧的烟头对着创口贴肉熏烤。蛇毒是蛋白质的一种，被高温灼烫，蛋白质会分解。这是一个蛇医告诉我的。我非常害怕蛇。即使知道乌梢蛇无毒，我也怕得浑身哆嗦。不仅仅因为有毒蛇会伤人，更因为蛇是冷血动物。冰冷的动物，令我惊悚。我也因此怕蜥蜴。

在夏秋的山中，程旺根几乎每天都能看见眼镜蛇，烂草绳一样堆在路旁或石块上，蛇头高高翘起，吐着芯子。晚上的溪边是蛇出没最多的地方。蛇歇凉，也在捕食蛙类。

豹猫常出没,却不可见。豹猫是猫科动物,以鸟、野兔、山老鼠、蛇为主要食物,鲜有来到村子。它不仅仅惧怕人,还惧怕村狗。一个村,哪怕只有三五户,狗还是有三五只。坑口就有五十多只土狗。一只狗叫,全村狗就叫。它们叫得不明就里。狗是最喜欢起哄的动物。每只狗都叫得大义凛然。群叫的时候,狗不知道自己是狗。狗把狂叫当作一种忠诚的天职。对付狗,最好的办法不是棍子,而是一块骨头。狗叼着骨头,躲得远远,慢慢啃。到了严寒的冬季,豹猫来到河边,捕食水鸟或鱼。豹猫缩在树根底下,观察着猎物的动静,一个跃步,扑上猎物,拖着猎物回树林。豹猫有非常灵敏的视觉、嗅觉、触觉,可以精确感知四周环境。我看见过三次豹猫。一次在浦城管厝水库夜钓,豹猫偷食我鱼篓里的鱼。一次在鄱阳谢家滩福山水库,豹猫在涵洞口捕鱼,我站在坝顶,看着它捕鱼、吃鱼。豹猫有着一双碎冰一样光寒的眼睛,行走无声,毛色黑而有浅黄色斑纹。还有一次,在浦城荣华山一条通往南浦溪的机耕道上,豹猫被一辆车碾轧,头压扁了。

在极其饥饿的情况下,豹猫会来到农家厨房,偷食鱼肉。在五府山时,曾有一户山民,宰杀了年猪,鲜肉放在土瓮,还来不及腌制,豹猫摸黑来了,躲在瓮里饕餮,还在瓮里睡觉。第二天早上,户主起床腌肉,打开木板瓮盖,见了豹猫,又盖了瓮盖,欲操竹棍赶。他还没转身,豹猫顶开瓮盖,跳出窗户,跑了。瓮盖了木板盖,豹猫怎么进去的呢?他便责怪自己做事毛糙,喝了点酒,盖板没盖实。其实不是盖板没盖实,而是豹猫、山灵猫、野山猫都具备一个非凡的能力,即可以移开盖子(如井盖、饭甑盖、缸盖、瓮盖),又可以合拢盖子。果子狸也有这个能力。

遇见豹猫、狐狸这样的哺乳动物,需要运气,并非仅靠数次的寻访就可以遇见,而是数百次、上千次深入山中,或许偶尔可见一次。这是大自然给我们意外的犒劳。

星江出坑口南流,与体泉水汇合,始称乐安河。群山与河流在旺盛地发育生命。坑口四周的群山及约两公里长的河谷,栖息着中华秋沙鸭、白颈长尾雉、白鹇、松雀鹰、短尾鸦雀、凤头鹰、黑领噪鹛、红头穗鹛、画眉等六十余种鸟类,和豹猫、小麂、猪獾、狗獾、果子狸、猕猴、鼬獾、黄腹鼬等二十余种哺乳动物,以及中华瘰螈、大鲵等珍稀两栖动物。坑口是个千年古村,世代长居。鸟、鱼、兽、树木,与山民一起,在这片大地上世袭。

第四辑

林深见鹿

葆有一颗怀抱大地的心灵，
以大地之心去感受山川万物，
去敬重生活和生命。

神　灯

夜,一盏茶的时间便来临了,来得不知不觉,柔纱般蒙了视野。夜的重量与露水相等,垂压草叶。我在乡民家喝茶。乡民是一对老夫妇。他们是唯一生活在石头部落(龙头山乡的一个自然村)的住户。这是一个僻远、树木掩映的山中小村,有十余栋石墙或黄泥墙的老房子,枣树遍地,溪床宽阔,青山高耸。其他住户外迁了,留下了空空的老房子。老房子木门虚掩着,随手一推,咿呀一声,灰尘落下来,像迎接不归却终归的人回来。厅堂里的八仙桌还在,长条凳还在,木柴堆在灶膛下,水缸里的水(山上引来的泉水)还是满满的,溢出缸面的水汇入水池里。鱼在水池忘然而游。鱼的世界只需要一池活水。土墙长了黝青的苔藓,络石藤爬上窗户。指甲花长在墙缝,无人打理的蕙兰遮盖了花钵，枇杷黄熟在树上，米枣婆娑，燕子在空落的厅堂筑巢。

喝了茶出门，四野虚黑，夜吟虫叽叽叽叽。村口一棵老香樟，耸起一团墨黑的影子，屋里的灯光虚淡。溪边飞舞着一粒粒萤火。溪水叮叮咚咚。这里是洎水河源头之一，处于大茅山东麓，与怀玉山西麓相衔。萤火，我已多少年没有看过了。萤火，梦境一样存在于每个人的童年。

萤火虫、蝴蝶、蜻蜓、蟋蟀、蚂蚁，构筑了乡野孩童的生命底色。它们既是彩绘，又是音乐和舞蹈。它们以光色、音质、舞姿及形体之美，塑造了我们的生命之韵。

我收集过萤火虫。我们坐在院子樟树下歇夏。星星来得迟缓，萤火虫打起荧光闪闪的灯笼，从水边腾空而起。一个个灯笼，藏着世间最美最小的火。我祖母摇着蒲扇，对我说：一粒萤火就是一盏来自阴间的灯。我问祖母：为什么是阴间的灯呢？

阴灯没有热度，而阳灯会发热。我祖母说。

是啊，白炽灯热得烫手，蜡烛燃得噗呲呲作响，油灯点着灯芯供佛。飞蛾扑扇着翅膀，朝灯扑去，扑着扑着，落了下来，被灯火烧死。田野里架着星落似的灭虫灯，荧光灯下架一口大锅，虫蛾扑着荧光飞舞，发出吱吱吡吡的翅翳振动之声。虫蛾被光魅惑，跳起死亡之舞，翩翩然然。那是另一种蝶恋花。虫蛾落在大铁锅里，被水溺死。细雨之夜，雨筛下来，雨线被荧光刷白，丝丝缕缕，寥寥轻轻，娉娉袅袅。虫蛾追逐着雨线，追着光，上上下下翻飞，被雨滴击落。一群群虫蛾前赴后继，追逐、死亡。一盏灭虫灯，一个晚上灭杀大半锅虫蛾。虫蛾捞出来，倒在田埂上，被鸟啄食被蛙吞食。

我们追萤火虫，捉它们。我们跑动，它们就飞得更高。它们飞散。我们跑动带起的风，惊扰了它们。它们可以敏锐地感受到风的流动。它们飞在树叶下，飞在瓜架下，或者干脆低飞在溪面上。萤光坠在水面，漾开，不下沉。光有了白绒绒的雪绒毛，如蒲公英在夜梦飞。溪面数百数千的萤火虫在低飞，萤光忽闪忽闪，照见了溪鱼，照见了临水的射干花，照见了洗手人的脸庞。看着那么多萤火虫，我们停下了，恍惚了起来，不相信这是个真实的世界。

孩童时顽皮，我剪下旧纱布蚊帐，制作一个手抄网，捉萤火虫。网对着萤火虫扑下去，捞一下，黏住了，捉起来，放入玻璃瓶。玻璃瓶是雪梨罐头瓶，一个空瓶可放 20 多只，萤火虫在壁上爬，尾部翘起来，萤光扑闪。我把玻璃瓶放在床头柜上，沉沉睡去。半夜醒来，瓶里仍有萤火。漆黑的夜，促织在唧唧，油蛉在嘻嘻，水蟋在嘘嘘。天方亮了，夜吟虫才会停止鸣叫。萤火照亮我房间，壁虎在墙上捕蜘蛛吃，月光被木窗隔在外面独自白亮。玻璃瓶里是另一个美妙无穷的世界，里面住着七个小矮人，住着白雪公主，住着美人鱼。卖火柴的小女孩在里面度过飘雪之夜。萤光多像雪花在飘啊。

我确信，萤火虫是离我们最近的星星。星星铺在水里，落在我的玻璃瓶里。天亮了，星星隐去，退到我们看不见的地方，等待夜晚来临了，又回来。只要有夜幕，星星就会闪耀，在眼际飞舞。它们在唤醒我们，也在唤醒你们。唤醒过来的人，冰雪残融，溪流在心里涌动，杜若开出了紫白色的花，三白草和地锦长满了院角。歇夏了，我每晚收集萤火虫，要么放入玻璃瓶，要么放入火柴盒。一只火柴盒，放四只萤火虫，半闭半开，萤光从盒缝溢出来，淌满了木桌或抽屉。那是一种神奇的光，黄白、橙白、红白、绿白、纯白，幽柔之色溶在白里。光随着夜黑的加深，渐渐明亮，亮如星瀑。瀑光在匀射，光核在无声炸裂，持续炸裂。每炸裂一次，我看到夜的壁垒在倒塌，空出了凉夜之下的旷野。溪水潺湲，天穹瓦蓝如海，禾苗在默默灌浆，吹叶笛的少年望月吹奏。我把玻璃瓶浮在水缸里，搅动水，玻璃瓶一荡一荡地旋转。萤光也一荡一荡地旋转。大水缸里，落满了幽蓝浸透的白光，罩着一个广袤的星空。我去巷子里玩，不带手电也不提灯笼，把玻璃瓶举在手上。一团团的光从瓶里洇开，蓝莹莹。巷子似乎变得更狭长，墙影拉得更短。萤火虫是魔术师，变幻着夜的格调。

夏天还没过完，空气点一根火柴就可燃起来。萤火虫在立秋之前，便无影无踪了。夜冗长，让人烦躁，死气沉沉。玻璃瓶空空，缺乏想象。

我去了城里读书之后，就没见过萤火虫了。城市里没有，我生活的村子里也没有。萤火虫去了哪儿了呢？它消失了吗？稻纵卷叶螟和稻叶卷蛾，还是那么漫天飞卷，敌敌畏、甲胺磷也灭绝不了它们。一季水稻打三次农药，稻虫越打越猖獗。近年，我去了很多地方，我都没见到萤火虫。

自学了博物学之后，我才了解到萤火虫是一种极其脆弱的昆虫，对栖息环境要求非常严苛，有任何污染（空气污染、水质污染、地表污染)都会致其大面积死亡,甚至灭绝。灭绝之后不可逆。有些物种绝迹了,随着栖息地的生态恢复,物种会迁徙而来,或迁居而来,再度恢复。且不说兽类鸟类爬行类,植物和鱼类也会自然恢复——风、鸟、昆虫带来种子,风吹来了鱼卵。但少部分昆虫和两栖动物(如娃娃鱼、棘胸蛙)局限在特定的环境栖息,不迁徙不迁居,高度依赖环境生存,一旦受到污染或侵害,便遭受灭绝之灾,永不存在。萤火虫属于这类昆虫(生态标志物种)。

不是无污染的环境,萤火虫就可以生存。它的严苛在于必须有水源(在水中孵卵),草木茂盛(可供栖息),潮湿温暖(易于繁殖),且在低海拔地带。是的,我们还有哪一片村野没有喷洒农药呢?哪一条溪流没有排放生活污水呢?

萤火虫是萤科发光昆虫的统称,又称亮火虫,依照幼虫生活环境,可分为陆栖、水栖、半水栖;依照成虫活动规律,可分昼行性、昼夜两行性和夜行性。水栖萤火虫幼虫吃螺类、贝类和水中小动物,陆栖萤火虫幼虫吃蜗牛、蛞蝓。萤火虫是完全变态昆虫,卵、幼虫、蛹、成虫均会发光。成虫的腹部有一块发光器,由发光细胞、反射层细胞、神经与表皮等所组成,荧光素酶和荧光素在催化的作用下,发生化学反应,发出了多种色谱的光。当然,这是生物学家对萤火虫的分类和研究。我执着的是,为什么萤火虫的光叫阴灯呢?

我想起了乡野的另一种火——磷火。在荒山野岭,夜间突然燃起一丛或几丛或数十丛绿茵茵的火,四处跑动,散布冥寂之野,与树影共舞,如鬼魂抬灯。乡人遂称之为鬼火。死人之骨燃起磷硝,乡人不知。鬼火亦称阴火。乡人说,阴火是扑不灭的,自来阴魂,没有热度。鬼火是常见的,但并无人触摸过。磷火随风而飘而散,人又怎么可以触摸得到呢?

是火,就有热度(热辐射)。没有热度的火,自然是来自阴间。先人是这样理解的。于是民间有了萤火虫是人死后的精血变来的说法。现代精密的仪器检测出来,萤火虫在发光时,不产生热辐射,也不产生磁场,所以光是冷的,称之为冷光(具有重要的仿生学意义)。仪器是冷冰冰的,科学的解释也是冷冰冰的,让独一无二的物种失去了神秘感。独一无二就是无可代替。阴灯,是一个多么让人遐思的事物,让我们知道这样的事实:有活着的,就有死去的;活着的,都会死去;死去的,会以某种方式活回来。这与人的记忆、思念、缅怀、凭吊,具有很多相似性。一个死去多年的人,我们突然想起,与其共餐或夜话,与其剪西窗烛或听巴山夜雨,那么死去的人在我们心底又活了回来。哪怕是一条家犬死去多年,我们还会记得家犬在门口望着我们踏雪归来,低吠,摇尾。让我们确信,生命不会轻易消失,消逝的是肉身或生命的表征,鲜活的、动人的、温暖的细节会以某种形式还原回来。生命的伟大在于:一个生命会感染另一个生命,并因此得以保存高尚的品质。

大多数昆虫在成虫阶段,生命期非常短,短则数小时,长则数十天数月。萤火虫成虫一般活 7—8 天,最长不超过 30 天。一年完成一个世代。世间万物,皆蜉蝣之物。在时间的比例尺下,长与短,都是相对的。没有绝对的长,没有绝对的短。

造物主是神秘之主,万物皆为它所召唤所安排所派遣所驱离。凡神奇的(具有生态学意义)物种,皆高洁(对生存环境严苛),皆脆弱,如同人间珍贵的赤子。萤火虫属于昆虫界的“赤子”,提灯行走夜间。它是黑夜的灯客。如鲁迅在《这也是生活》所言:“无穷的远方,无数的人们,都和我有关。”

石头部落出现了萤火虫，让我惊喜。我不是来寻找萤火虫的。我溯源洎水河来到荒僻之地，见满山的林木、溪边茂密的枫香树、洁净的溪流，进入了荒村溜达。乡民好客，留我用茶。他早年种香菇，在溪边河滩、荒地、山边，种了数千株枫香树，留作孵菌之用。他年迈了，种不了香菇，枫香树自长成林。小村鲜有农田，早年乡民以种山货、采山货为生。生活多艰，他们在30年前陆陆续续外迁，在城镇谋生，留下了大片荒地。那个窄小的山坳，没有机会被农药、化肥所污染，让萤火虫得以生息。溪水清浅，虫吟鸟鸣。我看到围了石墙的菜园长满了荒草、老屋木门被雨霉黑、廊檐木柱倾斜、桃子无人采摘，我心里有一种说不出的滋味。酸楚，是因为那些离开的人；窃喜，是因为留存下来的萤火虫。溪水无尽，不可止歇。溪水沿途发育，汇流成河，聚河成江，江入湖海。江水流到蓝。

星光朗朗，月还没升上山巅。我赤足下河，在细软的沙子上奔跑。

河边树丛、草丛，腾起莹白的萤光，四散而开。它们是坠入凡间的星星。它们以光色、亮度作为语言，彼此交流

(求偶、预警、威胁)。夏蝉在刺槐上,吱呀吱呀地叫。蝉越叫,夜越深,星越白。在我们的神话中,仙女是住在萤火虫之光照亮的森林里,沐浴月光,以泉水涤手净足。以前,我对这个情境不甚了了。现在我多多少少有些明白,洁净之物才可以配得上仙女。人世间,还有什么比萤火、月光、泉水更洁净呢?方外之物,滋养方外之人。我便觉得萤火虫提着的灯,非人间之灯,是神灯。神奇之灯,神秘之灯,神爱之灯。造物神眷顾之处,才有萤火虫生息。平凡的肉身,赋予了神性。

是的,在仲夏之夜,我遇见了神灯。所谓际遇,就是有这样的:在适合的时间、适合的地点,被神秘之物愉悦地安排。

失散的鱼会重逢

2 月 26 日，午饭后，从凤凰湖野游回来，途经红山桥，我对纪荣富老师说：看看河里有没有鱼。

纪荣富老师说：你还有这样的好奇心。

我嘿嘿地笑，伏在栏杆上，看着桥下的河面。这是一座多年老桥，有四孔圆拱，距河面约十余米高。我恐高，不敢直起身子，便斜伏着栏杆。栏杆长了厚厚苔藓，蚂蚁像个棺夫一样抬着死虫横着慢爬。暖阳有些猛烈，正当空照，河水白花花翻卷。其实，河水不汹涌，且清浅，露出了砾石滩，水跃过凹形砾石，显得湍急，溅起层叠的水花。水是一层层摊下来的，冲出水窝。水窝黑黑，闪着一道道白光。

黑黑的东西拥挤着，在动，看起来，是一丛狐尾藻。狐尾藻被水荡着,像被风吹动的长裙。砾石滩把河水分出两条水道,有八丛这样的狐尾藻。我仔细看,那不是狐尾藻,而是鱼群。这么多的野生鱼,聚集在一起,还是第一次见识。估摸了一下,一个鱼群至少有三百多尾鱼。鱼翻一下身,便闪出一道白光。

鱼太多了! 我惊叫了起来。

纪荣富老师俯身看另一侧河边,也惊呼:河里全是鱼,乌黑黑。

这是什么鱼? 纪荣富老师问我。

不是鲩鱼,不是鲫鱼,不是鲤鱼。不知道是什么鱼。我说。

鱼是巴掌大,白腹黑脊,从体型上看,是麦鱼。我又说。

不知道什么是麦鱼。纪荣富老师说。

麦鱼是土名,学名叫圆吻鲴。还不确定是不是麦鱼。我说。

河里这么多鱼,怎么没人钓鱼、捞鱼呢? 鱼是从哪里游上来的呢? 一个下午,我都在心里嘀咕这个事。这截河段,我三五天就沿着河岸走一次。河滩站着高高的芦苇和白茅,岸坡上被乡人种了时蔬。大批的树鹊、乌鸫、白头鹎在桥头的乔木林夜宿。南岸有一片荒园，残瓦断砖遍地，一棵苍老的冬青在荒园中央被密密的芒草包围，倒塌的瓜架爬满了劳豆藤。入荒园处，两棵百年古樟枝丫斜倾而出，覆盖了离乡人的记忆。

第二天早晨，我去了集市的渔具店，买了一根路亚、一瓶 918 饵料、两盒红蚯蚓、一板小鱼钩、一个鱼篓，花费 290 元。沿着埠头下了桥，理了渔具，站在石块上钓鱼。鱼线抛出去，坠子缓缓下沉，鱼线顺水下滑，浮标下沉又浮上来，我滑动轮子收线。滑了三转轮子，收不动了。我抖抖鱼竿，鱼钩挂住石头了。顺了顺，绷紧鱼线拉了拉，还是收不了线。水底无沙，全是石块。

砾石不是圆石，有挫裂的棱角，很容易挂钩。我走到下游，顺流收竿，猛拉一下，鱼线断了。坠是锡，圆柱状，嵌入棱角，如钉入木。我剥下衣服的拉链扣，穿在鱼线作坠子，抛竿钓鱼。饵料是蚯蚓，抛了五竿，也没鱼吃。我又换 918 饵料，抛了五竿，还是没有鱼吃。鱼就在脚边，密密麻麻，可就是不吃钩。每次抛竿，都抛在激流处，是不是斗水的鱼不吃食呢？

往上游走了二十余米，把竿抛到河中间的静水处，让钩完全沉下去,不动它。钩沉了十几分钟,浮标也不动,倒立着悬浮。我把鱼竿插在地上,赤脚下水。水不冻脚。鱼在水底翻拱,拱起脏脏的泥浆水。

收了鱼竿,细细地看着游鱼。这是什么鱼?鱼怎么不吃饵料呢?在约一里长的河段,数万尾鱼在摆尾、斗水而上。鱼是同一类鱼,体长相当。它们在河堤是孵卵还是吃食呢?

淡水鱼在草丛孵卵,在石缝孵卵,或在甲壳动物体内孵卵,不太可能在河堤孵卵,那样的话,卵会被水冲走,被鱼所食。那么它们就是在吃食。它们在拱食,翻出白白的鱼腹,闪电一样在云缝忽闪忽闪。

河叫洎水河,西出大茅山山脉东部的洎山,向西九曲而去。两岸群山绵绵,层层叠峦,陡峭壁立,形成幽深绵长的河谷。自新营镇而西,群山合围,有了开阔的盆地,河也壮阔。红山桥横跨在盆地的入口。吃了午饭,我又去河边。河边暴涨,水浪推着水浪。上游水坝,泻出数丈之高的瀑布,哗哗哗,震耳欲聋。水坝在放水。

水坝南边坝头有一栋闸房,房底下有约十米宽的泄洪道,水冲击出来,轰轰隆隆。提着渔具,我快速跑过去,抽出路亚，挂钩上饵，抛出鱼线。鱼线嘶嘶嘶，坠子落入急浪，转动轮子收线，饵标在激浪上滑动，竿头突然下弯下垂，手感很重。我抬高手腕，抖动竿头，绷紧鱼线，慢慢收线、拉紧，一条鱼身长长、鱼头尖尖的白鳞鱼跃出了水面。是一条翘嘴巴。翘嘴巴即翘嘴鲌，生活在中上水层，浪越急越搏水，吃浮游生物，吃小鱼小虾，吃蛙类昆虫，吃软体动物和动物内脏。翘嘴巴跃起，又沉下水，尾鳍扬起水花。越拉它，越沉下去。我突然打开滑轮，翘嘴巴拽着鱼钩忽溜溜跑，溜出十余米之远。我又收鱼线，慢慢收紧，绷直竿头，再打开滑轮，翘嘴巴沉下水。我拽它，回拉。

收了鱼，又放了它。它几个摆尾，消失在浪涛之中。

钓了两个多小时，收了竿，渔获八条翘嘴巴，1—4 斤不等。乌黑黑的鱼群不见了。水太急太深，鱼藏在我看不见的水底。

过了三天，中午，我又去钓鱼。浅水激流。鱼在水窝挤挨着斗水。我放下了渔具，看着它们戏水。一个站在桥上看鱼的人，对我喊：鱼好多啊，你怎么不钓啊？他的声音很大，还比画着手势。

我数了九个鱼窝，一窝鱼，约有 80—190 余尾。桥洞下，水回旋，形成了潭，潭底黑黑一片。初春，是鱼孵卵的季节，有的鱼从大湖洄游上来，回到支流的上游，择滩择草产卵。鲩鱼、鲤鱼、鳙鱼、鳜鱼、鲫鱼等，在早春洄游，逐水草而栖，繁衍生息。鱼在洄游的时候，结群。它们是以什么方式结群呢？不得而知。天鹅以家族方式结群，黄腹角雉以种群方式结群。

一个妇人用筲箕抱来蒌蒿，在石埠上清洗。蒌蒿幼嫩，芽叶尖尖。河边、田边、菜地边，春雨催发蒌蒿幼芽，一蓬蓬一蓬蓬，伏地而生。在惊蛰前后，乡人剪了蒌蒿做青团。妇人见我一副对鱼无计可施的样子，说：筲箕给你用，可以捉好多鱼上来。

我说：看鱼，不捉鱼。筲箕确实是一种很适合捉鱼的器物。石块拦截河水，留一个出口，筲箕固定在出水口，在前面以木棍或竹梢赶鱼，鱼就落在筲箕，直接端上岸。很多日常的东西，都可以作为捉鱼的工具，如草席、竹片、塑料桶等等。

但我确实很想钓一条鱼上来，看看密集在河里的，是什么鱼。

水坝之下，有一块千余平方米的砾石滩。石滩凹凸不平，有很多槽沟。河上涨，石滩被淹没。世界上，所有的河流都一样，很少上涨。沿河面而飞的白鹭，落在石滩上歇脚。我挨着山边无可行走的小路，去石滩。

许多白鹡鸰，在石滩飞飞停停，唧唧叫。它们在找小鱼吃。石滩有三个锅状的水洼，齐腰深。昨天放闸，鱼游了上来，关闸，水急速退去，潜在石洞里的鱼来不及退水，留在了水洼。鱼闪着白腹翻动。水洼有鲫鱼、鲤鱼、马口，还有那种我尚未认知的鱼。在水坝之下，有一条长约四十余米的水坑，深不见底。水底白闪闪。

把鱼篓沉在水洼。水漫漫渗入篓底，漫上来，在篓底沉一块石头，水没了篓腰，没了篓颈脖，左摆右晃，沉入了水底。我抓住篓绳，坐在石墩上晒太阳。阳光葵花黄，石滩苍白色，矮山冈的阔叶林苍郁。樟树、柞裂槭、香椿、甜槠贪婪地吸着阳光，幼叶齐刷刷地长了出来。树，一刻不停地刷着山冈，一遍遍地刷，刷一遍绿一遍。绿越来越深，凝结了，酝酿出油汁汪汪的墨绿。山川的颜色是阳光和时间酿造出来的。这是大自然伟大、生动的叙事。

篓里有一条巴掌大的鱼了，我提了上来。水从篓底漏下去，水啪啦啪啦，打在洼面。水里的鱼四处乱窜。是一条圆吻鲴。圆吻鲴以尾鳍的颜色区分,分青尾、黄尾。这条是青尾。

圆吻鲴体侧扁、略长,头部尖圆而小,脊黑,吻圆钝突出,鱼鳞细白,腹部银白。在南方,圆吻鲴是常见淡水鱼。因其肉质绵实,鱼刺绵密,汤汁寡鲜,无人食用,却受垂钓者深爱。圆吻鲴是击水者,韧性极强,在水中挣扎,可产生体重 30 倍的力度,给垂钓者沉实的手感。出水面,约十分钟,圆吻鲴便会死去。它是耐氧性极低的鱼类。

这是一种特别的鱼,结群栖息于河石杂乱的河道,在 0.5—1.5 米深的水域活动,杂食,尤喜丝状硅藻、蓝藻、绿藻等藻类,以及腐殖物。红山桥下,河床就是一片巨大的砾石滩,藻类、浮游生物以及腐殖物,极其丰富。

洎水河不是一条多鱼的河。夏秋的傍晚,我常去河边散步,也看乡人钓鱼。钓上来的鱼,大多是鲫鱼、马口、黄颡、白鲦,鲤鱼和鲩鱼很少见。早春,河里有了那么多的圆吻鲴,为什么呢?

一日,河边有老人钓鱼,我看他钓鱼。他捻着饵团,鱼钩挂一下饵料,捏实捏圆,抛在深水处。我说:你这是钓鲫鱼、马口吧?

老人身材高大，腰身笔挺，鱼线抛得又直又远。他说：这里的马口有筷子长，很少有这么大的马口。

我提起他浸在水中的网兜，抖了抖。网兜里有九条马口、三条鲫鱼。马口胖乎乎，在蹦跶。我说：你怎么不钓圆吻鲴呢？

什么圆吻鲴？老人说。

就是翻白身的那种鱼。我指了指水底下的鱼群，说。

哦，青尾鱼。青尾过了清明，才咬钩。老人说。

你对这河里的鱼熟悉。你知道在什么时间钓什么鱼。我说。

我十五岁钓鱼，钓龄五十七年。老人说。

这么多青尾，是什么时间聚集在这里的？我问。

桃花开了，会下几场春雨，河里有了桃花汛。鱼闻讯。鱼比人更守节律。老人说。

你要看青尾，去泄洪口，那里有一个深潭，鱼一团一团，多得触目惊心。老人又说。钓鱼人不会多话。据说，鱼可以听懂人在说什么。2019 年 9 月，在鄱阳，当地人这样对我说。当地人说，鄱阳湖有一个渔民，捕鱼从不带网，也不带其他渔具，他坐在船上，脸浸入湖水，在水里叽里咕噜说话,鱼就直接跳上船。这就是神秘的“喊鱼”。鱼直接喊上船。当然,我是不信的,世界上,哪有通“鱼语”的人?哪有通“人语”的鱼?但我又信了。因为世界上有非常多的东西,是常理或科学无法解释的。人类对客观世界的认知,十分有限。人类的局限性,就是客观世界的无限性。

3月11日,我从宁都回来,去红山桥,不见了鱼群。没有鱼群的河,空空荡荡。圆吻鲴在砾石之间产卵,卵一泡泡,粘附在砾石上孵化。河中的砾石滩,是它们的产房。发桃花汛的季节,正是气温在18℃—25℃的时候,与圆吻鲴繁殖的气候条件契合。它们听从了汛期的召唤,从下游的各个角落,斗水而上,来到了河坝底下。它们在无人知道的角落生活,隐身于砾石、砂砾之间,吃藻类,吃腐殖物,吃昆虫,吃鱼卵,抑制鲤鱼、鲫鱼、鲩鱼等鱼类的繁衍。

东坡先生写《惠崇春江晚景》:

竹外桃花三两枝,春江水暖鸭先知。
蒌蒿满地芦芽短,正是河豚欲上时。

植物、动物比人更敏锐地感知了自然的脉息。圆吻鲴听到了桃花缓缓飘落的声音,听到了早春的落雨声回荡在河面。它们像一群失散经年的人,日夜兼程,逐水而上。只要有河还在浩荡,它们就会重逢。

暮春多雨。暴雨落下来,我就去看河水,看河水一毫米一毫米地上涨。雨水从荒园冲下来,从峡口溪冲下来,汤汤洋洋,翻卷着柴枝、破衣服、死野兔、落叶。水浑浊。涨了五天,河水淹没了岸边的菜地,冲走浇菜的水桶、长木勺,也冲毁了芦苇上的鸟窝。日晴,我也去看河水,河水滔滔地败退,一天下来,水恢复原位。就像古罗马大厦,建起来,需要百十年,坍塌下去,只要数分钟。

洪水把鱼送往迢迢的不明之处。像另一个无从知晓的人间。

鳑　鲏

长乐河横在长潭洲和箬坑之间，一条旧公路桥平卧河面。两边桥头各有高大树林，樟树枫杨树倒映水中。桥已废弃，仍有村民挑着箩筐或簸箕往来。长潭洲隐匿在山丘之下，被树林所遮蔽，一条机耕道曲折幽回，直通瑞港村桥头。箬坑如一块煎饼，摊在长乐河曲转弯回的洲地。洲地平坦十里，形如吊钟，田畴里种着菜蔬和稻秧。稻秧半浮半挺，白水泱泱，白鹭、池鹭站在秧垄啄食。也有白鹭贴着河面飞，嘎嘎嘎嘎，叫着。它在找浅滩落脚。在浅滩的顺流中，有一群群穿花筒裙的小鱼在逐水而游，时退时进，视觉中，始终原地不动。小鱼芸豆大，一圈深绿纹套着一圈灰黄纹，背鳞青绿色，鳃边和尾基深红，眼眶淡红，尾下鳍灰赭。我伸手入水，想掠小鱼，鱼群忽地散开了。过了一会儿,鱼又聚在一起。我摘了两片箬叶,折出一个斗状,小鱼游着游着,落入箬叶,提起来,水从斗缝漏下去,溅湿了裤子。小鱼搁在斗底,翕动着嘴。看起来,它更像一朵盛开的朝颜。程师傅问我:这是什么鱼? 这么小。

鳑鲏。我答。

没见过这种鱼。怎么都是小鱼呢? 程师傅又问。

大与小,是相对的。这已经很大了,它不会再大了。我又答。

提着箬叶,我坐在桥头一栋紧闭了大门的屋舍前。太阳凶猛毒烈。这是村头唯一的一栋屋舍,荒草淹没了门槛,门环锈蚀。我有些渴,手臂晒出了盐霜。我真想用木舂破门而入,燃起灶膛,烧一锅水喝。喝了水,在厢房的平头床上躺一会儿。在石臼上,坐了一会儿,我下了埠头,把箬叶沉入水,鳑鲏游走了,浮在水面,扇着尾鳍,悠然,陶然。

一个年长的村人,见我在河边转悠,问:你是去丁山吗?

不去丁山,就是瞎转。我说。据说,姜夔(约1155—约1221,字尧章,号白石道人,南宋饶州鄱阳人,南宋词人、文学家、音乐家)的父亲出生在箬坑,年长后,去鄱阳营生,安了家室,生了姜夔。死后,姜夔把父亲运回箬坑,安葬在丁山。当时的守墓家丁在箬坑生息了下来。这个说法，是当地人代代相传下来的，无证可考（家谱、县志、笔记，均无实证记载。学界也有姜夔属德兴人一说）。

我不知道哪座山叫丁山，也不问。鳑鲏不容我心有旁骛。

三十年前，鳑鲏是山溪常见鱼。它活跃于并不湍急、水深30—50厘米的缓流或静水处，鱼群出没，数十尾甚至上百尾散游，逐波或沉底。二十年前，在赣东北，鳑鲏已十分罕见，在大部分山溪中绝迹。与河川沙塘鳢一样，了无踪影。在德兴市境内的乐安河、银港河、洎水河，可能有鳑鲏，但我没发现过。2022年春，德兴通往上饶的公路，瑞港路段塌方，数月无法通行，我便绕行张村乡店前村箬坑走瑞港桥头。

沙洲地盛产箬叶，故名箬坑，既是沙洲，也是德兴西南盆地（张村乡、黄柏乡、万村乡）的北部。每次过箬坑，我都要停留，或走走巷子，或走走田埂。村子古朴，鲜有村人在街巷走动（大多在田里劳动）。村头种了很多甘蔗、白玉豆和玉米。三根竹竿撑一个三脚架，白玉豆盘在架上，一蓬蓬，把整块田撑了起来。屋角或院子或菜地边，也栽种梨树、柚树、橘树、石榴树。无论什么季节,我很愿意在箬坑逗留。但我很少关注过环村三面而过的长乐河。即使偶有关注,我也没关注过河里有哪些鱼类栖息。

2023年5月初,去彩虹桥集市买菜,一个六十多岁的老人站在集市内巷,脚边摆着两个塑料桶。一桶泥鳅,一桶小溪鱼。泥鳅是小泥鳅,最大的泥鳅只有中指长。小溪鱼肥壮,有马口、鲫鱼、翘嘴鲌、黄颡、白鲦、鲳鳊等。有几条很小的杂鱼,花花绿绿,被我一眼认出:鳑鲏。我问老人:你这些鱼是从哪里抓来的呢?

店前,界田的店前。你知道吗?老人说。

知道,店前的插竹畈、箬坑,去过。我说。

我便记住了长乐河有鳑鲏。在我的出生地郑坊,有饶北河,河中多鱼。在我25岁以前,一根麻线(不用鱼钩)可钓上白鲦,水中濯足,马口、白虾围拢过来,吃脚皮屑。翻开鹅卵石,石下不是溪蟹就是河川沙塘鳢。河中沙坑,鳑鲏在群游,如一群彩蝶翩翩然而自得。村人从不抓鳑鲏,它太小。孩童却喜欢,筲箕沉入沙坑底部,鳑鲏游进去,抬起筲箕,捞上来。玻璃罐灌满溪水,抓一把细沙下去,鳑鲏在玻璃罐里游。隔着玻璃罐看鳑鲏,鳑鲏数倍变大,浑身彩绿,如美人鱼戏水。玻璃瓶晃一晃,鳑鲏如一道彩虹落入水中。真是魔幻又神奇。

鳑鲏、河川沙塘鳢、溪蟹、白虾等,在1997年彻底消失。主要原因是河上游排入了含有硫的工业废水,毒死了鱼虾。2007年,地方政府禁止了工业排污和花岗岩开采,历经十余年,河流生态逐步恢复,鲩鱼、马口、鲫鱼、鲤鱼、宽鳍鱲、黄颡等,又回到了河道,但鳑鲏、河川沙塘鳢、溪蟹、白虾、河鳗、河蚌,却无影无踪。

十余年,我始终解不了这谜。2021年春,我看了一个有关南方淡水鱼的纪录片,了解到河川沙塘鳢与河蚌有共生关系,在春末的孵卵季,河川沙塘鳢把卵射进河蚌内,同时河蚌把卵射在河川沙塘鳢的鱼鳍上,异体孵化。河蚌保护鱼卵,避免被鱼吞吃;河川沙塘鳢把蚌卵带到各处,待发育成幼蚌后脱离鱼体,沉入水底,肆意繁殖。

看了《河流与生命》纪录片,我开始关注河蚌。河蚌属蚌目蚌科软体动物,蚌壳纹如水涡,又名涡蚌,蚌张开钳入食物,合拢消化,又称蚌壳钳。河蚌在淡水底部的沙层或沙泥生活,滤食藻类为生,卵在鱼体寄生。夏摸螺蛳,冬摸河蚌。水库、鱼塘、溪流、湖泊等,均有河蚌可摸。摸河蚌不用手,用脚踩,踩在沙层,有硬硬的感觉,翻上来,不是石头就是河蚌。河蚌扔在水池,吐泥沙,一池水就浑浊了,吐尽泥沙,需一个多月。泥沙吐完,河蚌就死了。

泥鳅、黄鳝、河蚌都离不开泥沙,体内没有泥沙即死。

鳑鲏的卵也寄生在河蚌内。没有河蚌(虽然河蚌并非唯一寄主,鳑鲏的卵孵在其他地方,很容易被其他鱼类吞食),鳑鲏难以自然繁殖。河蚌是鳑鲏的胎房和孵化器。生殖期,雌鳑鲏产卵于河蚌鳃腔,雄鳑鲏将精子通过蚌口排入鳃腔,受精卵在鳃腔孵化、发育、吸收卵黄,鱼鳔吸入气体,幼鱼会游泳了,游入水中,自行生活,以硅藻、水草、小型甲壳类和昆虫为食。雌鳑鲏在排卵时,输卵管会延长,延出体外,像一条淡黄的绸绦,在水中飘逸。一群鳑鲏出游,数千尾,绸绦飘荡,如花笠水母盛开于绿水。

饶北河没有了河蚌,自然也就没有了鳑鲏、河川沙塘鳢。近几年,年冬,我都要买上百斤的河蚌,倒入饶北河放生,期望河川沙塘鳢、鳑鲏再现,却始终不见。河鸭把河蚌吃得干干净净。

也不是说,有了河蚌就有鳑鲏。河蚌可以在水塘底下的淤泥生活。泥沉淀着生活污水中的有机物,长出藻类,河蚌以此为食。鳑鲏需生活在洁净的溪水沙层或石头铺满的河道。溪蟹、白虾、河鳗与河川沙塘鳢、鳑鲏类似，对水质、栖息环境，有着严苛的要求。

2014 年 6 月，在福建浦城县郊，沿柘溪（南浦溪支流）走，入村口有一座石拱桥，盘满了络石藤。站在桥上往下看，溪水约半米深，白沙明净，数百尾鳑鲏在沙面嬉戏，身子一闪一闪，左右、上下翻动，扑朔迷离，舞姿蹁跹。柘溪弯弯曲曲，在田野匍匐。稻秧青青的田野，显得更宽阔、更嫣然。沿溪边田埂路，往上游，约走了五公里，到了南浦溪。这是我见过鳑鲏最多的溪流。溪，每百余米，就有鳑鲏的鱼群出现，如银河中繁星闪烁。问了村人，得知柘溪从来就没有被挖过河沙，离村子较远（无生活污水排入），也无人电鱼毒鱼，才得以保存了一溪的鳑鲏。

长乐河发源于大茅山麓，绕二河与瑞港河在傅家墩汇合，始称长乐河，弯过箬坑，在插竹畈筑坝引水（灌溉、发电）。这一截河段是长乐河的最上游。坝底下，是一块砾石滩。春夏季，虽有引水入渠，坝顶仍漫水，飘泻而下，浅浅淹没了石滩。石滩有一窝窝的水潭，铁锅状，鲩鱼、鲫鱼、鲳鳊等，潜藏于此，马口、白鲦、翘嘴鲌则斗水浪游。有抓鱼的人,就在夜晚来到坝底下,用自制的渔具抓鱼。水潭里,就有鳑鲏。2018 年 7 月,徐海林兄就带我来过水坝旁的小村子。村子七八户人家,林木遍野。天一会儿晴朗,一会儿阴沉,隔三岔五下阵雨。阵雨很是猛烈,沙啦啦,沙啦啦,树叶被雨击打得脆响。云从北向南盖过来,聚成一个螺旋状的黑云层。可以看到雨在云层下,垂降下来,白白的。夏天观雨,云层下,天色越白,雨越大。雨猛下,云也散得快,太阳又出来,一阵闷热。当时,坐在农家院子,与村人长聊,却没去坝底下走走石滩。也说真的,下雨,不敢去坝底,怕河水会猛然暴涨,人被冲走。

有怕人的鸟,始终与人保持远距离,生活在山林或湖边,如勺鸡、灰背燕尾等。人一靠近,它们就飞走,甚至无法靠近。也有与人相亲的鸟,毗邻村舍,甚至在屋檐下营巢,如家燕、麻雀、珠颈斑鸠等。鱼也是这样的。大多数淡水鱼视力较弱,感觉器官却十分发达,人走近,鱼即跑。白鲦、马口、鲫鱼等,并不惧怕人。鳑鲏却惧怕人,它感知到脚步,就往河中央游,鱼群慢慢散开,或干脆沉入水底,潜藏石缝。

自箬坑而下,长乐河两岸被箬竹、苦竹、芦苇、芒草、荻，以及樟树、枫杨树、苦楝树等草木所覆盖。河道平缓，水流徐徐直下，河风划出波澜的形状。至界田村前，河面变得更宽阔，清澈见底，白沙晃起水光。目测之下，河水似乎很浅，没膝深，人走进河，水突然没了脖子，脚浮身浮，继而没了头。水至清，光线折叠了水的深度，让人不知深浅。不会游泳的人，很容易溺水。这一截河段，游鱼非常多。尤其是鲫鱼、马口、翘嘴鲌、溪石斑。

村头有一座古桥，形似月落柳岸，与唐代诗人王建写的《雨过山村》有几分神似：

雨里鸡鸣一两家，竹溪村路板桥斜。
妇姑相唤浴蚕去，闲着中庭栀子花。

古石桥名寿元桥，建于明万历十九年（1591 年），花岗岩干砌而成，石桥五孔，桥墩迎水面砌成长度很大的分水尖，似尖船迎水而立。石桥长 93 米，宽 8 米，高 6.8 米，以花岗岩作护栏。界田在明清及民国时期，乃通衢（乐平、弋阳、横峰、上饶）之地。乐安河穿过石桥，向南弯去，一马平川，进入黄柏盆地的沃野。

自界田而下的长乐河,我徒步千余米,发现了四群鳑鲏,也发现了河川沙塘鳢。询问了村人,村人说,河中多须鲶,多河蚌,多鲫鱼,多马口,多白鲦。村人不识鳑鲏,但识彩圆。鱼体扁圆、浑身油彩的鱼,叫彩圆。彩圆即鳑鲏。

鳑鲏自然死亡与其他鱼类不一样。它能感知自然死亡。它慢慢沉入水底,躲在草丛,用草裹紧自己。草丛成了它的墓穴。很多动物都能感知自己的自然死亡,尤其是哺乳动物,在濒死之前,会远离群体,躲在草坑或洞穴,静静地死去。它们的死,非常神秘。它们的出生源于概率,死亡出于基因与环境的逼迫。鱼的一生,就是游来游去,哪怕旅程非常之短。

界田是我常来的地方,是美食之乡,尤其以红烧溪鱼、米粉蒸肉、水煮豆腐、煎扳粿而被德兴人称道。界田人蒸肉,用糯米粉掺杂粳米粉裹肉,放在饭甑里随饭一起蒸。外地人不知道扳粿是什么,甚至无可想象。扳粿即萝卜丝粿,萝卜丝切得均细,裹红薯粉浆,调食盐、辣椒末,浇在热油锅上,用锅铲扳动,翻颠。在冬日,热热的扳粿是一道无可替代的珍馐。溪鱼则是干煸、红烧,做法简单,但见干煸、酱抽的功力。水无污染,鱼则鲜。溪鱼一般是溪石斑、马口、宽鳍鱲。乡人不捕不捞鳑鲏。鳑鲏太小,被筷子忽略,却被鲳鳊、翘嘴鲌等杂食鱼争食。鳑鲏是水中的油彩,是视觉中的山水。

过了黄柏乡,长乐河向西而去,入乐平市十里岗镇,经白塔、仓下、南港、店上、三房、洋湖等村,自名口镇南安汇入浩浩乐安河。流程约50公里的长乐河,在乐安河降息,也在乐安河获得更壮阔的旅程。河的生命,在于漫长的奔腾,在于汇合,在于浇灌大地,也因此生生不息,繁衍万物。河只行而不止。河生即万物生。

鳑鲏是被乡人忽略、忽视的一种鱼,小得毫不起眼,却被孩童深深喜爱。对于孩童,鳑鲏属于童话中的美人鱼,穿着翠绿的筒裙,纯真又魔幻。对于一条河,鳑鲏则是具有生态标志性的物种。

箬坑是一个普通的村子,是张村乡的一个自然村,并无特异之处,远离交通干线,环水,多草木。我喜欢去这样的村子,一个人四处闲逛,在不经意的时候,会有惊喜的意外发现。这种发现,我称之“珍贵的自然获得”。是只有身处其中,才稀有的获得。

鸟 群

那是什么东西？黑乌乌一团。朋友指着天边说。

是鸟。我说。

不是鸟，是飞的乌云。朋友说。

秋末，大地素黄，天空澄明。低矮的丘陵贴着乐安河起伏。我们入了香屯，丘陵就开阔了起来，天际线拉得很远很远，一团黑黑的东西从西边向东边滚球一样滚过来，越滚，球形越大，呼啦啦地叫着：嘻喊，嘻喊。“这是丝光椋鸟的鸟群。”我说。

这么大的鸟群啊，估计有上千只鸟。朋友说。

远远看过去，鸟群如一幅沙画，沙以旋律的节奏在翔舞，不断地塑形，看起来或像弯曲的河流，或像长颈鹿，或像一棵移动的香樟，或像虚线勾勒的山丘，或像夕光下的山影。鸟群不断地变换着队形,变换出千奇百怪的形状。它们杂乱又有序。它们呼啦啦地叫着,喧闹、欢庆。它们飞过了我们的头顶,飞过了江村,沿乐安河而上,落在一丛混杂的阔叶林。树梢在摇摆,树叶在翻飞。鸟群在树林消失了。

很少见到盛大的鸟群。

鹩哥、八哥、山斑鸠、珠颈斑鸠、白鹭、金腰燕、麻雀、苇莺等都是喜结群的鸟。白鹭是结群营巢,在某一处丘陵的密林或山塘边的高大丛林,一棵树一个巢,巢堆在树冠上。早晨,数十只白鹭呈"人"字形,飞出营巢地,去往浅滩或田畴或草泽地或藕田,分散觅食;晚归了,又排出阵形,嘎嘎嘎而鸣。

在大茅山腹地,见过最多的鸟群便是山斑鸠了。绕二镇的一个偏僻山村(四户人家),在一个很深的山垄里。山垄有数十条狭小的山坳,一条山坳有数块山田。稻子黄熟,山垄虚静。我数次遇见这样的情景:山田飞出数十只山斑鸠,呼噜噜,低低地飞,落在山边树林。它们出其不意地从稻田里飞出来,吓人一跳。

周洁茹在《利安邨的空姐》中说:只要你开始注意哪一

种人，那种人就会出现得特别多。周洁茹的发现，同样适用于自然界。有一段时间，我很留心一种叫灰胸竹鸡的野鸡，在大茅山各个山坞，便经常发现灰胸竹鸡。现在，我留心鸟群，又发现鸟群随处可见，只是鸟群并不那么壮观而已。但也有壮观的时候。有一次，在胡家大桥下洎水河边，有一处芦苇、刚竹、矮灌混杂的地方，柳莺数百只窝在一起吃食。我走在芦苇丛，柳莺突然起飞，呼噜，一阵阵飞出芦苇丛，落在十米之远。

鸟在迁徙时，会不断集结，形成鸟群，甚至形成数万之众的庞大鸟群。天鹅、豆雁、鹭鸶、鸬鹚、赤麻鸭、白骨顶、凤头麦鸡、东方白鹳、丝光椋鸟、红嘴鸥、海鸥等，都是以庞大集群迁徙的。黄冠噪鹛在迁飞时集群，繁殖季结束，各回山林，隐身不见，毫无踪迹。山斑鸠、乌鸦、柳莺等，在日常觅食时集群，数百数千之众，出没。

农历三月，是丝光椋鸟的繁殖季，它们喜欢在裸砖墙营巢。我发现村巷有两栋紧挨着的民房，没有粉刷，丝光椋鸟落满了墙，有百余只。它们在营巢、喂食。我站在民房下，看它们，它们也不飞走，嘻嘁嘻嘁叫着。

鱼在洄游时，会大量集群。最著名的北美大马哈鱼洄游,是地球上最壮观的鱼类洄游,五亿多条鱼集群,行程3000多公里,越过激流,越过瀑布,回到出生之地,繁殖之后,死在出生地。2018年4月,在峡江赣江水利枢纽工程,(通过水下记录仪)我看到鳜鱼洄游,密密麻麻,不可胜数,穿过鱼道,数日数夜不息。银鲴、鳊鱼、黄颡、鲩鱼、鲤鱼、白鲢、鲫鱼等,都具洄游现象。角马迁徙,有领头马;大象迁徙,有领头象;大雁迁徙,有领头雁;黑蜂迁徙,有领头蜂。鱼在洄游时,有领头鱼吗?

洄游和迁徙,是动物界神秘、神奇的生命现象,有许多待解之谜。集群是待解之谜的一环。为什么集群?怎么集群?如何传递信息?鸟依据鸣叫,大象通过嘶吼和脚步的共振,把家族或群落召集在一起,而鱼依据什么呢。不得而知。它们听从了季节的召唤,听命了基因,顺从了食物。

集群,是为了避免意外生命事件的发生,比如躲避恶劣天气、防止迷途、抵抗天敌袭击,等等。丝光椋鸟是体型较小的鸟类,易受猛禽袭击,集群迁飞,可以抵御猛禽偷袭。游隼俯冲袭击猎物时,时速可达300余公里,是飞行速度最快的鸟类之一,可以直接击穿猎物的大脑,进行扑杀。

丝光椋鸟集群迁飞，游隼袭击时翅膀会被鸟群折断，因此只能攻击落单的鸟。

黄柏是德兴市最南部的镇，丘陵地貌，植被丰富，河汊纵横交错，有广袤的农田。龙湾有一个大水库，周边山丘长了许多高大的樟树、朴树、泡桐、香椿、洋槐、香枫、苦槠等。每到4月，数千只鹭鸶在高树上营巢，在农田觅食。凌晨或傍晚，鹭鸶在树冠上憩息，振翅而舞，尤其是在6月，小鹭鸶试飞，嘤嘤嘤嘤，如树上开满了白花，广玉兰一样饱满的白花。这就是生生不息。

2021年初冬，我去大茅山北麓的小墓源，在山脚下，火棘挂满了浆果，鲜红欲滴。数百只暗绿绣眼鸟在吃火棘和胡秃子。那是一片无人耕种的山谷，番薯地长了许多火棘、胡秃子、盐肤木、白背叶野桐、苘麻。暗绿绣眼鸟站在细细的枝头上，嘻嘻叫，啄食鲜甜的浆果。它们吸收了浆液，排出了籽。它们是山野的播种者。

村郊墓地易长的灌木是胡秃子、枸骨树、朱砂根、菝葜等，每到深秋，红果缀枝。竹鸡笼村边的矮山就有墓地，野坟很多。我常去。祭坟的人，常留祭品在墓前，招来了野猫。野草枯败，红珍珠似的矮灌浆果引来了鸟，以大山雀、画眉、暗绿绣眼鸟、太平鸟为多。它们都是小型鸟，飞起来，黑压压一群。

9月，枣熟。杂货店的阿姨在吃枣。我去买食盐、老抽、陈醋，阿姨嚼着枣，鼓囊囊着嘴巴，说：你带几个枣去吃。我摸了一个枣塞进嘴巴，嚼了一口，酸死了，吐了出来，说：这是什么枣啊？酸死人。

酸枣。酸枣健脾开胃，养心安神。多吃酸枣好。阿姨说。

我拿了五个，握在掌心玩耍。看守门房的老余说：你要这几个酸枣干什么？

我说：找个花钵埋下去，看看能否发芽、育苗。

明天下午，我带你去凤凰岭摘酸枣，那里有一大片酸枣林。你摘满箩筐都有。老余说。

凤凰岭森林茂密，小叶冬青、五裂槭、柞裂槭、木姜子、山毛榉、栲槠、槲树、栓皮栎、麻栎、锥栗、野山柿等野生树遮蔽了畚斗形的山坞。岭口的枕山之巅是六层三重檐的聚远楼。聚远楼始建于宋熙宁二年(1069)，由乡绅余仕隆兴建，后毁于战乱。2004年，再度重建。枕山之下是凤凰湖，披戴翠微，山楼叠波映月。山坞枣叶欲黄未黄，地上落满了枣叶和烂枣。双手抱住树摇摇,叶纷飞,枣纷落。林子里,到处都是太平鸟。它们在吃酸枣吃锥栗吃野柿。我大喊一声,太平鸟惊飞,数千只。它们飞一会儿又飞旋回来,继续吃。这么多太平鸟,头一次见。

竹鸡垄的老张师傅,爱喝酒。有人在来垄杠的山丘伐了一片针叶林,垦出一垄垄的山地,想种橘树。橘树一直没种下去。老张师傅在山地种高粱。高粱耐旱,只要泥肥,不浇水也疯长。高粱红熟了,却颗粒无收。山麻雀数千只,天天吃高粱。他拿一根竹竿去赶山麻雀,赶一下,山麻雀呼噜噜飞到林子里,叽叽喳喳叫。他不赶了,山麻雀又飞回来吃。赶了几天,他不赶了,任由山麻雀吃。吃了半个来月,高粱剩下光秃秃的秆。平时,山上很少有山麻雀,高粱熟,周边的山麻雀全来了。它们就像一群难民,一窝蜂往施粥营跑去。山麻雀看起来憨憨的,其实非常聪明。

“人为财死,鸟为食亡”,古时谚语说透了人性与动物的自然性。鸟趋食。无论多遥远,鸟都不远万里去吃食。有了丰足的食物,鸟才得以繁衍。一路上集结,家族组成了群落,无数的群落组成了庞大的鸟群。遮天蔽日的鸟群。

鲭鱼是深海鱼,每个鱼卵都含有一滴油脂。繁殖季到了,鲭鱼就向海岸迁徙,浮在浅水区。鲭鱼集群逐浪,延绵30余公里。它们是海豹的主要食物之一。海豹追逐,鲭鱼集结成巨大的球形,不断地变化着队形,以逃避海豹的猎杀。数百只海豹不断地穿破鲭鱼的队形,驱散、分割它们,逐一绞杀。数千只鲣鸟,冲飞入海,啄食鲭鱼。这是海洋世界最壮观的猎食之一,十分惨烈。繁殖季结束,鲭鱼返回深海。

看到丝光椋鸟的鸟群从乐安河掠起,我就想到鲭鱼。庞大的鸟阵令人震惊,叹为观止。它们飞出密密麻麻的一团,乌黑黑一大片,不断地变化着队形,以曲线、弧线,不断地组合出无穷无尽的鸟阵。它们飞得很快,呼呼呼,掠过树梢,树梢摇摆。它们的翅膀卷起风暴。但它们不会相互碰撞,自由、优美、有序地飞。一个庞大的鸟群,看似杂乱无序,其实它们遵循着严格的规则,不会发生“高速撞车”事件。

它们遵循的规则是什么?庞大鸟群是否有头鸟呢?乔治·帕里西(意大利理论物理学家,2021年诺贝尔物理学奖获得者)以三维坐标研究了椋鸟鸟群,发现每只鸟同时观察身边6—7只鸟,有一只鸟的飞翔姿态发生变化,它也随之发生变化,从而整个鸟群的队形发生变化,如飓风卷动乌云。

鸟群,是鸟的一种防御形式,防御自然暴力,防御天敌。鸟在觅食时,发现食物丰盛,会呼唤同类一起觅食。我很仔细地观察过麻雀。在院子的圆石桌上,我撒谷子,一只麻雀来吃,吃一会儿就飞走,带十几只麻雀来吃。麻雀边吃边叫,叽叽叽,更多的麻雀飞来了。山斑鸠也是这样的。鸟类与人类一样,懂得分享食物。

我有一张竹茶几,摆在阳台上,每天中午在茶几上撒谷子。麻雀、斑鸠、燕雀、白腰文鸟等,来吃谷子。有时,它们一起吃,各鸟吃各食。家禽就不一样,把陌生的鸡扔进鸡群,它会被群鸡啄。被人驯养的家禽,有时带有人的劣根性。

一只鸟,两只鸟,三只鸟……鸟群。大多时候,大多数鸟,是单独飞行、单独觅食的。这与人相类似。尤其是林鸟,分散在森林的各个角落,栖在不同的树上或岩石上。在某个时候,因为季节的召唤,它们开始迁徙、迁飞,在路途上一一集结,不断地壮大,如行军的队伍,往目的地进发。它们在漫长的路途中,共度生死。

4月下旬，黄喉噪鹛从高海拔往低海拔迁飞，一路迁飞一路求偶，配上偶的，停下来，在高树上营巢、繁殖。没有配上偶的，继续迁飞。飞飞停停，鸟群一路集结，又一路分散。鹭鸶也是这样迁徙的。回程了，鹭鸶数万只结群，往南而去，蔚为壮观。它们走固定的路线，俗称鸟道。

吉安遂川县营盘圩，是我国鸟类南北迁徙三条大通道里的中部通道，是千年鸟道。每年清明至白露，因季风影响，南鸟北飞或北鸟南飞。尤其是在9—11月，越冬候鸟南迁，高峰期，每天有数百万只冬候鸟在营盘圩补给，在池塘在农田觅食，在树上夜宿。一棵大树，有几十只鸟夜宿。白琵鹭、白枕鹤、白鹤、豆雁、鸿雁、东方白鹳、小天鹅等冬候鸟，川流不息，如江河入海。

鸟群是个体生命的集体怒放。在客居之地大茅山北麓，每日都会见到鸟群。或在树林，或在河畔，或在田畴。数千只的庞大鸟群却难以一见。我们会被触动，甚而震撼、惊骇。鸟群是大地上的神迹。神迹一闪而过。无比神奇。

赎　河

一台推土机在推挖河石。石是鹅卵石，鹅蛋大、蓝边碗大。河石是取沙人留下的，摊在河床上。师傅是个年轻人，烟在嘴皮上滑动。我问：师傅，推河石干什么用？

河太浅了，水流着流着就没了，渗入石缝，躲起来了。没有水的河，是死河。河石推起来，堆一条石坝出来，可以蓄水了。蓄了水，就救下了河。师傅说。

河道有八十余米宽，河床三十余米宽。初冬，河床更窄，河水若有若无，淙淙之声盈于耳。河被两岸的河堤收拢，似大地上的一条腰带。河堤上，枫杨树、洋槐、冬青、樟树、朴树形成了带状密林，乌鸫、长卷尾、黄嘴蓝鹊、寿带、喜鹊，在高树上鸣叫不已或营巢。北岸河滩被芒草、千里光、大蓟、野荞麦、莎草、野艾覆盖。有人挖了野草，在黑乎乎的淤沙上种植菜蔬。种菜人用割刀给枫杨树剥皮,沿根部割一圈,扯下皲裂的树皮,树脱水而死。南岸河滩的枫杨林更密集、更阔大,延绵数里。取沙人掏沙,往树根下掏,水桶粗的枫杨树轰然而倒。树倒了二十多年,但不死,伏地的树冠又弯曲地往空中长。疏疏的沙柳,挤进了约半里长的河床,随浪摇曳。普通翠鸟、燕尾、褐河乌、黑水鸡、苍鹭在沙柳林出没。

沙柳林下游三百米处,河床有了缓坡,收窄。师傅推巨石堆出一条约两米宽的坝底。嘟嘟嘟,推机的铁斗拍实巨石,继续推。

每天,我都去看师傅推石筑坝。严冬尚未到来,并不冷。芒草倒伏而枯,落叶树剩下光秃秃的树桠,水面上漂着褐色或黑色的树叶。一只忘记了南迁的白鹭,在石滩上嘎嘎叫。已有两个多月没有下雨了。水在石缝流出细线。数十条细线在石滩某一个低洼处交织,聚水成潭。在潭边,白鹭歪着头,候鱼。唰,长喙戳下去,叼上一条马口鱼。

石坝堆了五天,堆好了。这是一道简单的石坝,高约一米、宽约两米、长约三十五米,呈外凹的半弧形,中间开了一道宽约三米的出水口,用三块平坦的巨石分级泄水。

翌年3月2日，去河边剪大蓟。乡民爱吃大蓟，我也爱吃。剪下大蓟幼芽，切碎，清炒，用糯米粉糊下去，翻炒煮成糊状，做出一碗大蓟糊。春雨娇羞，青草也娇羞。河水上涨了许多，石坝出水口泄出了坝瀑。马口、鲫鱼、宽鳍鱲斗水翻飚，跃过巨石块，斗往上游。

石坝拦截了河水，蓄起了一个湖。湖水清澈，游鱼可见。我背着竹篓，往上游走。枫杨树扬起了初绿，叶婆娑。芒草冒出了笋尖一样的草芽。呼呼呼，有一群大鸟掠过湖面，往沙柳林飞去。是八只赤麻鸭。我站在枫杨树下，屏住了呼吸。

从来没有赤麻鸭来过河里越冬。这是第一次。

赤麻鸭、斑头鸭、普通秋沙鸭、鸳鸯、绿头鸭等鸭科鸟，对越冬地所栖息的河流、湖泊、湿地，有较为严苛的要求：安静；附近有高树；有稀稀的草洲；水下食物丰盛；岸边有茂密的高草；视野开阔。而这截宽阔的河，入了8月，水流减缓，日渐潺潺，大部分的水渗入沙层，直至入秋断流。十余个水潭（取沙时留下的大沙坑）藏在芒草和柳树遮蔽之处，小䴙䴘自由自在生活。

湖，其实就是浸没了草滩的河。没筑坝之前，衔接沙柳林的是一片莎草滩。淤泥沙厚积，长出了牛筋草、马塘草、野豌豆、婆婆纳、蓼，长了莎草之后，其他草本全死。被河水淹没的草滩，草根全烂，鲫鱼、鲤鱼、圆吻鲴、翘嘴鲌、须鲶、黄颡藏在这里。石坝抬升了一米之高的水位，赤麻鸭就来了。对于这条河流来说，无疑是一件重大的自然事件。

沙柳林被湖淹了将半。沙柳是一种缓生柳，长于河中沙层或石缝，根须如鬃毛，盘根错节，高不过两米，柳条坚硬如绳鞭，叶卵形，纷披于枝条。沙柳盖状的树冠，浮在湖面，嗦嗦摇动。二十多只白骨顶在沙柳林逐水而游。

4 月 4 日，暴雨如注。我又去河边。枫杨树翠绿了，蓬勃的树冠盖了日常行走的小路。小路的积水淹没了脚踝。虽打了大伞，浑身衣服仍然湿透。裤子裹着脚，走得异常艰难。河水涌起急浪，赤麻鸭在湖中畅游、觅食。我数了数，计有十七只。嗦嗦的雨声，湖面密集的雨泡，构成了赤麻鸭的原始记忆。这是赤麻鸭最后停留的日子，它们即将回迁北方。

4 月 16 日，再去河边，赤麻鸭和白骨顶都不见了。一群群的小䴙䴘扒开脚，滑水行走，划出水线，溅起细碎的水珠。初涨的河水已回落，岸边的油菜已被收割。河水淌满了河床。据乡人说，上个月底，河道管理处的人往湖中投放了五万多尾鱼苗，实施禁渔。投放的鱼苗是鲩鱼、鲤鱼、鲢鱼、鲫鱼、翘嘴鲌、鳙鱼。有很多鱼类在河中消失了，如鳜鱼、河鳗、中华倒刺鲃、鳑鲏、中华沙塘鳢、银鲴、鲈鱼，以及河鳝、沙鳅。河蚌、白虾、溪蟹也消失了。

6月初，数日暴雨。雨在盘旋。雨阻止了我通往外部世界。雨啪啪啪敲打玻璃窗，终日不歇。我站在窗前，看着雨箭射过来，击在玻璃上，散开。啪啪啪。窗台上的一钵草本海棠，被雨打烂。雨遮住了群山。而雨势清晰可见，排着阵列，从不远处的针叶林一阵阵压过来，白白亮亮。雨以有序、猛烈、急促的步伐，在大地上行走，锤击万物。我便记挂着那道石坝。这是一年中最后的雨季，至端午结束，俗称端午水。端午水是最勇猛的水，暴虐的野牛一样四处乱窜，横冲直撞。洪水泛滥，泥石流频发。石坝挡不住这么汹涌的洪水，会坍塌或垮坝。

过了五天，雨歇了。雨就像一个暴走的旅人，走倦了，缩在一个偏僻安静的角落，昏睡过去。太阳烧裂。我戴上草帽，去了河边。

河水回落,仍然涌起激浪。大鱼在扑浪,噗通噗通,扑出一团团水花。河滩淤积了黑黑的泥浆,覆盖了杂草。沙柳树上,挂着塑料皮、破衣服、蛇纹袋。水涌上石坝,往下跳,有了一道长长的坝瀑。出水口被冲毁,拉开了一道六米多长的坝口。一头死野猪漂浮在河面,被河水冲得打转。枫杨树、樟树,栖了数百只白鹭。作为季节的使者,它们探访每一条南方的河流。一个摘辣椒的妇人,走下河堤,说:你别往河边草丛走呀,有蛇出没,也有很多黄鼠狼。

妇人穿一件短衫,扎一个马尾,面目白净。我翻了翻她的圆篮,有约半斤多红辣椒,有两根丝瓜,有约半斤多四季豆,有六个茄子,有三根黄瓜。黄瓜是白黄瓜,粗粗壮壮,看一眼就想拿在手上生吃。我说:你的菜种得真好,你的菜也肯定烧得好。

地是我挖的,菜是我种的。妇人说。她抖抖圆篮,说,上个月初,有一天晚上,黑咕隆咚的,有四个偷猎的人来河边打野猪,嘣的一枪,打了一个电鱼的人。

打死了吗?

当场没死,肩部伤了一枪。挨枪的人,一头栽下河,淹死了。

偷猎的人怎么这样马虎，酿出人命大祸。

偷猎的人以为电鱼的人是野猪，就一枪。妇人指着河拐弯的地方，又说，尸体就在那个地方捞上来的，被树蔸拦住了。

谁还敢电鱼呢？餐馆卖一盘河鱼，罚款五千。电鱼一次，拘禁半个月。何苦送了一条命。我说。

电鱼的人有小喜事，过两天孙儿过周，摆几桌请客。他就偷偷去电鱼了。夜黑，谁管河里的鱼？鱼没吃上，枉死。妇人说。

我特别痛恨电鱼毒鱼网鱼的人。在没禁渔时，河里略深水的地方，布下了鱼笼（笼状的渔网）。电鱼的人穿着背带水裤，右肩背电瓶，左肩背鱼篓，握着两根穿了电线的竹竿，电鱼。在端午、中秋的头一夜，就有人在上游下鱼粉毒鱼。两里长的河段，鱼全部翻上来，不分大小。水路是最活的路，也是最死的路。鱼被毒死在水里。鱼之死，就是河之死。鱼之绝，就是人性之绝。那个被猎人毙溺的电鱼人，意料之外地枉死，算是以人命抵了鱼命。

其实，河里只有很少的鱼。有人在河里放湖鸭，数千只，饲料撒在石滩上喂鸭。湖鸭排粪量大，河水污浊，长了很多狐尾藻。乡人没法下河了。有人在河滩抛撒浸了毒药的谷子，湖鸭吃了，当场毒死。再也无人放鸭。污浊之水，滋生水螺蛳，吸附在石块上，手摸下去，摸上一大把。洪水冲洗了五六年，河恢复了清洁。洪水以猛兽之势，从山谷冲泄下来，连根拔起将朽之树，冲毁鱼塘，击垮岸田。我们诅咒它，在水神庙祭祀它。我们无法驯服它。它是天降神物。我们感谢它，它清洁河道，补充地下水，扫除腐朽之物，得以来年重生。

端午之后，很少降雨了。即使有，也是细雨或阵雨。雨按照四季的节律，抚慰大地。那个推挖河石的师傅，又开着挖掘机，筑起了出水口。他挖来了八仙桌大的巨石块，埋在下面，铺上平坦的石板，一层层叠。湖水再也没落下去。

一日早晨，在集市买菜，遇见一个卖鱼苗的人。他是上饶市沙溪人。他说一口软软的沙溪腔，听着就亲切。圆柱形的竹筐，用圆匾盖着，塑料皮套在竹筐里，荡着指甲大的鱼苗。竹筐有四个，两筐装鲩鱼，两筐装鲫鱼。孵氧器冒着泡，咕咕咕叫。我说，你家有哪几种鱼苗呢？

你要什么鱼花？他反问。他黄色的汗衫竖着领子，下垂边皱巴巴，线边也脱了。他穿的是一件广告衫。

河鳗、须鲶、上军（倒刺鲃）、螺蛳青（青鱼）、鸡屎鱼（中华沙塘鳢）。有吗？我说。

鸡屎鱼没有，其他有。他说。他看看我，不像个养鱼人，摸出一张鱼苗彩印广告纸给我，又说：你买不买都可以看看。

价格怎么样？我说。

不同的鱼花，年份不同，价格不一样。卖鱼苗的人说。他称鱼苗为鱼花。鱼苗荡在水里，像花一样开放。

问了价格，我说：两年的鱼苗，选河鳗、上军、螺蛳青。各要两千尾。

量太少了，从沙溪拉来，不划算。卖鱼苗的人说。

下次你来，顺带过来。我放生到河里。我说。

这个月份，水暖，适合放养河里。再过两个月，水寒了。他说。

那你不要嫌鱼苗少了，我年年买你鱼苗。我说。

河鳗、倒刺鲃、青鱼，与须鲶、黑鲤一样，都是江河中的清道夫，吃动物内脏，吃螺蛳，吃蛙鸟，也吃其他鱼类。

那你付三分之一的订金，不然，我拉来了，你不要鱼花了，我拍手也叫不应你。他说。

你拉来的头一天，给我电话。我在预约的地点等你。我说。我付了订金，提着菜去吃铅山汤粉了。那是一家新开的汤粉店，剁椒新鲜，调在汤粉上，撒一些细葱花下去，很鲜美。

很快入了冬。石坝顶上被人铺了条石板，在出水口铺了三条长麻石，石坝成了埠石桥。桥去彼岸，也来此岸。桥是两个世界的通达。人站在桥上，眼中的世界变得更大，变得更立体。河水从桥下往东流去，月亮从桥上升起来。流水声就是月亮鸣叫之声。鱼从下游斗水而上，穿过桥，抵达孵卵的上游；鱼从上游退水而下，穿过桥，去了大江大湖。桥是他者的世界，也是我者的世界，彼此相连。

问了，才知道那个铺条石板的人，就是那个年轻师傅。他才二十多岁，但他一定经历过很多事。他配得上这条河。

一群赤麻鸭落在湖面，荡起了一阵阵水波。水波又消弭于水。

林深时见鹿

黄麂伸出前肢抓石块，撑起后肢，头昂得直挺，汪嗯汪嗯地叫着。石块圆桌大，竖出一个平滑的石面，它抓不住，身子又掉落下去。石坝是个落水口，引水入水渠。水渠约三十米长，渠头是一处矮石崖，水落下去，直通水坞的十数亩稻田。水坞荒僻，稻田已撂荒二十余年，长出了盐肤木、白背叶野桐、楤木、苘麻、芒草、苍耳、野芝麻、虎柄等。水渠约两米宽，被马塘草、红蓼覆盖。黄麂回身，在渠道东闯西闯，高高地跳起来，前肢抬起，搭在渠墙上攀爬。草不着力，整块塌落，黄麂又落下来，头重重地撞在墙上，脑门粘了泥浆。黄麂半大，忽而东忽而西，乱闯。

水坞被两座馒头状的山冈压榨，山崖收紧了坞口，两棵老樟树半枯半荣，如两个老门童。坞口外，是一片枫香树林，曾有三户人家依林而居。在三十年前，拆了石屋外迁。石屋留下了墙根、片石块、石灰团、破瓦和数根被虫蚀空了的老木料。石凿的水缸还蓄满了水，乌鸫站在缸沿舔水。水被一根黑色皮管从山中引来，嘟嘟嘟，落在水缸，终年不息。两条黄鲫沉在缸底，兀自游来游去。水坞鲜有人来，除了采野茶、挖葛根的。

大暑之季，水渠无水可流，石坝底下有斗洼清水。黄麂是来喝水的。走禽和哺乳动物依水源而活动。哺乳动物在饮水时丧生，不是罕见的事。黄麂很少在田畴、河滩、郊林等低地活动。它天生谨小慎微，胆怯，闻人声而逃。白天在山上吃草，晚上或凌晨才来到低地喝水。大茅山山脉南麓有山村，叫黄土岭，住家十余户，水渠依山腰而绕，引水入木桶粗的水管，直涌而下，用于发电。每年的4—7月，有8—20头黄麂溺水而死，有大麂，有小麂。死得最多的是怀胎的母麂。雨季，水湍急。清晨，麂来到渠边低头喝水，滑脚下去，被水冲走，再也上不来。守电站的人每天早晨沿水渠走，找溺水的麂，活的就救上来，溺死的就捞上来。三百多斤重的野猪也会活活溺死。守电站的人看过野猪溺死，在水渠里浮着，划着粗壮的四肢，头仰着，怒吼着，嗷嗷嗷，嘴巴里呛着水。水卷着它，时沉时浮。野猪越吼叫，越呛水，身子往下坠，头竖起来，张大了空洞的嘴巴。整个身体沉了下去，拼尽全力划动四肢，又浮了上来，吼叫声渐渐低下去，嗷嘶、嗷嘶、嗷嘶，叫声哀绝，嘴边溢出血丝。没了叫声，野猪又沉了下去，四肢僵硬，边漂边沉，入了水底。成年野猪体重三四百斤，谁也救不了它。野猪空有一身蛮荒之力，爬不上水渠。水呛进了它的呼吸道，先窒息，再溺水。

我没看过黄麂、野猪溺水，但看过棘胸蛙溺水。我一直以为蛙类会较长距离游泳，在水中逃生能力很强。两栖动物溺死，有点不可思议。2023 年 4 月，传金兄送我七只棘胸蛙，一只蛙约半斤重。我不吃野生动物，提着蛙放生在德兴市第六中学的水池里。池中有八个太湖石假山，很适合棘胸蛙生存。沿着池边，我一个个放下去。有四只蛙游向太湖石，另三只沿着池边游，想爬上水泥池壁。蛙抓不住壁，边游边沉，游了不到三米，就沉了下去，腹部翻了上来。过了一个多小时，我去看沉下去的蛙，不见了，被鲤鱼吞食了。我想，黄麂溺水，也是这般死去的。

当然，我看过山羊陷泥淖。乡人菊生在山坞养山羊，有八十多头。山羊早出、晚归，在水库尾喝水。冬季，水库枯水，露出一滩淤泥。山羊喝水，走出了一条泥道。小山羊蹦跶，跳进了淤泥，咩咩咩叫着，拱着四肢，越拱就陷得越深，只露出头和脊背。我连忙打电话给菊生，叫他救羊。菊生骑着“宗申”摩托车，突突突来了，抱起小山羊，一身泥浆。这个泥潭，每年冬季都有三五只黄麂陷下去，有的被救起放生，有的被救起偷吃，有的死了好几天才被人发现，内脏都腐烂了。

麂，即南方小鹿，属鹿科麂属，有黄麂、黑麂、小麂等种。黑麂是国家一级保护动物，为我国特产物种，无亚种，生活在海拔约1000米的高山地带，全国仅分布约4000头。黄麂、小麂常见。黄麂又名赤麂，俗称麂子、山麂，叫声似犬吠，遂称吠鹿。在赣东北，黄麂十分常见。在大茅山南北两麓，可以说，每个稍大的山坞都有黄麂出没。黄麂并不在高海拔的山上栖息，喜欢在300米之下的稀疏树林、草滩、矮灌丛、荒山田、油茶林等处栖息，以植物的鲜嫩芽、花朵、枝叶、果实为食，也吃时鲜蔬菜，在食物匮乏时，会跑进农家小院偷食白菜、萝卜、菠菜、鲜玉米、瓜果等。

进了院子的黄麂，是不可以伤害的。黄麂到来，是故去的亲人来探家,探望在世的人,给予庇佑。谁伤害黄麂,谁就会受到故去的亲人诅咒,病痛缠身。在乡间,这是古上代代相传下来的乡俗。这是乡人的朴素自然主义哲学:人与动物相睦,不要无缘无故去伤害动物,否则会有报应。

一獐,二麂,三野兔。意思是说,这三种哺乳动物,善良、谨慎,特别会跑,很惧怕人。这是乡人的说法。黄麂一个晚上可以翻山越岭三十多公里,边跑边叫。叫起来,似鸭非鸭,似犬非犬。这是公麂在四处求偶。找了母麂,交好之后,又跑了。母麂独自哺乳和抚养幼麂,幼麂可独立了,自寻山坞(栖息地)单独生活,一年性成熟。黄麂单独生活,不结群,在草蓬或灌丛下做窝。公麂的头上有两只叉角,母麂则无。

我居住地的后山,有"三多":夜鹰多,灰胸竹鸡多,黄麂多。仲春开始,晚上七点来钟,夜全黑了,在朱潭埠后的山丘针叶林,啧啧啧,夜鹰叫了,像机关枪扫射,激烈,铿锵有力。晚上八点多钟,黄麂在小打坞叫,一直叫到凌晨三点多。早上六点多钟,在高压电杆下长满刚竹和矮杉的山丘,灰胸竹鸡湿漉漉地叫了:嘘啃啃,嘘啃啃。早晨、午后、傍晚,灰胸竹鸡叫,一次叫一个多小时。居住地在大茅山山脉北麓，群山向北向西延绵，山却不高，针叶林和阔叶林十分丰富，山溪交错。黄麂在山坞荒丘出没，吃油菜青吃塘边青草。看见种菜人去山坞了，它就慌不择路地跑。

水坞僻静，荒草茂盛，矮灌丛生，很适合黄麂栖息。黄麂在水渠里来回蹦跶了五六次，显得有些精疲力尽了，站在石坝底下，东张西望。我从大樟树下走到坝顶，看着它。它红棕色的皮毛泛起润润的光泽，两只叉角内弯，还没形成两个半月状的弧度。它还是一头亚成体。它的吻部发黑，鲜棕色的脸颊托着一双泪窝深陷的眼睛，尾巴垂着。它听到我的脚步声，惊跳了一下，挪了挪脚，又站在原地不动，看着我。它的一双眼睛显得惊恐不安，闪了闪微黑的眼睑，踢了踢蹄子。它的眼睛又大又圆，乌黑，深邃透明。我又退回到大樟树下。需要一块垫脚石或一块木板，它才可以攀上石坝。

在旧屋基，有很多大石块。但我搬不动。在山里，哪会有木板呢？枫香树林侧边有一块空地，有人把空地当作了临时的货场，堆了很多石煤。在石煤堆四周，我找木料或围挡，也没找到。我没带刀，树也砍不了。只得徒步两里，到暖塘。暖塘有工地。工人在浇筑楼房。我到门房那里，借了一条靠背椅，扛在肩上。天热，又走得急，汗湿了全身。到了石坝，黄麂卧在草丛，昂着头，四处观察。它见了我，一个翻身，站起来，向水渠的另一头跑。把靠背椅依靠石坝，摆得安安稳稳，我就走了。我站在大樟树下，可以清楚地看到石坝和水渠。我等着黄麂跳上靠背椅，又跳上石坝。

夏蝉鸣叫不歇，吱呀吱呀，撕心裂肺。鸣蝉必是雄蝉，腹基部有一个发声器，犹如大鼓，鼓膜震动，引起共鸣。蝉鸣并非是一种快乐的游戏，而是受惊，或集合，或求偶。与鸟鸣不一样。在绝大多数时候，鸟鸣纯粹是一种快乐的游戏。我听了蝉声，就会烦躁不安，每一分钟变得更加漫长。时间的转轴，转得快与慢，与人的情绪有很大的关系。站了二十多分钟，我还没看到黄麂过来，心里有了失落。我折了一根带叶的树枝，当蒲扇摇了起来。樟树上，有很多蚂蚁在爬，呈线形，上下往返。这个时候，我才发现，我的脚踝和脖子上有蚂蚁，被汗液粘住了。

动物受了惊，需要时间平复惊恐，有时是半个小时，有时是半天，有时是数天。小鸟被猛禽偷袭之下，死里逃生，在三两天之内都很少鸣叫，也很少吃食，窝在树上，也很少飞跳。野兔被黄鼠狼偷袭,大半天也不敢走出自己的草窝。野猪受到偷猎人袭击,一个星期也不会下山,甚至再也不去受袭的地方。鹞子的巢被人或被蛇掏了,鹞子再也不会在那棵树上营巢。黄麂受了惊吓,并没受到人或天敌的袭击,它需要多长时间平复呢?

一辆运石煤的大货车,开进了树林。车在树林边掉头,车尾对着煤堆,倒车。卸了石煤,车开了出去。路是泥巴路,被重车压得坑坑洼洼。哐啷哐啷,车颠簸着走了。水坞一下子安静了。夏蝉也没了。不知是蝉飞走了,还是不叫了。嗦嗦嗦,水渠有草声。黄麂三跳两跳,跳上靠背椅,跳上石坝,向荒田跑去,转眼就没了踪影。

它一闪一闪,皮毛发亮。

在山中,我多次近距离看见黄麂。有一次,去绕二镇"山水人家"山庄吃饭。其实,山庄是一户远离村子的普通院落人家。山庄外有一处乔木林,林边是芳草萋萋的原野(无人耕种的田畴)。瑞港河绕林而过,与绕二河汇流。我去河边,走着走着,就到了青青原野。一只黄麂低着头,啃食草芽。散步时,我一直打量着宽阔的河面,没注意原野。等我注意到黄麂的时候,它停下了吃草,看见了我。它迟疑了一下，转身跑了，啪嗒、啪嗒、啪嗒，踩着软软的田泥，跃过田埂，翻上岸边的泥墙，一溜烟，跑得无踪无影。泥墙长有芒草、荻、野茶，嗦嗦嗦，它就翻上去了，惊心动魄。

桂湖是龙头山乡一个很僻远的山村，入村途中有会源桥。会源桥是一座独拱桥，建于1595年，由条石砌成，呈八字形，古朴雄伟，如河上拢月。我去看会源桥。站在桥头，朋友给我拍照。我做身依石栏、目视远方状，朋友正要拍照，我以手势止住了。沿陈源河绕山而上的古道，一头黄麂在东张西望。古道荒落，杂草铺满了古道两边。山上矮灌丛生，在雨后，格外青绿。黄麂是一头成年黄麂，约60斤重，没有鹿角，腹部鼓鼓的，必是怀胎了。它低头吃草，吃了几口，又仰起头，东张西望，忽地，一纵一纵，向山上纵身而去，十分敏捷。

朋友说：黄麂真是灵动，不知道还会不会回来，还想看见它。

我说：今天想再见到它，有难度。

野生动物需要偶遇。遇灵鹿如见神明，更是难得。黄麂在野，食艾蒿，何等自在、自得、自由。

呦呦鹿鸣，食野之苹。我有嘉宾，鼓瑟吹笙。
吹笙鼓簧，承筐是将。人之好我，示我周行。

《诗经·小雅·鹿鸣》这样写鹿。群鹿在草地撒欢，吃着鲜美的野草，怡然自得。鹿科鹿属动物是群居的，麂属动物有强烈的领地意识。麂独立生活后，有了自己的领地，终生在领地生活，无论跑多远，多会回到原来的草窝过夜，也不和其他麂一起生活，即使是配偶。

黄麂是一种非常干净的动物，身上不会有污浊之物。它喝清洁的水，在干净的溪河洗澡。不像牛、羊，苍蝇蚊虫不离身。牛羊是凡俗之物。黄麂是高贵的，也是孤独的，独自在草山浪迹。也许只有高贵的，才可以匹配孤独。或者说，高贵的，才是孤独的。孤独的，才是自由的。啃食草露，在星辰下独鸣，寄身荒寂的山野。

竹鹧鸪

雨后的山野水淋淋。浅白的水气还没散去，树木愈发青葱。四野望去，明净淳朴。摇一下树枝，水珠沙沙沙洒落。和水珠一起洒落的，还有鸟鸣。“嘘溜溜，嘘溜溜”，这是丝光椋鸟在叫。但闻鸟声，不见其影。它在哪儿呢？四周是芒草、矮灌木、藤条和墨绿的杉。它也许在溪涧求偶、对唱，也许在某一棵山乌桕的横枝上引颈高歌。“嘀嘟嘟，嘀嘟嘟”，这是白颊噪鹛在欢歌，以婉转优美的啼音领唱。百鸟在争鸣。

“嘘呱呱，嘘呱呱，嘘呱呱”，在三里之外，雄壮悠扬的啼鸣震动了山林。啼鸣如竹笋破土而出，扶摇直上；又如瀑布飞泻，气吞山河。让人想起胡琴大师在演奏《赛马》，骏马在弦上奔驰，一日千里，沙尘滚滚。激烈的，张扬的，汪洋肆意。如溪涧暴涨,哗啦哗啦,冲泻出狭长山谷,气流催动草木,水浪激发水浪。我常常被这激荡的啼鸣唤醒内心,春草般复苏。没有比灰胸竹鸡更洪亮的鸟鸣声了,四声杜鹃不如它,鹞子不如它。它们的鸣声怎么可以和灰胸竹鸡相比呢?它们鸣叫得多么单调乏味,像个游方僧敲木鱼。

灰胸竹鸡又名竹鹧鸪。在很多年里,我误把竹鹧鸪的鸣叫,当作蓝翡翠在得意忘形地练声。我还以为,有溪涧的山垄是蓝翡翠的练歌房。竹鹧鸪和蓝翡翠,啼声有相似之处,洪亮悠长,连接音柔滑。竹鹧鸪是这样叫的:嘘呱呱,嘘呱呱,嘘呱呱。蓝翡翠是这样叫的:嘘咕咕咕噜,嘘咕咕咕噜。"咕噜"是一个后缀音,向下滑走,尾音圆润。蓝翡翠鸣叫三分钟,便止歇了,而竹鹧鸪可以鸣叫半个小时,声声长,气韵充沛,节奏不乱。久闻之后,我又责骂竹鹧鸪:怎么这样笨呢?叫得这么凶,既不知道变变嗓音也不知道降降声调,嗓子叫坏了,谁给你换一副好嗓子呢?

竹鹧鸪真是呆鸟,四季凶叫。

尤其在清晨在雨后,竹鹧鸪鸣叫不歇。我不明白,它为什么在这两个时间节点鸣叫不止。也许是清新的空气,让它敏感,让它情不自禁地讴歌:世代居住的山林是最美的山林。

高亢的鸣唱不仅仅是竹鹧鸪"直抒胸臆",更是在宣示自己的领地"主权"。它不允许家族之外的同类,来自己领地觅食、求偶。它好斗,有"外敌"来犯,雄鸟必然像一架战斗机,"绞杀来敌"。它撒开翅膀,昂起头,憋着一股气,冲向"来敌",用挺起的前胸顶过去,喙嘟嘟嘟地啄下去。两只竹鹧鸪就这样"六亲不认"干起来,前胸顶前胸,头撞头,翅膀拍翅膀,喙对啄,啄下一地"鸡毛",直至"来敌"仓皇而逃。

但它高亢的鸣唱,给它带来了杀身之祸。捕猎者听到某一个山坞有竹鹧鸪在叫,便带上丝网去布堂(以低网在地面设置鸟类陷阱称布堂)。在灌木林平地,割掉杂草和山蕨,竹片扦插成一个"回"形的阵,围上丝网,开一个窄小的堂门,堂门外用杂草拦起一条小道,自小道口往网阵撒谷物。竹鹧鸪来吃食,慢慢吃进堂里(堂里即陷阱),被丝网罩住。

竹鹧鸪是一窝出来觅食的。亲鸟带着一群子鸟,一路吃,一路扒食,扒着扒着,把网扒了下来。一窝鸟十多只,被一张网逮住了。

双溪湖是大茅山支脉最大面积的水库（约三平方公里），主坝设在芭蕉坞峡谷。芭蕉坞原有一个二十余户的小村子，依山临水，绿树和山毛竹掩映。小村在五年前搬迁至双溪村，以保护水源。竹鹧鸪在山中晨昏啼鸣。

据朋友张孝泉说，在十年前，绕二镇的双溪村、塘湾村、炉里村、马坑村、瑞港村，都有偷猎的人，以铁夹、丝网、电网，偷偷上山打猎，猎杀野猪、山麂、山兔等。打得最多的就是野猪和竹鹧鸪。他们晚上行脚上山，隐身树林。

竹鹧鸪和环颈雉同属雉科。环颈雉也叫野鸡、七彩山鸡，咯咯咯叫，叫声和家鸡差不多。它们均栖息在低山丘陵、山脚林地及灌丛、草丛。环颈雉还栖息在距村舍较近的河边草地、沼泽地及菜园地、农田。

环颈雉不常鸣叫，即使鸣叫也不高亢洪亮，不易被人发现。竹鹧鸪在宣示“主权”时，也等于向猎人宣告：等你来抓我啊。所以，竹鹧鸪曾以惊人的速度在山林消失。封山禁猎以后，竹鹧鸪又以惊人的速度回归山林——每年一窝，每窝产卵5—12枚，卵产齐后即开始孵卵，孵化期17—18天，雏鸟早成性，孵出几天后就能飞行。

早春三月，雨酥酥，芝麻油一样发亮。茅草返青。粉叶柿抽出了鸟喙般的幼芽，而后，绿蛾般张开翅膀，落在枝头。水变得亮堂堂，萝卜在田头开起白皑皑的花。樟树籽从土层拱出两片芽叶。山还没完全绿起来，芒草哀黄，野山樱白了山崖。站在山梁，田畈却一片金黄，那是毛茛花。毛茛的草籽随风而落，落地生根，一畈田野就此成了毛茛花圃。山梁与山梁之间的山谷，漕起了春水，淹没了荒草，淹没了山田，汤汤而下，注入溪涧，汇入河中。鱼斗水而上，在草丛嗦嗦游动、产卵。喜鹊衔着树枝、枯草，在高高的枫香树上筑巢。略显潮湿、微寒的清晨，竹鹧鸪亮开了嗓子叫：嘘呱呱，嘘呱呱。在它的鸣叫声中，天慢慢虚白、淡白、澄白，山川露出秀丽端庄的轮廓，桃花红梨花白，黄莺初啼。竹鹧鸪在山谷啼鸣不休。

初听它的啼鸣，带有湿漉漉的水气和万物出生的春情。在山腰的灌木林，竹鹧鸪忽而东忽而西忽而南忽而北。雄鸟在求偶。雌鸟也在求偶。冬季，它们栖息在低地或丘陵的灌木丛、草丛，惊蛰过后，它们垂直迁徙至山腰。山腰生长着油茶树、檵木、刚竹、地稔、茅草、山蕨、山楂、午饭树、白背叶、剑麻、黄精。雌鸟叫了五天，雄鸟来了。雄鸟站在石头或空阔的草地,对着雌鸟嘹亮地鸣叫,抖开翅膀,伸长脖子,亮出美丽的胸衣,跳起了“山地舞”。

跳着跳着,雌鸟也跳起了“山地舞”。它们相对而舞,相视而鸣,款款深情。

在接下来的几天里,它们以舞欢愉。在草地,在岩石,在湍急的溪流边,在喜树下,它们从早跳到晚。它们踱着步子觅食。它们挤在一根树丫上睡觉。它们的身子紧挨着身子,感染彼此的气味。

多雨的月份,野花旺盛地开,也快速地凋谢。似乎没有过半个月,野山樱落尽了花瓣,淡黄的幼叶抽出了枝头。在某一棵枝叶密实的灌木下,一对“情侣”变作了“夫妻”,形影不离,一起扒开草丛,一起刨土,在凹下去的坑槽里铺上草垫,营建“爱巢”。它们形影不离生活在一起,若雌鸟离开了视野,雄鸟啼鸣不已,呼唤爱侣。

雌鸟在发情期,“遣散”家族群体,各子鸟分飞各处。孵卵之后,专心致志抱窝。竹鹧鸪的卵个头大,如土鸡蛋。卵有浓烈的蛋腥味,引来蛇和黄鼠狼。蛇匍匐而来,草叶嗦嗦。竹鹧鸪与蛇之战,不可避免地上演。它的爪和喙是两件凶器,爪摁住蛇,喙雨点般啄下去,蛇头被啄烂了。黄鼠狼善突然袭击，尖牙利齿，直扑鸟窝，撕咬亲鸟。亲鸟跳起来，啄黄鼠狼眼睛。

在鸟类，雉科鸟在护卵护幼雏时，不舍性命。戊戌年初夏，我老家后山发生火灾，烧了一天一夜，山林被毁两千余亩。一个烧荒的人烧芒草，大风吹来，芒草灰扬起，点燃了一片芒草茅草，从山底往山顶烧，油茶树、松树、杉树都是油脂含量比较高的树，快速燃烧。山上草蕨全被烧死，树烧得像焦炭。过了一天，村人上山捡烧死的兔子、山麂等动物，有人在山谷的一个土坑，看见一只“鸡”扑在坑道。“鸡毛”烧光了，一坨肉黑乎乎。他提起“鸡”，“鸡”身下还有九只“小鸡”。“小鸡”的“鸡毛”黄褐色，光鲜。他把“鸡”放回坑道，刨土把一窝“鸡”埋了。肥嘟嘟的“鸡”，头大、脖子粗短、脚长，是竹鹧鸪。不止人类，动物也会有超越自己生命的伟大母爱。是爱塑造了生命，而非别的。

双溪湖边有许多零零散散的荒地。荒地芒草比人还高。村中有一中年男人去挖地种杨梅树。他割芒草，见一只竹鹧鸪抱窝，他取了一根刚竹赶竹鹧鸪，脱下汗衫包了一窝蛋。蛋有 11 个。竹鹧鸪追着他跑。他从没见过这样凶狠的鸟，鸟嘴啄他小腿。他又包着蛋回去，把蛋放进窝里。第二天,他去挖地,一窝蛋不见了。

雏鸟破壳三五天即自由活动。亲鸟带着雏鸟在林下、草丛四处觅食。竹鹧鸪杂食性强,吃植物嫩叶、幼芽以及果实、种子,吃谷粒、小麦、豆子,吃昆虫及虫卵,吃蜗牛、蜒蚰等。雏鸟肥得很快,胖墩墩的肉下垂。

听见竹鹧鸪在鸣叫,我们却很难找到它。它见人就躲,躲在草丛纹丝不动。鸟类天生警惕人。人在鸟类眼里,可能是最坏的物种。人的脚步声可以“震慑”鸟类。竹鹧鸪属于走禽,不善于飞行,善于隐身术,钻草丛钻灌木林,草木沙沙沙,不见了,也无响动了。在躲藏时,它不再“嘘呱呱”地叫,而是发出“沙沙沙”的报警声。

割草或捡蘑菇时,竹鹧鸪突然从草丛或灌木丛飞起,身子沉沉地下坠,贴着地面,笨拙地飞向不远处的草木茂盛之处。人会被它惊吓一下。它的惊飞出其不意,无所预料。

在没禁猎以前,山中有一个善捕鸟的人,在冬闲时节,常挑活的竹鹧鸪来卖。一根竹棍两头挂两只或六只。在大茅山,竹鹧鸪分布很广,在森林及林缘地带、低地山坳灌丛草丛,都可见它的身影。有一个信佛的五十多岁妇人,全买下来放生。她提着竹鹧鸪去山上,一路念着:阿弥陀佛,阿弥陀佛。

也有人买来关在大笼子里养,想孵一窝。两只竹鹧鸪关在一起,却相互对啄,啄得羽毛落了一地,露出斑斑肉。羽毛掉得差不多了,像一只病鸡,病恹恹。雉科鸟有着非常美丽的羽毛,以优雅的体型、优美的翔姿,让人不得不生喜爱。灰胸竹鸡属于竹鸡属,产地在中国,相较于锦鸡属的红腹锦鸡(别名金鸡)和鹇属的白鹇(别名银鸡),体型略小,体色更暗淡也更丰富,因胸部呈半环状灰色而得名,眼淡褐色,喙黑色或近褐色,头顶与后颈呈嫩橄榄褐色,下体前部栗棕色后部棕黄色,跗跖和趾呈黄褐色。

距我住地不远的雷打坞,有一片针叶林。在8—11月,每天早晨和傍晚有竹鹧鸪在鸣叫。嘘呱呱,嘘呱呱。音译过来,是"水呷呷,水呷呷"。似乎它终日口渴。有时,我静坐于室,它的叫声让我心烦。它叫得歇斯底里。我知道它栖身的地方——杉林与刚竹林交杂的矮山冈。我去了矮山冈,扒开一丛一丛的刚竹,很细心地找它。我走遍了矮山冈,也没看到竹鹧鸪。我回到房间,它又开始叫,和我较劲似的。我什么事也干不了。我就想,我并非如自己所想的那样,可以安然于室,静如磐石。我离自己所期望的境界还很遥远。

深冬之后,竹鹧鸪的鸣叫声少了许多。似乎山野清静了。但在清晨或雨后,鸣叫声此起彼伏。这个时候,我哪儿都不去,就去深深的山垄,听听"嘘呱呱,嘘呱呱"。这是一种具有强烈代入感的鸣叫,不知不觉,我走完了长长的山垄,而忘记了路途的遥远。

马尔克斯说:"生命中真正重要的不是你遭遇了什么,而是你记住了哪些事,又是如何铭记的。"我记住了竹鹧鸪的鸣啼,独一无二的鸣啼,湿漉漉的鸣啼。

有竹鹧鸪的叫声,心一下子就潮湿了,变得柔软、生动,山林就不陌生,在我们的耳鼓边。人类原本就生活在山林里,最终又遗忘了山林。山林是人类的摇篮和启示录,鸟鸣是启示录中神奇的一篇。鸟鸣是音符谱写的大自然经文。

嘘呱呱,嘘呱呱。嘘呱呱,嘘呱呱。

山林里,潮起潮伏,潮生潮落。

叫烂毛的狗

在竹鸡林后山坞，起了一个学校工地。工地占三十多亩地，被二米多高的砖墙围着。工地每天有百十号工人做事。做事的人，有南港的，有张村的，有花桥的，有绕二的，有香屯的。包工头老舒对班组头小汪说：你姐姐烧菜好吃，工地起个食堂，你姐姐去承包，一年可以赚好几万块钱。

汪姐四十多岁，略显清瘦，脸正，有一副壮实的身板。过了元宵，她用三轮电动车拉着方桌、碗柜、刀具、炊具、水桶、煤气罐来工地。车骑到胡家桥头，见一条小狗蜷缩在路边，病恹恹的样子，腹部和脊背的狗毛都烂脱了，汪姐抱起狗，放进竹篮里，带到了工地。工地一片黄土，竖着打井机、吊机，运土车呼呼呼地进出。一座用竹架子搭的石棉瓦棚，空拉拉地靠在西边围墙。棚子里堆着破水泥袋、木棍、坏掉的手推货车、一截截水管。她把杂物清理了出来,堆在门口侧边的三角地,喊老舒:哥,哥,中午可以开饭了,你来吃饭。

棚子边有一栋很小的水泥砖砌的矮房,作临时厕所。厕所不适合建在进大门就一眼望见的地方,所以一直没用。汪姐便把狗安置在砖房,顺手关了门。汪姐是个麻利的人,洗菜、切菜、烧菜、蒸饭、洗碗,都她一个人干。菜是大锅菜,盛在搪瓷脸盆,摆放在方桌上,有六大脸盆。工人吃一餐,十五元,可以选三个菜品,饭管吃管够。吃饭的人,端着大碗,蹲在地上或找个石墩坐着,啪啪啪地划动筷子往嘴巴里扒饭。干的是重体力活,没三大碗,填不了肚子。老舒也来吃,坐在唯一的一把塑料椅子上,对汪姐说:菜烧得不错,好吃。老舒是给她撑场,第一餐开灶,得陪工人吃。吃了半碗下去,他放下了筷子,扭头看,说:没看到狗,怎么有烂狗的气味呢?

捡了一条黄毛狗崽,烂毛了,不知为什么。汪姐说。

工地养狗好,可不能养一条烂狗,气味难受。烂狗扔了,我送一条狗崽给你。舒家的老八有一条三个月大的狗,愁着送给谁。老舒掏出纸巾擦嘴巴,说。

捡了,就不能扔。它是一条狗,又不是一只癞蛤蟆。汪姐说。

第二天早上,老舒开着车,抱下了一条白额纹、花腿、黑尾巴的小狗,喊:汪姐,老八的狗抱来了。小狗在他手上,嗯呢嗯呢地叫着。汪姐接了狗,骑着电瓶车,把狗送了回去,顺路买了两瓶云南白药来。汪姐抱着烂毛狗,给它涂抹云南白药。

一天涂三次,涂了三天,烂毛狗摇摇晃晃走出了矮房,卧在木棍堆下的杂草上晒太阳。

汪姐每天买鸡骨架、鸭骨架,烧给工人吃。骨架便宜,三块钱一斤,工人爱吃。工人吃肉,狗吃骨头。吃了骨头,狗贴着汪姐脚后跟,舔裤脚,嗯呢嗯呢叫。

过了三个多月,烂毛狗换了一身黄毛,也壮实了很多,在工地上跑来跑去。汪姐临时外出了,就站在木棍堆下,喊一声:烂毛。

烂毛嗯呢嗯呢叫着,跑回来,卧下去,翘着耳朵,伸出白斑点点的舌头,摆着尾巴。它守着棚子,陌生人进来,它就汪汪叫。

我是三天两天就去工地看工人做事的。偶尔,我也来到棚子泡大碗茶喝。狗就卧在我脚下，抬着头，眼巴巴地望着我。有时，我也带包子，带吃剩下的肱骨去，扔给它。扔下去，它就跳起来，用嘴巴接住。它的上吻部很黑，油油发亮，脚趾也黑，尾巴有三个白毛圈，其他体毛棕黄。我在工地跑起来，它也跟着跑起来，却始终不跑在我前面。我停下来，它也停下来，望着我。

房子浇筑了三层，雨季来了，大部分工人上不了工。工人在工地吃午餐，早出晚归。砌墙工、模板工在室内干活。那个嘴巴不离烟的老罗，看守水泥、钢筋的老姜，戴黑呢绒帽子的总监事王敬，还在工地。雨下得突然，我也来工地躲雨。狗蹲在矮房，安安静静地瞌睡。我一进大门，狗就汪汪叫，站起来，不顾雨势，跑出来，围着我跳起身子。

在这个季节，桐花凋谢，映山红凋谢，山矾花初放。山中的水沟边，紫堇、射干、夏天无、白姜花等草本，开得繁盛。有许多一年生或多年生草本，已经结籽。尽早开花，尽早结籽，是许多草本繁衍生息的秘诀。一年之中，也是在这个季节，林中最喧闹。画眉鸟、鹊鸲、柳莺，鸣叫不歇。嘘嘘嘘，哩哩哩。灰胸竹鸡在每个山冈都有，水呱呱水呱呱，雄叫四野。灰胸竹鸡栖息的林子，故名竹鸡林。少了吃饭的人,活就少了很多,汪姐就坐在棚里织毛衣。她喜欢织毛衣,走路也织,晚上躺床上也织。狗就卧在她脚下,抖着舌头,翘起尾巴,嗯呢嗯呢低叫。

雨季过了,工地上做事的人打个赤膊,抛砖、搅拌水泥浆、扎钢筋、钉模板,渴了,捧着五升容量的水瓶子,仰起头,一口气喝下大半瓶。中午,他们就倒头睡在地上,望着还没拆下的模板,抽一根烟,便呼呼大睡了。有一次,一个南港的工人对我说:你有门道吗?给我介绍去高中学校,我想去给学生上一堂课。南港人差不多有六十来岁了,做运砖工,一天工钱180元。南港到竹鸡林有三十多里路,他每天早上五点起床,吃一大碗蛋炒饭,骑电瓶车来工地,傍晚六点来钟下班。他黑瘦,脸窄,胡子拉碴,短身材,手脚却结实、粗壮。他从水泥地上坐起来,背部沾满了浸了水渍的水泥灰、砂砾。我给了他一根烟,说:你怎么也不带一条草席来,铺在地上睡,舒服一些,还可以防潮气。

睡惯了。他说。他捏捏烟嘴,点了起来。他又说:我没读什么书,大字不识一箩筐,但我想给学生讲一节课。

你讲什么呢?我说。

生活太难了,没读到书,活得太辛苦了。他们读书的条件,这么好,有的孩子却不读书,沉迷手机游戏,太不应该了。南港人说。

他从套鞋里抽出脚,给我看,说:你看看我的脚,运砖运了二十多年,脚都走变形了,像一块生姜。

我蹲了下去,和他说话。我说:找个时间,我带我孩子来,睡睡工地,孩子就知道把书读好不是一件难事。

南港人呜呜呜,低泣了起来。

狗听到了低泣声,不声不响地走了过来,望着他。一直望着他。

这时,汪姐在喊:烂毛,烂毛。狗汪汪汪,狂吠几声。它知道汪姐要去诊所输液了。汪姐中暑三天了,饭食由她妹妹操劳。工地里,每天都有人中暑,有时一天三五个。工期紧,晚上也加班,他们睡眠时间少。中午,每个人睡得不想抬脚。狗便守着大门,有陌生人来,就朝天狂吠。

狗很少离开工地。对于一条狗来说,工地是个大世界。但有一阵子,整个上午不见它。差不多是上午八点多,它叼着一块大骨头往山边跑,跑得轻快。它去哪儿呢?谁也不知道。汪姐在它后面跟踪,跟踪不了两百米,狗在围墙转角的三岔路口,不见了。

汪姐对看守建材的老姜说:烂毛天天往山里跑,还叼着大骨头出门,不知去哪里。

老姜说:那我跟着去看看。候着狗出了门,老姜骑着电瓶车默默地跟着。过了十来分钟,老姜又回来,对汪姐说,狗往雷打坞的一条山路跑去了,骑不了电瓶车。

有一次,我去罗家墩吃午饭,走错了路,进了很深的山垄,只有五户家人。再进去,已经没人烟了。车子折回来,看见烂毛狗在一个半开半闭的土院子戏耍。我下了车,见院子的枣树下,系着一条大花狗。大花狗很瘦,脊背骨一根根凸出来,脸肉凹进去。烂毛狗和它对耍。狗用爪抓对方,然后蹭脸。我喊了一声:还不回去啊,烂毛。它围着大花狗跳圈,半举着身子跳,懒得理我。房主紧闭了门,不知是外出做事未归,还是别的。山中,大部分房子都闭门。人去了哪里呢?山中虽好,却留不住人。人在外奔波。

从竹鸡林到这个山垄,少说也有七里地。烂毛怎么知道这里拴着一条大花狗呢?它叼食给大花狗,陪着嬉闹。

过了半个多月,烂毛要么老老实实蹲在门口或矮房,要么在轰隆隆的工地房溜达。我去了一趟无户人烟的山垄,大花狗不见了。

汪姐是个精力充沛的人,从不午睡。收拾了碗筷,洗涮了,就唤一声:烂毛。烂毛摇着尾巴,趴卧下去。汪姐拉起水管,给烂毛洗澡,用手给它梳毛,边梳边埋怨:怪不得你烂毛,这么热的天也不知道洗澡,浑身尿骚味。冲洗了,汪姐拍拍它的头,说:自己找快活去吧。

老舒对这个汪姐很是满意,说,工地有了烂毛狗,相当于请了一个门房工。汪姐的家离工地有七里地,收拾了烂毛,骑电瓶车回家了。烂毛一路小跑着,跟着车,跟到三百米外的路口,停下来,汪汪汪叫几声,折回。天天如此,风雨无阻。

到了九月廿八,六层的房子封顶了。老舒在空拉拉的房子,摆了二十二桌酒席,请乡友、工友吃晚饭。酒席是流水席,三百八十块钱一桌,不包烟酒茶。下午四点,有客人来了。烂毛蹲在门口,对着来客摇尾巴,嗯呢嗯呢叫。晚灯亮了,烂毛在酒桌间穿来穿去地摇尾巴。它从没见过这么多人,坐在一层的屋子吃饭。

房子封了顶,很多工人走了。钢筋工、模板工、轧丝工、拌浆工、抛砖工,去了别的工地。他们在不同的工地迁徙。工地一下子冷清了下来。留下来的工人,在砌墙,在粉刷,在贴地砖,在安装玻璃,在安装水电。吊机也开走了。工地空阔了起来。烂毛狗有了成年狗的模样,头大,骨架大,脚长,眼神锐利。汪姐说:有的人还叫不上名字,就走了,狗也长得这么大了。晃晃眼,也就几个月的工夫。

捡来的时候,它还是一条狗崽,烂了一身毛。汪姐没想过烂毛会长得这么英俊、高大。人,有命运。狗,也有命运。

大雪第二日,工地的工人全部撤出,临时食堂和临时建筑全部撤除。推土机早早来到工地,推建筑垃圾,填埋起来。午饭后,推棚子,推矮房,推工棚。推倒的用料,被老姜捡了起来,归类,堆在大门外的空地。

晚上十点多,我去工地,总监事老王对我说:烂毛死了。

烂毛怎么会死了呢?我十分惊讶。

早上,推土机来,它就蹲在矮房子里,一天不吃不喝不动。傍晚,推土机去推矮房子,它卧在里面。汪姐去抱它出来,它身子都硬了。老王说。他晚上喝了点小酒,声音有些哽咽。他的眼睛泛起白光。白花花的光。他又说,汪姐早上叫烂毛出来,它不出来,中午叫它出来,它也不出来。汪姐在矮房前,坐了一下午。汪姐坐得眼泪直流。汪姐问老舒:矮房子可不可以过了年再拆?老舒说:我没权利决定这个事啊。

开推土机的师傅见汪姐抱出死狗,他摸了摸,狗身还是热乎乎的,说:两百块钱卖给我,煮一锅狗肉大家吃。老舒端起一把长柄铁镐,对师傅说:你要吃这条狗,我挖死你。

在一棵树下,总监事老王埋了烂毛,对着矮矮的坟头,说:人不如狗啊。人拆了老房子,笑眯眯。拆了狗的房子,狗宁愿死。

风冷冷地吹,一阵比一阵猛。我痴痴呆呆地站在倒塌的棚子面前,无从言语。老罗吸着烟,说:明天有雪,这些建筑垃圾必须连夜填埋,平了土,就可以绿化了。

风更大更冷。黑黑的天空,无比沉重。稀稀的路灯亮着。缥缈。

往水里加水

峡口溪从罗家墩潺湲而出，注入洎水河，冲出一个鳐鱼形的大滩头。我天天傍晚去滩头看乡民钓鱼。有三五个钓客，四点半骑电瓶车带着渔具，来到入河口，支起钓竿，垂钓鲤鱼、鲫鱼、鲩鱼、白鲦，也垂钓夕阳、蛙声、鸟鸣、树影。钓客坐在自带的凳子或草堆，前倾着身子，握着钓竿，专注地看着红白绿相间的浮标。他们大多不说话，静默地守着竿，留心水面的动静。河水流到这个河段，已经流不动了，河面闪着波光。波光鱼鳞形，闪得眼发花。下游百米的红山水坝传来哗哗哗的流泻声。

滩头是一块杂草地，芒草、菟丝子、芭茅、荻，在疯长。钓客隐身在芒草丛里，如一截树桩。矮山冈叫虎头岭，被人推去了半个山头，裸露出褐黄色的积岩土；余下的半个山头,乔木灌木茂密,葛藤四处攀爬。鸟将归,嘘嘘叽叽,叫得荒山野岭生出一份黄昏的冥寂。

洎水河暗自汹涌。河流到了这里,如同一个中年人,面目平静,内心却随时翻江倒海。我看他们钓鱼,也看暮色将临时的河流。在旷野之中,河流与天空是我们永远无法透视的。它们不让人捉摸。河流之低与天空之高,是我们目视世界的两极,它们吸纳一切,却又空空如也。看了几次,我便和他们相熟了。一个做工业油漆的钓客,见我很娴熟地给他抄鲤鱼,问我:你会钓鱼吗?

手生了,我在10年前钓过。我说。

那我给你一副钓竿,练练手。钓客说。

就给我一副机动竿吧。我说。

我拉了一下鱼线,嘶嘶嘶嘶,线油滑,鱼线低鸣如弓弦颤动。呼呼呼,我转了转滑轮,轮子兀自空转,轮把画出圆形的线影,如飓风吹动水面树叶。“好机动竿。”我说。我从竿头抽出鱼线,绷紧竿头,往河面外抛鱼线。绷成半弧形的竿头,弹出“咚”的一声,弹射出鱼线,鱼线呈大弧形,往河面一圈圈扩大,轻轻地落在河的中央。鱼钩拖着鱼饵,钻入水面,咕咚一声,慢慢往下坠,水波漾起了涟漪。

轮子还在呼啦啦地转，鱼线继续外抛下滑，阳光照在鱼线上，闪着明亮炫目的白光。浮标慢慢浮出水面，露出红头，摇摆不定。

你抛线，抛得优雅，抛得又远又准。你教教我抛线。钓客说。

动作和程序都是一样的，没什么窍门。我说。

他看着我，有些失望。我又说：钓鱼的关键在于是否钓上鱼，不在于怎么抛线、下钩，谁知道鱼在哪儿上钩呢。

话不是这样说的，钓鱼是享受过程，不在于鱼钓了多少。想要鱼，不如拉网捕捞。钓客说。

钓鱼是一种体育运动，也是一种内心活动，卸除了内心的渣滓，人就安静了下来，那么你的钓鱼动作会很从容，力道拿捏到位，抛线、提竿、遛鱼，就不会手忙脚乱，自自然然。我说。

要做到这样，好难好难。钓客说。

在河边，你一个人坐半年，你就做得到了。这就是造化。我说。

当然，我看钓鱼，也仅仅是我去河边溜达的由头之一。初夏时节，河湾有许多鹭鸟来，一行行，从大茅山之北的峡谷低低斜斜地飞过来，栖在峡口溪的淤泥滩觅食鱼虾螺蚌。鹭鸟以白雪为墨，在河水上空写诗。它是南方的鲜衣怒马，是杨柳岸的明月。它们散在溪边，嘎嘎嘎，叫得芦苇摇曳。在洎水河边，有很多鸟是我百看不厌的。越冬的小鹡鸰、燕鸥、斑头秋沙鸭，四季的蓝翡翠，从春分至秋分的白鹭，它们扮演着河流的主角。河里有非常丰富的白鲦、鳑鲏、黄颡、鲃鱼、鲫鱼，以及白虾、黑虾、米虾和螺蛳。妇人下河摸螺蛳，一个上午，摸一大脚盆。螺蛳吃浮游生物，吃脏污之物，繁殖量大。

有一次，做工业油漆的钓客问我：你夜钓吗？我们约一次夜钓。

我说：夜钓选月圆之夜，河鱼活跃。

为夜钓，我做了准备：泡了 5 斤酒米，螺旋藻配鱼肉配油菜饼制鱼饵，睡了一个下午。

我和钓客戴着夜灯，在滩头静坐。我用手竿钓鲫鱼和鲳鳊鱼，钓客用路亚钓鲩鱼和青鱼。至十点一刻，我收了竿，没心思钓了。月亮上了中天，油黄黄，像一块圆煎饼。月光却莹白，河水生辉。凤凰山的斜影倒沉下来，虚晃晃。树影投射在河面上，被水卷起皱纹。树影不沉落水底，也不浮在水面，也不流走。树叶树枝剪碎的月光，以白色斑纹的形式修饰树影。这古老的图案，在月夜显现，还原了我们消失的原始记忆。

河是世间最轻的马车，只载得动月色；河也是世间最重的马车，载着遗忘，载着星辰，载着天上所有的雨水。我听到了马车的轮毂在桑桑琅琅地转动，在砾石和鹅卵石上，不停地颠簸。马匀速地跑，绕着河湾跑，马头低垂，马蹄溅起水线，车篷插着芒花和流云……

一条被河水带走的路，水流到哪里，路便到了哪里。水有多长，水印的路就有多长，月色就有多缠绵。远去的人，是坐一根芦苇走的，被水浪冲着颠着，浮浮沉沉。坐芦苇走的人，如一只孤鸟。

河水其实很清瘦，但月光很深。水就那么亮了，与月光一样亮。或者说，河水是月光的一个替身。只有月光消失之后，河水恢复了身份。月亮离我们并不遥远，河把月亮送到了我们身边。月色把逝去的事物，又带了回来——我们曾注目过的事物，只是退去，而并未消失。

月亮搬运来了浩繁的星辰，由马车驮着。星星那么重，马车哪驮得动呢？一路洒落，沉没在深水里，成为星光的遗骸。每一具遗骸,留存了星际的地址。

我第一次在泊水河边独坐,是在1993年春。我在长田(隶属德兴市黄柏乡)饶祖明兄家做客,时两个月余。饶祖明兄是个出色的诗人。我和诗人以徒步或骑自行车的方式考察了泊水河、长乐河。那是我人生困顿、迷惑、彷徨的阶段。我不知未来的路在何方。我觉得人活着没有任何价值,对人生怀疑。从本质上说,我是个内心阴郁的人,幸好我生性豁达,把很多事情看得很开。我是一个活在自己思想体系中的人。他者很难对我造成影响。因此,有时候,我显得较偏执。杜鹃花开了,一天(3月10日),我莫名其妙地坐上班车,去市郊,独坐银山桥下的泊水河边。我望着茫茫的春水恣意西去,内心莫名伤痛。我写下《泊水河:流动》:

多舛。无依。九曲回肠
在事物深处　含而不露
你呼吸凝重
剩下荒芜的秋色
黑烟。废沙。一如姐姐布满铜漆的脸

在美好中沦丧

少女骑凤凰降临民间

飘落的灰尘是我们世世咏唱的光辉

琴手以爱抚摧残生命的钢骨

兀自打开残废的诗篇

把脸退到书的背后

一会儿动。一会儿静。

谁能把握。谁就是节日簇拥的神

命运的逃亡者

郁结的心诉说不尽的沧桑:

河水可能会枯竭

但河的名字源远流传

当然,这是一首蹩脚的诗,但很体现我“为赋新词强说愁”的心境。一个略显青涩的人,哪懂得壮阔的河流呢?现在,我几乎每天生活在洎水河边,出了村口(横穿公路)便是银山桥。这是一座老公路桥,有些破败。桥下是洎水河。河水浊浪滔滔。桥上游200米,红山水坝以三股水柱从坝中间喷射出来。雨季,河水漫过坝顶,泄出帘幔。

河浑浊,是因为上游的龙头山乡有人在开采大理石。大茅山山脉自东向西蜿蜒,地势东高西低,北部山系有数十条涧溪,与三清山北部溪流,汇流而成洎水河。龙头山处于河流上游,大理石厂磨浮出来的污水,含石尘,部分污水偷偷排进了河里,石尘部分沉淀,部分被水冲刷,带入十里外的下游。为了开采最大量的石材,大茅山山脉东麓的花岗岩山体被炸烂了,成片成片的原始次生林毁于一旦。看着那些碎石覆盖的山体,觉得那不是一座山,而是破坏者的耻证。耻证将告示:一小撮人欠下的生态之债,需要几代人去偿还;一小撮人获得了利益,数十万人去承担生态的代价。去年夏,昭林河段的洎水河,突现一河死鱼,浮鱼尸数天,引起当地民众极度不安。

1998 年秋,我第一次去了龙头山乡南溪。枫叶欲燃,万山苍莽。洎水河清澈如眸,河床铺满了鹅卵石,鱼虾掬手可捉。一架木桥横到村前。2018 年,我再去南溪,往日淳朴、洁净的伊甸园式景象,荡然无踪。河道被挖沙人掏得鸡零狗碎。木桥改为公路桥,车辆咆哮。我不知道,这个时代,带给了我们什么,又从我们身上带走了什么。洎水河也无法告诉我。虽然仅仅时隔 20 年,却是农耕时代跨到了工业时代，每一个人都被席卷，大茅山脚下的偏僻小村也不能幸免。作为个体的人，作为最基层的管理者，远远没有准备好进入工业文明时代。

桂湖是大茅山东部小山村，是洎水河源头之一。桂湖有一自然村，约十户人家，仅剩两户老人居住。他们砍毛竹、摘菜叶、种香菇为生。幽深的山垄苍翠如洗，一溪浅流从竹林斜出。十余棵枣树老得脱皮，枝丫遒劲，米枣坠枝，雀鸟起鸣。我赤足下溪，慢跑，水花四溅。水清冽，掬水可饮。今年深冬，我又去了一次，两户老人闭户了，不知是因为外出还是别的原因。我在石巷走，风呼呼地捶打破败的木门板。久无人居的瓦房，墙体爬满了苔藓、爬墙虎、络石藤。十里之外的高铁站运送来来往往的人，有的人前往异乡，有的人回归故里。对在高铁线奔忙的人而言，故里即异乡。

洎水河源于大茅山东北麓的洎山，奔流百里，最终在香屯镇注入乐安河（赣东北主要河流之一）。自海口镇而下的乐安河，饱受重金属污染，河鱼不可食，河水不可浇灌农田。那是一条奄奄一息之河。花斑鲤鱼闲游，斑斓的鱼鳞如七彩之花在水中绽开，当我们想到游鱼含有那么多重金属，不寒而栗。

乐安河的鲩鱼、鲤、鳙、鲫、鳜鱼、鲳鳊鱼、圆吻鲴等，在初春之季，洄游到洎水河产卵，在草丛结窝。桃花水泛滥了，柳叶青青，芦荻抽芽。鹭鸟栖满了河边的樟树、枫杨树、朴树、洋槐。北红尾鸲忙着在淤泥吃虫卵、幼虫。白额燕尾从山溪来到了河石堆叠的河道，追逐鱼群。斑胸钩嘴鹛在柳树上专注地筑窝。钓客过了一冬，背起钓具，坐到河边放线。

钓上来的鱼，他们又放生回河里。我也逆河而上，在草滩、树丛、荒滩等无人之地，自得其乐地闲走。我期望有自然奇遇，如遇见从未见过的鸟，如遇见蛇吞蛇，如遇见鹞子猎杀野兔。但很少有奇遇。哪有那么多奇遇呢？若说奇遇，花一夜开遍枝头也算，鸟试飞掉下来也算，蛇蜕皮也算。是否属于奇遇，由自己界定。在9月的一次暴雨中，在虎头岭滩头，我站了半个下午。暴雨从发生至高潮至结束，我全程观察河面。河水被暴雨煮沸，井喷式的水泡盖了河面。雨歇，河水止沸，复归平静。这是一个跌宕起伏、酣畅淋漓的过程。这就是奇遇。

红山水坝抬高了水位，有了一处河中之湖。水幽碧，浸染着山色。傍晚来河边，可见夕阳降落西山。夕阳在水里一漾一漾，被水淹没，留下一河夕光。鹭鸟晚归，架着清风，低低飞过。它不仅仅是鸟，也是逆水而上的轻舟。白帆摇摇。

洎，本义是往锅里添水。河谷就是斜深锅。大茅山北部数十条小溪注入斜深锅，有了洎水河。水加入了水，水有了汤汤之流。

洎水河是有咕噜噜水声的河，往水里加水的河；是众声合唱的河，万古长流，生生不息。洎水河如白象走过群山，又名白象河。河在日夜淘洗，一年又一年的鹭鸟，何尝又不是一茬茬的人呢？人到了中年，才会懂得河。懂得河，人就不会痴妄不会纠结。其实，我常去洎水河边，并非为了什么自然奇遇，而是我内心的深井，需要被河流周遭的气息填满。野性的、灵动的、悠远的、纯粹的、内化的气息。这种气息，让我感到自己活得无比真实。

跋：怀抱大地的心灵

空山不见人，但闻人语响。

返景入深林，复照青苔上。

甚爱王维的《鹿柴》，尤其是在山中客居之后。“复照青苔上”是自然之境，也是心灵之境。这样的情境也是我生活的日常。窗外是无尽的针叶林、阔叶林，积雨云就堆在山尖之上，不雨不晴。夜灯亮了，菜粉蝶、稻眉眼蝶、尖翅银灰蝶、大紫琉璃灰蝶、蓝灰蝶等，噗噗噗，扑打窗玻璃。清晨开门，蝶落了一地，成了季节的标本。当然，这是初秋，夜露未寒，蟋蟀唧唧，枫香树欲红未红。

2018 年，《深山已晚》交稿给广西师范大学出版社（2020 年 4 月出版，并多次重印），便想找一座深山客居。

不为别的，就想安安静静地过自己想过的生活。去山中走走，去了解和体会山民的日常，去感受一座山的孤独和丰富。2021 年 8 月，我来到德兴市大茅山北麓的笔架山下客居，作深度田野调查，了解这座山和山民。

大茅山山脉属于怀玉山脉的支脉，大茅山是其主山之一，主峰海拔 1392 米，属于国家森林公园，动植物十分丰富。这里距我老家广信区郑坊镇约 45 公里、距上饶市约 90 公里，交通与生活都十分方便。与郑坊镇毗邻的华坛山镇，其西北部便属于大茅山山脉。

1993 年 2—5 月，我在德兴市长田闲居，住在长田中学的祖明兄家中。闲余，和祖明兄一起骑着自行车，走遍了长乐河畔村落。客居笔架山下后，我又走遍了德兴市境内的主要水系：洎水河、乐安河、长乐河、银港河、马溪。反复走，不厌其烦地走。也去了非常多的荒僻山谷、山坞、河洲，以及偏僻的自然村落、荒村、破落矿区。只有脚落在大地上，才会感知到大地的厚重。大地沉稳、实在，供万物生灵承袭。

大地的伟大之处，在于物种传承和万物兴衰，滋养寄居者。人类只是寄居者之一。

我并没有急于写此书。很多野外的观察，需要多次观察，且需要时间的发酵和论证；许多生活事件的发生、发展及结束，也需要交付给时间。生活有常规原则，也遵循意外原则，因此不可预料。于个人而言，这就是命运。尤其近三年，山民的生活发生了许多意料之外的变化，也因此改变了许多人的命运。

在一个地方生活，集市是我喜欢去的场所之一。卖器物的，卖鲜鱼的，卖家禽的，卖时蔬的，卖砂糖的，来自四乡八村，他们口音各异，汇集在这里。他们知道地方趣闻、小镇小村物产。集市周边有各种小吃、各种地方传统风物。去一趟集市，我要转悠两个小时，和各色人等闲聊。这是我了解周边世界的一扇窗户。

我热衷于认识山民，熟悉山民的生活，与山民一起挖笋、一起打井、一起割草喂鱼。2023 年 6 月 4 日，我特意去乌石村拜访酿酒师蒋高文，与他交流古法酿造。他不抽烟，见我去他家，特意买了一包好烟款待。他爱人抹桌、泡茶。他说话谦和，文雅，让我感到他有一种翠竹的气息。他酿造的谷烧，就有一种表里柔和、内里野性的特质。这是大茅山北麓遍野的翠竹赋予他的。山民是山的一部分，或者说,山是山民的一部分。

当然,我最喜欢的,还是去深山或偏远小村。一个人去,或三五个好友一起去。大多数时候,一个人去,不论远近。“没有什么事,就去山里走走吧。”这是一种召唤,也是一种野外实践。在山里,可以把自己清空,排解不良情绪,更主要的是,可以通过草木看到世间的色彩,认识生命,获得自然现场的心灵感受,省察自己的内心世界和生命世界。人会变得通透一些,免除了很多繁杂。四季的风车在转动,万物在轮回。

最让我关注的,还是山民的生活。长潭洲二十余村户,我溜达半天,竟然没有发现一个人。户户建起了洋房,村人去了外乡谋生。长潭洲临长乐河,与瑞港村相邻。村头枫香树上,有一个箩箩大的马蜂窝,无一只蜂,剩下一个空壳,吊在树丫上。马蜂去向不明,不再回巢,令人伤感。去过五次高山小村黄歇田,有两栋老屋的木门被木蜂蛀了孔,木奤粉落在门槛上,堆出了山尖状。木蜂蛀老木,蛀门蛀木柜蛀木窗蛀木床。雪夜归家的人,看见被蛀空的门洞,不知作何想。

凭气力的人、做低等手艺的人、做小生意的人,在外谋生不如前几年那么轻松,返乡生活的人很多,山村比以前热闹了些。但这种热闹,让我难受。有一次,路遇一个跑"滴滴"的人,四十来岁,说话很温雅。他说,他开了十多年的木板厂,给家具厂供货,生意很是红火。这几年,木板厂亏损厉害,把十几年赚的钱全赔了,只剩下城里三套房子。房子又抛售不了,只得开"滴滴"。

开早餐店的人、开理发店的人、在工地上做重体力活的人、砍毛竹的人,他们凭真诚和细致的手艺,赢得自己的生活。他们可能浑身散发油烟味,可能指甲缝里有黑黑的污垢,可能说话粗野,但他们从不怨艾,眼里充满了光。那种光,有力、坚定,如海岛的灯塔。虽然,很多时候,他们无可奈何。唯有双手可以依仗、信赖。

对我而言,去山里或去原野,重要之处在于葆有一颗强烈的好奇心,对未知的行程充满了期待。去山里,会看到什么呢? 会偶遇到什么呢? 哪怕是遇上恶劣的天气,都是值得高兴的。我把好奇心和期待,归并于自己对生命的热爱和尊重。《鳑鲏》《失散的鱼会重逢》《神灯》《鸟群》《林深时见鹿》等篇什,都因了好奇心的造化,才愿意不辞辛劳去探究、深入自然的现场,解自己眼中的"自然之谜"。

乐在其中。

大部分人眼中看到的是风景,而并非自然。自然是有博物学和自然伦理学深度的,而风景则无须这些。自然难以深入,但身临其中,便可获得美好的心灵感受。如此,已十分宝贵。美好的心灵感受,会分泌美好的情愫。万物皆美,我也如此。

深入自然有难度,是因为我们破译不了“自然的语言”。植物和动物有自己的“语言”,菌类有自己的“语言”,气候也有自己的“言语”。太广博。其实,我们无须破译,以自己的“心语”解读世间万物就是了。物像是心像的外现。

动物并没有真正意义上的“语言”。在高等脊椎动物和昆虫中,尤其是其中的社会性物种里,每个个体天生就会用某种特定动作和声音表达情感。而且当它看到同类做出某个动作,听到某种声音时,会用天生的方式来回应这些符号。高度社会化的鸟类,比如寒鸦或灰雁,有一套复杂的符号系统,每只鸟天生就会发出这些符号,也理解这些符号,凭借这些行为和反应，鸟类能够完美地协调社会行为，在人类观察者看来，这些鸟是在讲一门自己的语言。当然，动物这种天生的符号系统与人类的语言有着本质的区别。（《所罗门王的指环》，康拉德·洛伦茨著，中信出版社，2012年，第116页）

鸟的“语言”太复杂。我们就不管鸟怎么叫了，享受鸟鸣就行。

说实在的，去山中或原野，并非为了采集什么，而是寻找一种对话方式。与滔滔或羸弱的江河对话，与旷野中一棵孤独的树对话，与明月或孤星对话，与此处和彼处的人对话，与活着或死去的自然之物对话，与远山的荒路对话。与山民对话。终究是与自己对话。

在山坞，静静地坐。

在河边，静静地坐。

在死去的老树下，举头仰望。久久地仰望。

世界之大，尽在其中。世界之变，也尽在其中。河自去，水自流。“青山上野艇，白水到林扉。”（宋·晁补之《北山道中示公为》）居于林中屋舍，仍可感知世事纷扰。如一滴水映照星空。

所以,此书写了许多山民。他们浑身裹满泥浆,面目却十分洁净。他们卑微,却十分有趣,努力地生活。

英国诗人蒲柏说过:“自然永远灵光焕发,毫不出差错,它是唯一的、永恒普遍的光辉,万物从它那里得到力量、生命和美。”我们越深入自然的现场,对生命的体悟就越深切。

我们需要葆有一颗怀抱大地的心灵,以大地之心去感受山川万物,去敬重生活和生命。万物遵循自然法则。自然法则无情也无道德可言。而人类需要建立自然道德。我在《自然是时间的镜像》(《文学报》2022 年 11 月 19 日)中谈到了自然道德:

> 自然对我们的内心越来越重要。自然作为我们心灵的珍贵元素之一,而恒定存在。我们有必要建设当代人的自然道德。何谓自然道德?它区别于社会道德,它是人(社会)与自然相处的一种关系,人(社会)的行动、行为服从于自然性,相处的方式必须是和谐的,尊重自然界的一切生命个体,尊重并维护自然

界的天然美学，不杀戮、不掠夺、不破坏、不豢养、不污染。

自然既是我们的物质资源，也是我们的精神资源。我们的一切艺术，均来自于此。我们的讲述来自于此。人类的故事也来自于此。自然的质地等同我们精神的质地。

对待自然，我们需要人道主义。康拉德·洛伦兹（1903—1989，1973年，和卡尔·冯·费舍尔、尼古拉斯·廷伯格共享了诺贝尔生理学或医学奖）在《所罗门王的指环》中这样说：

> 在鸟类中，除了乌鸦，可能也就只有鹦鹉会像人类的囚犯一样，因为无聊而感到痛苦。眼看着这些可怜的家伙在笼子里受苦受难，却没有人同情。看到笼中鸟不停地低头又抬头，不知情的主人还以为鸟在鞠躬，殊不知这是鸟的习惯动作，鸟曾经为了逃出笼子而一次次绝望地尝试，最终形成了这种习惯。倘若闷闷不乐的笼中鸟得到了自由，也要过好几周，甚至好

几个月，它才敢飞。（第 89 页）

现代人在对待动物时，往往缺乏人道。比如耍猴，比如捕画眉幼鸟豢养。更别说取动物皮毛、吃野生动物了。

赫塔·米勒（1953 年出生，德国女作家、诗人）在访谈中，以拟人的方法说：我坚信植物是有眼睛的，它们夜里会到处游荡。我知道我们家附近的那棵菩提树会去看你村里的那棵菩提树。（《巴黎评论·作家访谈 7》，人民文学出版社，唐江、路旦俊等译，2022 年）

赫塔·米勒的话，我信。对自然心领神会的人，都具备超验主义。我希望自己是这样的人。自然不语，却道明了所有。

写作此书，我遵循了自己的山地美学：有情、有趣、有思、有异、有美、有灵；见人、见物、见深、见博、见心、见境。

感谢握手言欢的山民，感谢盛情相邀的山河。

2023 年 7 月 30 日夜，德兴市第六高级中学 E 楼 402 室